Hôtel Chimère

François Chalais

Hôtel Chimère

ROMAN

Albin Michel

Ce livre est un ouvrage de fiction. Ses héros sont imaginaires. Toute ressemblance avec des personnages de la réalité ne saurait être que pure coïncidence.

22, rue Huyghens, 75014 Paris

ISBN 2-226-06938-0

« S'aimer, ce n'est pas se regarder l'un l'autre ; c'est regarder ensemble dans la même direction. »

SAINT-EXUPÉRY.

Il y avait eu, d'abord, un roulement de tambour, solennel, prolongé, comme pour donner le signal à un long et lent ballet de luisantes limousines.

Les fanions des ambassades indiquaient leur provenance. Étrangement à la traîne des carrosses des Occidentaux, à la façon d'une pièce grossière hâtivement recousue sur un luxueux manteau d'Arlequin, cahotait la Buick retapée d'une république bananière célèbre pour sa population affamée, les enquêteurs d'Amnesty International expulsés avant même d'avoir franchi sa frontière, ses religieuses violées et coupées en morceaux dans leurs retraites improvisées des bidonvilles, et naturellement son équipe de polo qui triomphait à Bagatelle, sous la direction d'un Casanova moustachu promu ministre pour avoir réussi l'exploit d'égayer le lit de la simiesque fille du dictateur local. Rien pourtant n'en avait altéré la fascinante réputation d'exotisme, ni le sable aride des déserts qui constituaient l'essentiel du paysage, ni le sel poisseux d'un rivage où, derrière des fils de fer électrifiés, un club de vacances organisait des compétitions qui opposaient de radieux Nordiques glissant sur des planches multicolores, au gré des vagues en rouleaux, parmi les corps des nègres déchiquetés par les requins. On avait aussi conservé sur la voiture, en assez mauvais état il est vrai, les pneus à flancs blancs qui en étaient l'un des ornements les plus convoités dans les années 50.

L'ambassadeur, ayant baissé la vitre, se pencha vers l'extérieur. D'un signe de sa main gantée, il salua une foule nullement concernée, ce qui fit sursauter la triple cordelière du baudrier chargé de médailles qui lui écrasait le torse. Surtout, en s'écartant un peu de son siège, il voulait éviter d'entendre une fois de plus sa femme, alourdie de maternités, de bijoux Van Cleef, de poils d'éléphant porte-bonheur et d'insectes sacrés naturalisés, lui vanter les mérites des sept filles qu'il avait eues d'un premier lit, des quatre d'un second, et des six d'un troisième, réparties, pour profiter pleinement de la civilisation à visage blanc, donc humain, les unes dans une institution protestante de Zurich et les autres dans une école catholique modèle à Lugano. Seul l'intéressait son fils, unique celui-là, qu'il venait à l'occasion de ses treize ans de nommer amiral de la flotte dans l'attente d'envahir le pays voisin, ce qui lui offrirait un accès à la mer inespéré avec la possibilité, un peu plus tard, de posséder des navires. À tout hasard, il avait déjà ajouté une étoile à l'emblème national, rêvant aux bénéfices que lui apporterait la création d'une zone franche où il ferait le commerce de produits hors taxes. Ses excellents rapports avec la Colombie en seraient ainsi facilités.

Il songeait aussi, non sans fierté, au chemin qu'il avait parcouru depuis que, simple steward sur les paquebots de la Black Star Line, il avait trouvé, sous l'oreiller d'un milliardaire levantin friand de sensations rares, un rouleau de dollars glissé dans un écheveau de cravaches et de jarretelles, vite transformés en achat de sicaires et de kalachnikovs grâce auxquels il n'avait pas tardé à s'emparer du palais municipal de Mombalata et de la station de radio qui, malheureusement, ne fonctionnait pas, un orage tropical ayant détruit les émetteurs quinze ans auparavant, et l'aide économique étrangère ayant servi à des usages plus personnels. D'où son slogan : « A bas les profiteurs ! La terre à ceux qui la cultivent, la richesse à ceux qui n'ont rien ! »

Sur sa lancée, il s'était décerné le titre glorieux de *Bechala-Bechala Toc,* ce qui signifie « libérateur bien-aimé ».

Dans la nuit tiède de ce mois de juin qui jouait au plein été, l'Opéra était illuminé. Des lasers dessinaient des flammes tricolores au-dessus du grouillement de ses cariatides, du dôme vert-de gris de sa coupole, histoire de montrer que, malgré les vicissitudes de l'heure, Paris serait toujours le refuge privilégié des beaux-arts. Une police au regard de glace, gilets pare-balles en relief sous les tuniques à fourragère rouges, avait fait le vide devant le parvis, pour une fois débarrassé de ses tessons de bouteille et de ses carcasses de mac-donalds. La circulation était impitoyablement interdite sur les boulevards, entre la Madeleine et le carrefour Drouot, imposant un silence surprenant, à la limite de l'angoisse, dans ce sanctuaire de l'agitation et du vacarme. C'est à peine si l'on percevait le choc sourd d'une matraque sur le crâne d'un gamin qui, pour mieux assister au spectacle, avait franchi imprudemment la double haie des barrières cadenassées. L'ambulance elle-même, appelée pour l'évacuer vers le plus proche hôpital, avait mis une sourdine à sa sirène.

Jacques Héliard de Prémincourt et sa femme Hélène n'arrivèrent qu'assez longtemps après les représentants de la Grande-Bretagne, des États-Unis, de la Belgique et du Brésil.

— C'est difficilement pensable, dit Jacques à son épouse, mais il y aura ce soir, à ce gala de l'Opéra, quarante-deux ambassadeurs et six ministres, d'après ce qu'on m'a rapporté, et qui est confirmé, d'ailleurs, par les Renseignements généraux.

Son retard était dû aux aléas contrariants que ne peuvent éviter les hauts personnages de la fonction publique, dont son poste au Quai d'Orsay ne le préservait pas, bien au contraire. Profitant d'un moment où sa voiture était immobilisée par l'arrêt intempestif de l'interminable Nissan Mikado de l'ambassadeur du Japon, à quelques mètres des marches du palais Garnier, toujours à l'intention d'Hélène, il reprit :

— Vous ne devinerez jamais ce qui m'a retenu... Gratien Ducolonel !

Par habitude, Hélène manifesta un intérêt poli, comme si elle avait toujours été passionnée par tout ce qui concernait Gratien Ducolonel. Cette attitude, espèce de chef-d'œuvre d'indifférence attentive, avait pour origine la fréquentation des salons où les républiques sont reines.

— Gratien Ducolonel, vraiment ?

Elle ne put quand même pas s'empêcher d'esquisser une moue. Enfant, elle en faisait une semblable quand on voulait l'obliger à boire une tasse de lait sous prétexte qu'il s'agissait d'un produit de la ferme que géraient les métayers de ses parents et que, si elle se fût comportée autrement, la paysannerie française tout entière eût été conduite au désespoir et la marée révolutionnaire aux portes du château ancestral. Sans compter qu'il n'était pas négligeable que l'on bût un lait issu de vaches que l'on connaissait.

— Parfaitement, Ducolonel, cet imbécile ! Et voici ce qu'il était venu me réclamer : le contrôle de la nouvelle bibliothèque médiatique inscrite au programme culturel du Gouvernement ; comme si le fait de savoir à peu près lire lui conférait des titres pour ce poste...

— Que lui avez-vous répondu ?

— Je ne m'en suis pas trop mal tiré. Je lui ai objecté

que, malheureusement pour lui, il avait retourné sa veste huit jours trop tard, qu'un autre avait été plus rapide, avec une dizaine de ses collègues du reste, et que la place était prise... Il était vert.

Hélène sortit son poudrier d'un réticule de satin piqueté de minuscules verroteries, don d'un chef d'État africain, empalé depuis, qui avait voulu lui faire croire qu'il s'agissait de rubis et d'émeraudes.

— Ducolonel, ce n'est pas ce gros qui transpire tellement qu'il a toujours l'air, Javel en moins, de sortir d'une piscine, et dont les lèvres sont si désagréablement humides qu'on a aussitôt un mouvement de recul à l'idée qu'il pourrait vous baiser la main ? Avec des lunettes comme des loupes d'astronome du Moyen Âge ? Mais oui ! Et c'est lui, ce chauve qui, quand il était journaliste, était le plus acharné de nos ennemis politiques...

— Vous confondez avec un autre auquel nous avons également fourni une prébende pour qu'il cesse de nous attaquer. Non, lui, c'est plutôt le genre décharné, et ses yeux disparaissent sous l'épaisseur de ses sourcils. Rendons-lui du moins cette justice, il est devenu notre plus chaud partisan dès qu'il a compris que nos adversaires n'avaient pas l'intention de monnayer ses services. Celui dont vous parlez, nous l'avions, il y a quelques années, placé dans l'équipe de nos représentants auprès du Saint-Siège.

— Je dois encore confondre, je le croyais juif.

— Vous avez raison, cette fois, mais converti à notre sainte Église. C'est de cette espèce que sortent les plus intransigeants intégristes. De la même façon, ce sont les anciens staliniens qui rédigent dans les journaux les plus féroces réquisitoires anticommunistes. Il paraît que s'être trompés, et surtout s'ils ont participé aux décisions des tribunaux de l'inquisition marxiste, en a fait les incomparables spécialistes de ce que nous condamnions quand ils en faisaient l'apologie.

» Il m'a montré sa boutonnière et il m'a dit : " Comment se fait-il que je n'aie que la rosette de la Légion d'honneur alors que Fellini est commandeur ?... Fellini, cet étranger qui baragouine à peine le français... " Je lui ai rétorqué que s'il avait l'occasion de tourner à son tour *La Dolce Vita* ou *Amarcord,* son attente serait moins longue. Il m'a opposé la surprenante promotion dans les Arts et Lettres du gorille pensant qu'est Schwarzenegger. Que répondre à cela ?

— J'espère que vous l'avez envoyé promener.

— Hélas ! J'étais pressé. Il aura sa cravate. Autrement, je ne sais pas à quelle heure je serais arrivé à l'Opéra.

— Mon pauvre ami, dit Hélène tandis que la voiture était de nouveau arrêtée après avoir avancé de quelques mètres.

Renseignements pris, ce nouvel embarras avait pour cause le zèle d'un subalterne officiel qui était allé demander si, à l'entrée dans la salle, il fallait jouer *La Marseillaise,* ou *La Chevauchée des Walkyries,* comme on l'avait suggéré, mais cette musique, et en cet endroit, risquait de rappeler à certains des souvenirs que, malgré leurs efforts, des dizaines d'années n'avaient pas effacés.

— Je crois que nous n'y arriverons jamais, dit Hélène.

De guerre lasse, leur chauffeur, la casquette à la main, avait ouvert la portière, en indiquant qu'il ne pouvait pas aller plus loin. Le tapis rouge, d'ailleurs, n'était plus qu'à quelques pas, déjà lacéré par les talons aiguilles des dames.

De part et d'autre de l'escalier, sous l'or de leurs casques, crinières au vent, sabres au clair, se tenaient dans un garde-à-vous impeccable les dragons robotiques loués trois cents francs la nuit, avec les plantes vertes en pots qui avaient l'air de provenir du même fournisseur.

Adressant des saluts à la ronde, mais sans chaleur ni

inclinaisons excessives car il ne s'agissait que du menu fretin de la diplomatie, Hélène et Jacques commencèrent d'escalader les marches.

— Je ne me rappelais pas qu'il y en eût autant, soupira Hélène en forçant son sourire pour ne pas être surprise à son désavantage par les flashes des photographes aux aguets. Était-il vraiment indispensable que nous passions la soirée dans une compagnie aussi ennuyeuse ?

La duchesse de Stanley-Hébricourt lui adressa un petit signe, comme pour lui dire que les ragots n'étaient pas sa spécialité et qu'elle ferait comme si elle n'avait pas entendu.

— Enfin, nous allons voir un beau film. Ne pense plus au reste, Jacques ; cela te changera les idées. Un beau film, avec une intrigue bien menée, des images de qualité, des comédiens de talent, c'est souvent le meilleur remède contre l'ennui et les ennuis. Dans ce domaine, comme dans bien d'autres, la panacée, c'est l'oubli.

Jacques la regarda. Une bouffée de tendresse détendit son visage. Hélène ne venait-elle pas de lui donner un gage d'affection : s'adressant à lui, exceptionnellement, elle l'avait tutoyé.

L'Opéra était comble. Au coude à coude s'entassaient diplomates, ministres, mécènes qui devaient à leurs largesses illusoirement philanthropiques l'obtention des marchés de l'État ; des écrivains aussi, que leur prose avait rendus moins célèbres que la fréquentation assidue des allées du Pouvoir ; et un quarteron de comédiennes qui s'étaient acheté une respectabilité en devenant veuves de magnats du champagne ou de la cimenterie en gros.

En dépit de leurs rangs serrés, les gens ne donnaient pourtant pas l'impression d'une cohue. Avec un naturel parfait, les femmes laissaient un espace vide devant et derrière elles, pour qu'on pût admirer leurs toilettes dans la bonne perspective, sans en perdre un détail. Quant aux hommes, ils veillaient à ne pas se trouver inconsidérément près de quelque personnage de médiocre stature sociale, ou inscrit sur la liste rouge du Gouvernement, ce qui aurait pu conduire à de fâcheux amalgames.

À l'appel tonitruant d'un huissier à chaîne, devant la grande porte ouverte à deux battants qui donnait accès à la salle de spectacle, le défilé des invités commença. Saint-Simon, certes, n'aurait pas vu là matière à prolonger la querelle des tabourets, à propos de laquelle il s'étend avec tant d'abondance et de férocité dans ses *Mémoires*. Mais, sans que personne n'intervînt, et encore moins ne jouât des coudes, un incontestable protocole imposait sa loi, attribuant la première place au nonce apostolique et les dernières aux représentants des États récemment issus de la décomposition de l'Empire soviétique.

Une rose blanche à la main, le metteur en scène Lazlo Guerassimov, lui-même vêtu de lin candide, tendait aux dames une fleur puisée dans des corbeilles d'argent tressées, tenues par deux espèces de vestales en longues toges artistiquement dégrafées. On chuchotait qu'elles devaient au passionné cinéaste le cerne d'un mauve appuyé qui ombrageait leurs paupières. De sa main demeurée libre, Guerassimov flattait la nuque d'un angelot plus blond que les blés mûrs, son fils, qu'il avait fait venir le matin même de Los Angeles, en avion spécialement affrété par le producteur. Voyage éprouvant pour le malheureux bambin parce qu'il avait pour voisin de cabine un de ces guignols de la presse américaine, indispensables à Paris, assure-t-on, dès que sont annoncés un défilé de mode un peu conséquent, le lancement d'un nouveau parfum ou un bal au profit des victimes du sida à Ouagadougou, sur fond de dinde truffée et de caviar à la louche. Obèse, car rien ne fait plus engraisser cette sorte d'individu que la charité, deux sièges étaient nécessaires dans le Concorde pour ses trente kilos de graisse superflus. Son verre de whisky, étant sans cesse renouvelé depuis le départ, l'ivrognerie chronique de son compagnon, affalé sur le fauteuil situé à sa gauche, avait évité au jeune fils de Lazlo le désagrément de constater qu'il ne déplaisait pas à ce chroniqueur d'un magazine de planche à voile invité à la suite d'une erreur d'ordinateur. Mais, commentait l'agence d'avocats californiens payée à prix d'or pour avoir fourni la cargaison de journalistes américains, l'opération serait largement rentable. Grâce, en effet, à cette exceptionnelle participation de l'intelligence *made in USA,* le film de Guerassimov aurait droit à une ligne et demie dans *Show-Biz,* numéro de Noël, à la rubrique *L'Europe aussi fait du cinéma,* à condition d'envoyer dans les délais les plus rapides le chèque correspondant à un placard publicitaire de bonne dimension.

Avec une rigueur d'automate, mais aussi avec l'élégance du comédien qu'il avait été et continuait d'être, le metteur en scène, chez qui le charme était devenu une seconde nature sinon la première, inclinait sa haute taille, puis la redéployait comme s'il avait voulu caresser les lustres du plafond de ses longs doigts effilés de violoniste sans violon.

— Qu'il est beau ! dit une dame.

— Certes, fit une autre. Mais il m'a toujours fait un peu peur. Quelqu'un a déclaré à son propos, et je ne suis pas loin de partager son opinion, qu'il a l'apparence d'un grand fauve qui n'aurait rien mangé depuis des jours et sortirait de sa tanière parce qu'il a senti l'odeur d'un charnier, avec les narines palpitantes de celui qui retrouve l'air frais après une descente en chute libre aux enfers.

— Est-il exact qu'avant d'interpréter le personnage de Dracula il a passé sept nuits dans un cimetière en poussant des hululements pour s'imprégner de l'atmosphère et donner de l'épaisseur à son rôle ?

— Il paraît même, railla Bertrand de Lapardieu, le dandy à la mode, que plusieurs morts, terrifiés, ont essayé de s'enfuir de leurs tombeaux.

— Bertrand, je vous en prie, ne plaisantez pas avec ces choses. Je me suis confessée ce matin.

— C'est vrai qu'il est effrayant. Vu sous un certain angle, cependant, il se dégage de lui une étrange beauté...

— Eh là ! Revenez sur terre ! Inutile de l'analyser de bien près pour voir que, chez lui, tout est laid, pour ne pas dire affreux. Ses yeux, par exemple, sont trop enfoncés dans leurs orbites.

— Oui. Mais quel regard !

— Le corps est si maigre qu'il en paraît souffreteux.

— Avez-vous vu ses muscles ?

— Difficile de ne pas les voir, avec cette manie qu'il a, même au plus fort de l'hiver, de ne jamais mettre de veste, encore moins de manteau, seulement une chemise largement échancrée sur son poitrail. Et que dire de ses cheveux ! Abîmés par les teintures et les décolorants, hirsutes, ils cachent mal une prochaine calvitie.

— Pourtant, on dirait qu'il porte, comme une auréole, la crinière d'un lion...

— C'est l'apanage des acteurs de simuler avec naturel ce qu'ils ne sont pas. Ils n'ont finalement de talent que si leurs mensonges ont l'air plus vrais que la vérité.

— Un acteur, lui ? C'est confondre le carton-pâte et la chair vivante, la salive et le sang ! C'est oublier que le feu ne peut être que le feu, que la glace ne peut être que la glace... Nul n'est moins comédien que ce comédien sublime.

— Quand même, je le voyais plus grand.

— Question de talonnettes ! À l'écran, on s'arrange. Il y a des accommodements auxquels ne saurait prétendre le vulgaire... Savez-vous que toutes ses scènes d'amour, Alan Ladd les a jouées juché sur un escabeau ? La preuve ? La caméra ne montre jamais ses pieds quand il embrasse Veronika Lake ou Jean Arthur. C'est cela, la magie du cinéma ! Par-dessus le marché, spécialisé dans les rôles de bagarreur, il était cardiaque...

Effectivement, Lazlo Guerassimov avait la taille peu imposante. C'est l'ensemble de sa personne qui impressionnait, et le négligé étudié de son accoutrement.

— Vous avez remarqué, dit un roquet en queue-de-pie, qu'il n'a pas invité un seul acteur ?

— Il ne veut pas de braconnier sur ses terres...

— J'ai tout de même aperçu Marlène Dietrich, emmitouflée de voiles.

— J'ai croisé, moi aussi, la curieuse apparition dont vous parlez. Mais je vous signale à tout hasard que la pauvre Marlène n'est plus de ce monde depuis janvier dernier... Vous avez dû être abusé par son fantôme. Il faudrait lui enlever ses nuages de tulle pour vérifier.

— Sacrilège ! On n'ôte pas ses bandelettes à une momie sans encourir la colère du ciel...

— Au fait, avez-vous des échos sur ce *Maupassant* qui va nous être présenté, si ce n'est que Guerassimov en est à la fois le scénariste, le réalisateur et l'interprète ?

— Le titre du film paraît assez explicite. Ça doit être le genre biographie romancée.

— Heureusement qu'il y a encore quelques comédiens pour rappeler que certains ont écrit des livres, dit un écrivain.

En vérité, personne n'était très renseigné et le secret avait été entretenu avec plus de soin que la rumeur d'une calomnie, ce qui n'avait pas manqué, à cause de ce silence, de laisser supposer qu'on aurait droit à la récompense d'un scandale. Lazlo Guerassimov lui-même, avec l'air d'en souffrir et la mimique de se révolter, mettait toute son ardeur à nuire à sa propre réputation, au besoin en apportant sur la place publique les preuves de son indignité — un procédé qui, à force de répétition, se révèle généralement très efficace.

De leur côté, à tour de rôle, ses nombreuses partenaires n'avaient pas manqué de vendre aux feuilles qui publient les liaisons des princes et des strip-teaseuses le récit des tortures morales, voire physiques, que leur avait infligées le metteur en scène, au nom du génie créateur qui a tous les droits, répétant la maxime jadis énoncée par Henri Georges Clouzot : « En amour, rien n'est jamais sale. » Naturellement, chaque fois, devant de telles confessions, Guerassimov jouait l'indignation, négligeant volontiers qu'il en avait souvent fourni les éléments, et brandissant la menace d'un procès, avec la complicité d'un avocat spécialisé dans le chantage antichantage ; puis il feignait de se contenter d'une indemnité importante dont, parfois, l'actrice qu'il attaquait pour la frime obtenait quelques miettes et beaucoup de publicité.

— Bah ! dit quelqu'un, avec Maupassant on ne risque pas de s'égarer. Il y aura des parties de barque, des guinguettes, des fritures de goujons, des canotiers de travers et les tricots de corps rayés de solides gaillards à mi-chemin entre l'athlète de foire et le souteneur.

— À moins, dit un pessimiste, qu'il n'ait conservé de Maupassant que la syphilis et avancé l'heure de sa folie.

Une dame s'indigna :

— Jamais notre ministre de la Culture ne l'aurait toléré, en dépit de l'humeur fantaisiste qui a fait sa réputation. Notre patrimoine, même en terre socialiste, c'est sacré. Vous pensez bien, d'autre part, qu'on n'a pas envoyé des invitations aux plus éminents représentants en France du monde entier sans avoir préalablement visionné le film pour s'assurer que les sensibilités n'en seraient pas choquées. Il y a plein de collaborateurs exprès pour ça dans les ministères qui, autrement, ne serviraient à rien. L'intelligence doit être audacieuse, soit, mais pas à l'Opéra. Ce n'est pas pour rien qu'on subventionne des ghettos spécialisés en banlieue et en province.

Le ministre, justement, faisait son entrée, reconnaissable à son smoking fraise écrasée et à son jabot de dentelle façon Goya d'avant *les Désastres de la guerre.* Un sourire figé entre les commissures des lèvres, une fois pour toutes, comme d'autres ont le visage tanné par l'emploi permanent de la lampe à bronzer, il saluait, familier mais distant, une camarilla qui le félicitait sans savoir de quoi, par principe, dans l'intention manifeste de conserver ses petites entrées rue de Valois. Cet exercice de reptation louangeuse ne coûtait aucun effort au troupeau des courtisans, chacun d'entre eux ayant déjà brillamment réussi son examen de passage le jour où furent dévoilées les colonnes de Buren.

À une courte distance, qu'amenuisaient les à-coups de la bousculade, le ministre des Forces armées suivait, la mine nettement plus circonspecte, comme s'il était le seul ici — et peut-être l'était-il — à se rappeler qu'au-delà de l'avenue de l'Opéra l'univers n'allait pas très fort.

On s'assit. Les fauteuils firent entendre des grincements de vieux 78-tours rayés qui auraient vainement tenté de restituer le son des grandes voix disparues, hésitant entre Yvette Guilbert chantant *Le Fiacre,* Sarah Bernhardt grelottant *Phèdre,* Caruso aux prises avec Leoncavallo et le chien, sur la pochette des disques *La Voix de son Maître.*

Pour des raisons inexpliquées (en fait, une menace de grève de dernière minute, tendant à obtenir une indemnité de supplément de RER pour les machinistes habitant en dehors de la capitale), le rideau refusa de s'ouvrir et les conversations se poursuivirent un moment encore, propagées par un grand remue-ménage d'éventails agréablement décorés et découpés dans de précieuses matières.

Quelqu'un, naïf ou perturbateur, demanda si la vedette féminine du film, Gianella La Palma, n'était pas la jeune personne dévêtue dont il avait eu l'occasion, tout à fait par hasard, de voir des images dans un magazine égrillard qui traînait chez son coiffeur. Un journaliste, heureux de nager dans la piscine des grands, intervint pour préciser que c'était sûrement elle car elle était coutumière de ce genre d'exhibitions. Il ajouta, pas mécontent de sa science, qu'elle filait le parfait amour avec Lazlo, outre ses relations hebdomadaires avec un haut fonctionnaire des Affaires humaines, ce qui ne lui interdisait pas, bien au contraire, de se livrer dans ses films à des exercices que la morale désapprouve mais que le cinéma encourage.

— Vous croyez qu'ils font ça pour de bon... je veux dire quand ils jouent une scène d'amour ? interrogea timidement une petite dame boulotte, aux cheveux artificiellement blondis surmontés d'une couronne généalogiquement insituable dans les cent cinquante volumes du D'Hozier.

— Triste métier ! fit une autre à l'intention de son mari. C'est effrayant ce qu'est devenu ce qu'on appelait le septième art. Je me rappelle quand ma mère me parlait de Deanna Durbin...

— Et si vous aviez vu Danielle Darrieux dans *Retour à l'aube !* Rien n'était dit. Tout n'était que suggéré. Mais... Au lieu que, aujourd'hui, cinq minutes ne se sont pas écoulées depuis la fin du générique et déjà on chercherait en vain un drap qui ne soit pas froissé dans un lit. Il y en a même qui font cela debout, contre l'évier de la cuisine.

— Madame, madame... Respectez les artistes.

— Encore faudrait-il qu'ils fussent respectables.

Gianella La Palma... Dans un éclair, Jacques se souvint. Elle lui avait rendu visite dans son bureau parce que son collègue du ministère des Travaux d'urgence et de l'Énergie marémotrice la lui avait recommandée. Elle avait vraiment des allures de torche incendiaire. Gainée d'un velours noir au métrage insuffisant, elle s'était assise sur le rebord du canapé sans qu'il l'en eût priée, les jambes croisées à peine moins haut que le niveau des épaules, et elle avait allumé une cigarette dont elle avait désigné la fumée en roucoulant, avec son charmant accent italien : « Que voulez-vous, je n'y peux rien : j'ai tous les vices... »

Instinctivement, Jacques avait eu une pensée pour un autre canapé, celui de Félix Faure, mais il s'était aussitôt repris en songeant qu'il n'aurait pas, lui, le manque de tenue de l'ancien président de la République, mort dans les circonstances que l'on sait. Une fugitive seconde, pourtant, il ne put s'empêcher de trouver enviable cette façon de dire adieu à la vie.

— Que puis-je pour vous ? avait-il demandé à la jeune femme d'un air qu'il s'appliquait à rendre indifférent.

— Tout ! répondit-elle en réussissant le miracle d'être à la fois de face, de profil et de dos.

La moindre des choses, en tout cas, assurait-elle. Par exemple, qu'on la présentât à Alain Resnais, non qu'elle appréciât particulièrement les films qu'il avait tirés de Marguerite Duras ou d'Henri Bernstein ; mais, lasse de toujours incarner des écervelées qui perdent leur soutien-gorge pour un oui, pour un non, dans la frénésie d'un Saint-Tropez reconstitué au rabais dans la Roumanie de Ceaucescu, elle voulait changer de cap et prouver qu'elle pouvait être une grande actrice, c'est-à-dire capable de faire applaudir les élites après les avoir fait bâiller.

Jacques lui avait rétorqué qu'on l'avait mal orientée en lui disant de frapper à sa porte, qu'il n'était pas du tout l'intermédiaire qu'il lui fallait et que, pour ne rien arranger, s'il admirait vivement Resnais, il ne l'avait jamais rencontré. Il ajouta que les problèmes auxquels il était confronté à cause de ses obligations professionnelles n'avaient aucun rapport avec la comédie du cinéma, seulement avec la tragédie de la réalité. Contenant mal une certaine emphase teintée de mélancolie, il avait désigné, sur le mur, une carte des points chauds de la planète. Gianella avait cru devoir adopter un air désolé, comme sur un chromo, au-dessus de son lit d'enfant, où la Vierge Marie, enveloppée de nuées et de soudards en armes, paraissait avoir bien des problèmes. Elle avait même essayé de tirer sur sa jupe. Mais, devant l'inutilité de cet effort, elle y avait renoncé.

— J'ai vu cela à la télévision, dit-elle. C'est terrible ! Ces pays en feu, ces nouveau-nés couverts de mouches... Ce qui m'a surtout frappée, c'est au Pakistan ou, comment l'appelez-vous ? au Bangladesh, ces bœufs emportés par les eaux jaunes d'un fleuve...

— Il n'y a pas que des bœufs, rectifia Jacques, mais également des hommes.

— C'est vrai. J'ai remarqué. Les malheureux ! Que fait-on pour eux ? On ne fait rien.

— Cent tonnes de céréales sont parties ce matin, pour presque tous les points chauds du globe. Et des charters remplis de médicaments. Les enfants de plusieurs de nos écoles ont cassé leurs tirelires...

— C'est où, sur votre carte, le Bangladesh ? dit-elle en se levant pour aller onduler jusqu'au mur. Peu importe ! Ce qui compte, ce n'est pas la géographie, c'est le soulagement de la souffrance. Je ne risque pas de l'oublier : c'est une des phrases que mon agent m'a fait apprendre par cœur, pour les interviews difficiles. Ça déconcerte tout de même un peu, ces types qui crèvent de faim à côté de vaches qu'ils ne mangent pas... Alors, vraiment, pour Alain Resnais, vous ne pouvez pas m'aider ? Je n'ai décidément pas de chance avec votre régime ! Quand vous êtes arrivés au pouvoir, je me suis précipitée rue de Solferino, avec un copain que j'avais au *Nouvel Obs.* Dix personnes, ivres de joie, m'ont littéralement sauté dessus et m'ont promis qu'ils me feraient donner le rôle de Théroigne de Méricourt, dans une gigantesque production que le parti socialiste voulait favoriser. Effectivement, les semaines suivantes, plusieurs metteurs en scène m'ont invitée à passer le week-end avec eux, dans des auberges de campagne, pour m'expliquer leur conception du personnage. Ils me racontaient surtout leur mal de vivre, entre une épouse qui ne les comprenait pas et des confrères jaloux sur lesquels ils allaient enfin pouvoir prendre leur revanche. Ils avaient tellement dû tirer la langue, sous Giscard... Ils m'ont fait lire des livres, aussi, sur cette pauvre Théroigne. Les metteurs en scène, ce n'était déjà pas drôle, mais lire pour rien, c'était le bouquet ! Car, bien sûr, le projet n'a jamais abouti... Vous ne trouvez pas qu'on étouffe ici ?

Elle avait un peu plus dégrafé son corsage et faisait le geste de s'en éventer.

Une demi-heure plus tard, Jacques l'avait regardée partir en se demandant confusément s'il n'aurait pas aimé, à ses moments perdus, fût-ce le temps d'une audition, être un metteur en scène de second ordre.

— J'y pense, tout d'un coup, fit brusquement Hélène, cette Gianella je-ne-sais-quoi, vous ne m'avez pas dit que vous aviez eu l'occasion de la rencontrer, au ministère ?

Jacques avait feint de n'avoir compris la question qu'à retardement.

— Tiens ! je ne m'en souvenais plus... Vous avez une de ces mémoires ! Je me rappelle, maintenant. C'était dans le bureau de Mégard. J'étais entré pour lui demander un éclaircissement sur un des dossiers relevant de sa compétence.

— Quels rapports entre elle et lui ?

— Je n'ai pas eu le manque de tact de l'interroger sur ce point. Je doute que ses relations avec la demoiselle soient à marquer d'une pierre transparente dans son jardin secret... Enfin, c'est sa vie. Pas la mienne. Heureusement...

— Gianella La Palma, claironnait toujours le journaliste bien renseigné. J'ai pondu quelques lignes sur elle, dans ma chronique de demain. Je vous conseille de lire *Secrets de stars*. Je crois que cela devrait vous intéresser. Par-dessus le marché, les mots que j'ai employés pour traiter cette matière brûlante sont assez joliment choisis. Sans me vanter, il fallait réussir une véritable prouesse pour ne pas être choquant tout en ne cachant rien. J'étais allé la voir, au festival du Théâtre abscons de Brignoulet-sur-Saône. Elle jouait Juliette, entièrement nue, dans une version interstellaire située dans la galaxie Vérone. Roméo y était l'âme damnée du docteur Fu-Man-Chu. J'en suis sorti rouge de colère. Que voulez-vous, quand on assassine Shakespeare, mon stylo à son tour devient meurtrier...

Le silence s'était fait. Sur l'écran s'inscrivaient les premiers noms du générique. Celui du producteur fut poliment applaudi. Un murmure indéfinissable accueillit celui de Gianella La Palma. « Bravo ! Bravo ! » rugit un solitaire à l'accent des Carpates quand apparut l'encart consacré à Guerassimov.

— Sans doute un membre de sa famille, murmura quelqu'un.

— Ou Guerassimov lui-même...

Une dame poussa un cri, immédiatement imitée, aux quatre coins de la salle, par les rires nerveux de spectatrices effarouchées.

— Est-ce que vous voyez ce que je vois, demanda Hélène à Jacques, ou est-ce que je rêve ?

Dès les premières images, en effet, le spectacle qu'offrait le film avait de quoi troubler les âmes sensibles. Dans un grand désordre d'alcôves défoncées gisaient, au milieu du tapis, des poulets rôtis encore embrochés, des carpes entamées, des fioles de vin répandues, tandis qu'en petit linge aux froufrous chiffonnés deux femmes se lutinaient d'une bouche avide. La première, aux formes généreuses, tenait de Rubens un jour de liesse, et la seconde de Holbein, avec son ventre proéminent sous la désolante platitude de la poitrine. Dans un mouvement de connivence parallèle, elles tendaient leurs arrière-trains à la brutalité démonstrative de Maupassant.

Sans s'attarder aux minauderies d'usage, négligeant les préliminaires, l'écrivain, qui n'avait pas quitté son long caleçon de flanelle, leur régla successivement leur compte avant de les abandonner, hagardes et pantelantes, pour se ruer sur la petite bonne venue lui demander s'il avait besoin de ses services, en tablier ajouré, mais en sabots, un de ses bas tombé sur la cheville. Comme elle allait crier, Maupassant lui ferma prestement la bouche, à sa manière, qui était expéditive et radicale. « Chienne ! éructa-t-il, dis-moi que tu es heureuse ! dis-le-moi... », une phrase que les plus érudits spécialistes de l'auteur de *Bel-Ami* chercheraient en vain dans ses œuvres complètes.

D'autres plaisirs, déjà, le sollicitaient. Affolée, une chèvre qui se trouvait incidemment dans la pièce prit la fuite, peu soucieuse d'être la proie d'un mauvais berger.

Profitant d'une courte trêve, Maupassant, mal rebraguetté, s'installa devant une écritoire et, sur une rame de papier d'écolier, en caractères gothiques — Maupassant, comme le rappelait opportunément un court passage du dialogue, s'était également fait connaître par un certain talent d'écriture —, Maupassant, donc, se mit à aligner les lettres et les phrases. Gros plan sur la feuille de papier. On lit : « *La Maison Tellier,* nouvelle, 1881 ». Et, juste au-dessous : « On allait là, chaque soir, vers onze heures, comme au café, simplement. » Les éclairs de l'inspiration illuminaient le visage de l'écrivain, comme les faisceaux d'un phare déchirant l'océan un soir d'orage et de tempête. Le génie travaillait devant nous, en exclusivité, air inspiré et taches d'encre compris.

Fondu enchaîné. Maupassant a noirci des pages et des pages. Certaines jonchent le sol, entre les débris d'un pâté de venaison façon nature morte de petit maître hollandais, et des culottes à festons de dentelle imitation Crébillon fils.

Brusquement, le masque du galérien de la pensée s'obscurcit. Son front se plisse, au terme d'une contraction que l'on devine douloureuse. La plume d'oie demeure en suspens au-dessus de la feuille blanche. Mais Maupassant ne laisse pas sottement tarir la source de sa volupté créatrice. La réplique de Rubens étant miraculeusement sortie de l'inconscience où l'avait plongée le dernier spasme de son extase, il lui fait signe d'approcher, ce qu'elle fait à quatre pattes, sachant par expérience qu'il n'est pas indispensable qu'elle se relève. C'est d'ailleurs d'un geste impérieux que son amant lui ordonne de se placer sous la table. Quelques images plus loin, le poète a retrouvé une figure moins crispée, presque ineffable dans son angélisme. Il ne lui faut pas attendre davantage pour que, au rythme du flux et du reflux de la bouche de sa conquête, il se remette à écrire, ne s'arrêtant qu'après avoir calligraphié le mot « Fin » au terme de son manuscrit, nous enseignant du même coup comment *La Maison Tellier* avait vu le jour.

— Je ne sais vraiment plus ce que nous faisons ici, dit Hélène. La plaisanterie a assez duré. Si nous partions ?

— Attendons encore un peu, chuchota Jacques. Que nous ne soyons pas les premiers. Inutile de nous faire remarquer...

Le premier couple à se lever et à quitter la salle fut celui que formaient l'ambassadeur de Zamibie et sa femme.

— Si c'est tout ce que la civilisation française est capable de nous apporter, ronchonna l'Excellence africaine, je n'en salue que plus bas les deux cent mille morts et les patriotes torturés de notre guerre d'indépendance...

— Infect ! Ce film pue la sueur du bordel de campagne pour spahis déserteurs ! dit un ancien général qui avait l'air de s'y connaître.

— Intéressant, ricana le représentant de la Mongolie extérieure. Il faudra que je lise plus attentivement ce Maupassant. Je n'ai eu l'occasion de le feuilleter que dans sa version kirghize qui, si j'en crois ce que mes yeux sont en train de voir, comporte de graves lacunes.

— Qu'a-t-il écrit, lui demanda sa femme, à part *les Rougon-Macquart* ?

— Les titres de ses œuvres sont dans toutes les mémoires.

— Mais encore ? Vous ne répondez pas à ma question.

— Sortons d'ici. Il n'y a vraiment pas de raison pour que nous restions.

Par petits groupes constamment augmentés, l'audience s'amenuisait, dans un vacarme de dossiers de fauteuils claqués.

— C'est curieux, s'étonna un dignitaire valaque, je ne m'imaginais pas Maupassant sous cet aspect. J'en avais pourtant parcouru un condensé dans une brochure parue aux éditions Penguin, qui contenait aussi *The Selected Fables by La Fontaine* et *Cyrano de Bergerac, now a tremendous hit with Gerard Depardiou.*

Nul ne songeait plus à dissimuler son indignation.

— Quand on pense que ce Lazlo Guerassimov a été

reçu ce matin par le Président, avec photographes et petits-fours... Sait-on seulement d'où il vient ?

— De nulle part. Ou plutôt d'un pays qui a disparu de la carte depuis trente ans, ce qui est pour les intellectuels à la mode la meilleure garantie de son talent. Mais soyons francs ! Ce qu'on ne manquera pas de faire passer demain pour une énorme bévue de l'Élysée aurait pu être une excellente opération publicitaire : la France, terre d'accueil... Que de jolies variations en perspective... Ne nous surchargeons pas d'éboueurs maliens ou sénégalais, candidats à la nationalité française ; mais si le snobisme germanopratin a décrété que vous avez quelque chose qui ressemble à un cerveau, entrez donc, échappés des pires dépotoirs !... Inutile de vous essuyer les pieds puisque c'est sur un tapis rouge que vous marchez...

Les derniers spectateurs gagnèrent la sortie au moment où, à l'intention du sous-produit de Holbein, Maupassant, joignant le geste à la parole, déclarait : « Prends toujours ça, ô ma muse de gouttière... »

Sans transition, sur la couverture d'un nouveau cahier, puisant toujours dans sa réserve de caractères gothiques, il écrivit : « *Bel-Ami,* roman, 1886 ».

Hélène accrochée à son bras, Jacques se retrouva dans la rue. Une impression singulière s'empara de lui. Il avait oublié la griserie de ne pas être attendu partout où il se rendait, encadré, escorté, minuté dans ses actes et dans son emploi du temps. « Un diplomate de l'échelon supérieur, disait-il souvent avec une ironie qui cachait mal une certaine gêne, est bien différent des humains ordinaires. Alors que sa mission est de penser pour les autres, on a l'air de croire qu'il est incapable de le faire pour son propre compte. Qu'il parte en voyage, pour le clocher le plus proche ou l'horizon le plus lointain, il se transforme en une sorte de colis de luxe dont l'essentiel serait l'étiquette " fragile ". Son entourage multiplie les précautions afin qu'on n'en abîme pas le bel emballage. Rien de ce qui a été prévu pour freiner les élans d'autrui ne saurait l'arrêter. Un passeport spécial a été établi à son intention, qu'il n'a d'ailleurs même pas à montrer, criblé de sigles à l'usage exclusif de ceux qui lui ressemblent, sésame qui a raison de toutes les polices sous tous les climats, quelle que soit la situation des pays qu'il traverse, fussent-ils ravagés par des émeutes ou par la guerre. Des salons écartés lui sont réservés dans les aéroports, où des hôtesses, qui ne dédaigneraient pas de l'accompagner le temps d'une escapade, règlent à leur degré idéal les appareils à musique douce, les machines à café, le flux de la vodka, du whisky et du champagne, et harmonisent les présentoirs débordants de journaux en plusieurs langues. Tout a été organisé pour qu'il ignore qu'à quelques mètres de là, des gens guettent un tabouret devant un comptoir encombré de mégots, dans l'attente d'un avion perdu dans ses fuseaux horaires, ou d'un visa qui ne viendra jamais, pendant que piaillent des enfants que l'énervement de leurs parents achève d'épuiser. Il n'a pas besoin, d'autre part, notre heureux diplomate, de jeter des regards inquiets sur les panneaux qui indiquent les départs et les arrivées. Un personnel déférent régale ses oreilles d'un murmure subtilement modulé, comme s'il ne fallait surtout pas le déranger dans ses réflexions qui, toutes, ne sauraient avoir comme dessein que d'améliorer le sort de l'humanité, même si, en réalité, il somnole d'avoir tenté de déchiffrer dans le *Financial Times* les cours du coton au marché à terme de Winnipeg, en songeant à la campagne électorale qu'il va mener au prochain printemps dans l'un des millions de Loir-et-Cher de la mappemonde. »

Jacques ajoutait — et l'éclat de ses dents prolongeait l'élégant biseau de sa moustache réglé une fois pour toutes par le barbier du Sénat — que ce beau métier, en principe si sécurisant, courait de plus en plus le risque d'être altéré par d'incontrôlables révolutions de palais, et que cela était bien dommage si l'on admet que la fin d'une grande époque civilisée est un phénomène regrettable. Telle était du moins son opinion. Certes, on n'avait pas encore eu l'audace de fouiller les diplomates à la douane, ni celle de les faire passer sous les portiques des détecteurs de métal suspect, mais l'idée était dans l'air. Forcément, avec ces Colombiens protégés par des documents officiels, qui se sont fait pincer avec de la drogue dissimulée entre les paragraphes des traités qu'ils étaient supposés discuter à Londres, à Bonn, à Paris ou à Bruxelles, l'ambiance n'est plus au garde-à-vous respectueux, aux têtes pudiquement détournées des gabelous à l'instant de quitter l'aire des bagages... Comment les femmes des attachés de cabinet augmenteraient-elles d'un rang chaque année leurs colliers de perles du Japon, leurs jades de Tien-Tsin et leurs ivoires de Hong Kong ? On cite le cas d'un de nos ambassadeurs en Extrême-Orient dont l'épouse utilisait la valise diplomatique — une valise incroyablement extensible — pour passer sans encombre ses volumineuses collections de coquillages et qui, ce qui eût été impensable il y a seulement quelques années, à l'escale de Bangkok, avait dû déballer ses trésors, pendant cinq heures, devant de grossiers fonctionnaires qui la soupçonnaient d'avoir farci de poudre blanche sa fragile cargaison. Sans le moindre ménagement, les douaniers thaïs avaient porté les conques à leurs oreilles, l'une après l'autre, jusqu'à la dernière, avant d'admettre à regret que nulle substance douteuse ne les obstruait et qu'on y entendait bien le bruit de la mer. À la protestation indignée du mari, le Quai d'Orsay opposa que la valise diplomatique n'avait pas été créée pour transporter des testacés, même vidés de leur contenu. Tout ce qu'obtint l'ambassadeur fut d'être muté à Oulan-Bator, un endroit qui n'est pas réputé pour ses coquillages.

Jacques ne se rappelait plus, tant le trajet est court qui sépare les huissiers à chaîne d'une réception officielle de la portière ouverte d'une voiture à cocarde, que la place de l'Opéra a une odeur particulière et que la rumeur qui s'en élève ne ressemble à aucune autre.

À la terrasse du Café de la Paix, on n'avait pas encore retiré les guéridons à dessus de marbre et les chaises cannées. Des clients avaient l'air heureux de ceux qui ont un instant perdu de vue que leur habitude est de vivre ailleurs, avec des angoisses de famille ou d'argent, loin des lamentations alarmistes du journal télévisé. À petits coups appliqués, ils sirotaient des breuvages que le palais de Jacques, trop accoutumé au gruau-larose et au pur malt vingt ans d'âge, avait du mal à identifier. Un garçon et une fille, très jeunes, très beaux, s'embrassaient sans se préoccuper de leur entourage. Jacques se mit à les envier. Et brusquement, les ailes du souvenir le ramenèrent trente-cinq ans plus tôt, une nuit d'été, sur ce même boulevard des Capucines dont il apercevait l'amorce sur sa droite. Tout lui revint, comme si c'était hier.

Le nouveau film d'Yves Allégret, *Méfiez-vous, fillettes,* avait d'abord excité sa curiosité. Toute la ville bourdonnait du plaisir qu'elle en espérait et que teintait de délicieuse culpabilité la hardiesse annoncée du sujet. L'image d'Antonella Lualdi, son idole, l'avait hanté toute la semaine, et il éprouvait une jalousie indistincte en songeant à la chance que Robert Hossein et Gérard Oury avaient eu d'être ses partenaires. Hélas, comme l'indiquait une pancarte placardée sur la porte du cinéma, tirée d'un sulfureux roman de James Hadley Chase, cette histoire d'un gangster qui enlève la femme d'un caïd assassin de son boss venait d'être interdite par la censure pour immoralité.

Il avait donc poursuivi sa promenade, au hasard de sa flânerie et des trottoirs striés de néons. S'infiltrant avec une incroyable témérité parmi les voitures que canalisaient difficilement les bâtons blancs des agents, des vendeurs de journaux criaient que l'essence serait bientôt en France la plus chère du monde, après la brutale décision qu'avait prise le président du Conseil Félix Gaillard. Des juke-boxes s'élevait la plainte de Gloria Lasso, aussitôt relayée par les gloussements de Dario Moreno et par le sirop sonore d'Annie Gould. Et il enrageait à la pensée que ni Juliette Gréco ni Léo Ferré n'avaient droit au même privilège. À la devanture des kiosques, toujours et partout, la jeune révélation, Brigitte Bardot, déroulait les lacis entremêlés de ses cheveux et de ses hanches.

Sans se poser de questions, encore moins se choisir un itinéraire, il allait là où le conduisaient les jambes des femmes qui marchaient devant lui, ne pouvant en détacher son regard, imaginant le dialogue qu'il aurait pu avoir avec les belles promeneuses, et qui eût immédiatement connu un dénouement favorable. Mais, à peine le premier mot de son discours affleurait-il au bord de ses lèvres, leurs silhouettes si désirées avaient disparu, happées par un remous de la foule ou dans le gouffre d'une bouche de métro, le laissant seul avec ses rêves.

Dans un café du carrefour Richelieu, à l'endroit où, au crépuscule du dernier siècle, à l'intention de la superbe courtisane Liane de Pougy, le redouté chroniqueur Aurélien Scholl composait des calembours, une aïeule, au chignon fixé par un peigne de danseuse espagnole, vestige d'une virée à l'Exposition universelle de 1900, vendait des violettes en faisant la révérence. Son charme était si grand, malgré sa décrépitude et sa difficulté à ployer les genoux, que Jacques avait eu l'envie de lui plaquer deux baisers sur les joues. Comme elles en étaient loin, ces gitanes agressives d'aujourd'hui, aux vêtements figés par la crasse, qui traînent des enfants rendus infirmes exprès pour provoquer la compassion, flanquées de fillettes insolentes, un morceau de carton sur la poitrine pour cacher le travail de leurs mains en train de délester de leurs portefeuilles les touristes imprudents...

Il se revoyait encore, un autre soir, sortant d'un théâtre, le cœur réjoui des grimaces de Jean Le Poulain rendant hommage à Feydeau. De la Madeleine à Réaumur, il errait ainsi le plus longtemps possible pour retarder le moment de se retrouver parmi les ors et les brocarts de l'appartement de sa tante, rue de Miromesnil, où il était logé en attendant la fin de ses études.

Le maître d'hôtel portait des gants blancs dès le service du petit déjeuner. Dans le cabinet de musique, à la pénombre jamais troublée par un rai de lumière, au bout de la solennelle enfilade des salons de réception aux meubles recouverts de housses onze mois sur douze, une partition de Bach était toujours ouverte à la même page, en évidence sur le piano de palissandre. Cette brochure qui prenait la pose le révulsait au moins autant que les cours polycopiés achetés rue Soufflot, pour lesquels il avait cependant peu d'attirance.

Savait-il déjà à quelle carrière on le destinait ? Il prétendait que non, peut-être en rébellion contre l'idée que son sillon avait été tracé avant même qu'il eût ouvert les yeux pour la première fois. Tout, en effet, avait été disposé pour qu'il fût dans l'impossibilité de tourner le dos au destin que sa famille avait prévu pour lui. Du castel ancestral, bouleversé par une succession d'infortunes diverses, la dernière étant sa mise à sac par les maquisards de 1944 sous prétexte que, quatre ans plus tôt, un soldat allemand était allé demander de l'eau aux cuisines car il avait soif et qu'une gardienne de dindons avait rapporté l'événement, il ne restait plus qu'une assez lourde bâtisse pas trop mal retapée par un disciple de Viollet-le-Duc et une tour à demi effondrée, d'où les corbeaux avaient expulsé les colombes. Mais ici régnait l'esprit patriarcal. Pas question de discuter les décisions du père, une fois qu'il les avait formulées. Les premiers à se soumettre étaient ceux qu'il avait mis au monde — l'expression étant à prendre au pied de la lettre puisque, selon une tradition à laquelle il n'imaginait pas que l'on pût déroger, il n'eût laissé à nul autre, même au praticien le plus renommé, le soin d'accoucher sa femme. Ce privilège, jusqu'à la veille de la dernière guerre, s'étendait aux femmes de chambre. Sans un murmure, chacun, dans la famille, depuis des lustres, s'était plié à cette règle, avant de l'imposer à sa descendance. Esclave de la volonté paternelle, un frère aîné de Jacques avait été désigné d'office pour gérer les douze mille hectares de prés et de forêts du domaine, ce qui lui permettait de mettre sur sa carte d'identité, en face de la mention « profession » : *cultivateur.*

Un autre frère, le second dans l'ordre chronologique, avait été obligé d'embrasser la carrière des armes, hâtant ainsi regrettablement sa fin tragique en Indochine. Le troisième descendant mâle sur la liste, aussi peu doué pour la vie que pour la mort, avait été impérativement convié à devenir prêtre. Comme disait sa mère qui, très pieuse, ne croyait à rien : « Il n'est jamais mauvais, le jour venu, d'avoir des accointances avec le ciel. » Cela compensait un peu son irritation qu'il n'y ait jamais eu de saint dans la famille, même au XIIe siècle, où cela était pourtant aisé pourvu qu'on se donnât la peine de mettre le feu à quelque bûcher.

Il y avait également une fille, Marie-Angeline, malheureusement idiote de naissance. On disait d'elle, pudiquement, qu'elle était « attardée ». Il avait fallu la marier à un vague cousin dont la cervelle ne valait guère mieux que la sienne. Au moins, avait-on estimé dans le sein d'un conseil de famille particulièrement recueilli et inspiré, ces infortunés jeunes gens que personne ne comprenait auraient-ils une chance de se comprendre entre eux. À peine fut-on un peu déconcerté de voir que, jusqu'à leur mort, survenue à vingt-quatre heures de distance — le second ne supportant pas la disparition de la première —, ils connurent un bonheur parfait.

À la poursuite de son passé, Jacques continuait d'errer sur les boulevards de ses quinze ans. À sa grande surprise, sa mémoire retrouvait des images dont il croyait avoir perdu le souvenir. Le voici, par exemple, assis à la terrasse d'un café dont l'orchestre entier est composé de dames vêtues de longues tuniques de satin blanc, une orchidée rose en guise de broche à leurs décolletés, qui jouent de l'archet, du tuba et du flageolet, ce dernier instrument autorisant les plus salaces plaisanteries, dans un environnement de plantes en pots et de boules de métal fendues en leur milieu, genre bistrot de Courteline, pour qu'on y jette les serviettes sales. À ses côtés se tient une jeune personne, en robe à fleurs, aux emmanchures plissées soleil. Elle tire nerveusement sur cette jupe parce qu'elle s'est aperçue qu'elle ne couvre plus ses genoux et que, comble d'infortune, elle a filé un de ses bas. Une tulipe dorée masque les épingles à cheveux qui commandent approximativement à l'ordre de sa coiffure. Il entend de nouveau son rire, comme les perles d'un collier dont le lien se serait brisé et qui se répandraient en cascade sur un plateau de métal. Une seconde il a honte de la banalité de cette comparaison, mais il se réconforte en pensant qu'à l'époque il était jeune encore, que cette réflexion portait la marque de sa jeunesse, et que la maturité, ce serait pour plus tard — bien assez tôt.

Comment s'appelait-elle, déjà ? Il en avait oublié jusqu'à l'existence. Yolande, c'était Yolande, son nom. Ou Béatrice. Peu importe, du reste. L'important c'est qu'il ait encore l'impression de respirer l'odeur de sa peau. Au fait, avaient-ils couché ensemble ? Sûrement pas. Mais si ! Pour Yolande — ou pour Béatrice —, c'était même la première fois, et il n'était guère plus avancé lui-même dans les exercices de la volupté. La couverture, qui les protégeait davantage du malaise d'être nus que du froid, glissait continuellement sur la moquette usée de la chambre, sous les toits, que lui avait prêtée un camarade plus déluré que lui. Ils avaient ensuite fumé une cigarette, en toussant. Le lendemain, un grand soleil fit reluire les tasses ébréchées de leur café au lait. En ce temps-là, pour Jacques, le soleil ne ressemblait pas à celui auquel il est désormais habitué, qui fait transpirer sous les tropiques les conférences internationales. Les croissants du petit déjeuner aussi n'ont plus le goût de ceux qui réveillaient alors son appétit, avant d'en abandonner les miettes aux pigeons. Ah ! Yolande... ou Béatrice ?... Comme il se souvient bien d'elle, maintenant ! Il y a des détails qui ne trompent pas. À moins qu'il ne se soit agi d'une autre..., peut-être Geneviève... ou Emmanuelle ?...

— Que faisons-nous ? demanda Hélène. Nous n'allons pas piétiner devant l'Opéra à attendre Maxime... Où a-t-il pu passer, d'ailleurs ? Ce n'est pas sérieux... Ce garçon se relâche...

— Ne soyez pas injuste. Nous ne lui avons donné rendez-vous qu'à l'issue de la représentation, et il ne pouvait vraiment pas deviner que nous partirions si vite. Évidemment, c'est ennuyeux : si j'en crois le programme, cela nous fait une bonne heure avant qu'il arrive...

Comme on choisit au hasard un numéro dans une loterie, elle suggéra qu'on pourrait peut-être prendre un taxi.

— Cela doit exister, les taxis, par ici...

— Pourquoi pas le métro ? dit Jacques en riant de la plaisanterie.

L'atmosphère en fut détendue.

— Ou bien marchons un peu ? reprit Hélène. La nuit est douce, et les boulevards ne manquent pas de charme. Je connais bien le quartier. J'ai fait tout le côté gauche des Italiens, avec Lucienne, l'autre jour. Elle avait repéré une paire de chaussures comme j'en voulais, mauve et vieil or, pour aller avec la robe de cocktail que je viens d'acheter. Mais nous n'avons pas retrouvé la boutique. Nous avons marché... marché... au moins vingt minutes.

— Je n'aime pas beaucoup que vous vous laissiez entraîner dans ce genre d'équipée, avec tous ces gens qu'on croise, aux si singulières figures...

— Rassurez-vous ! Maxime suivait, avec la voiture. Heureusement, il avait laissé la cocarde derrière le pare-brise. Les automobilistes, derrière nous, s'énervaient. Les policiers, en revanche, ont été charmants.

Jacques pensa qu'Hélène était bien jolie, vaguement gêné de constater que c'était une réflexion qu'il n'avait pas faite depuis longtemps, détourné par la trop grande habitude qu'il avait de ses gestes et de son visage, ne remarquant qu'une fois sur deux que sa coiffure avait changé, ou la félicitant, comme si elle était nouvelle, d'une robe qu'elle venait de ressortir d'un placard où elle l'avait rangée deux saisons plus tôt. Encore fallait-il qu'il ne fût pas trop occupé, à table, à répondre aux coups de téléphone qui l'obligeaient à avaler ses repas plus rapidement qu'on ne les lui servait. Encore heureux s'il ne parcourait pas une dernière fois un dossier urgent quand, à intervalles de moins en moins réguliers, il montait l'escalier qui conduisait à la chambre d'Hélène où, tout à ses préoccupations, en s'approchant du lit, il dérangeait la belle ordonnance des guéridons surchargés de brosses anciennes à initiales d'argent et la collection de boîtes à musique sur la commode à volants gaufrés de damas cyclamen.

Entre elle et lui, tout avait coulé de source, la tendresse, la fidélité, et même l'amour. Comment aurait-il eu l'idée saugrenue de remettre une seconde en question la nature et l'évidence de leurs relations ? À La Baule, déjà, quand il avait sept ans, et elle quatre, dans l'odeur entêtante d'une pinède qui, épargnée par le béton du futur, s'étendait jusqu'à la mer en découvrant à marée basse des tapis de coquillages, ils se tenaient par la main, comme si la vie avait été impatiente d'associer leurs deux destinées. Dans le fond, dès l'enfance ils étaient mariés. Ils n'avaient plus qu'à laisser se dérouler le fil des années. Sur la même pente douillette et dorée, l'avenir leur épargnait les aspérités du chemin, les vertiges de l'incertitude, l'angoisse d'un choix et celle d'avoir à fournir des solutions à des problèmes. Nulle fatalité ne pouvait être plus banale.

De la guinguette des gaufres au haras miniature des promenades à âne, les ritournelles des juke-boxes avaient, à leur insu, des échos de chants grégoriens dans une cathédrale ou une chapelle de famille, un jour de cérémonie solennelle ; et les dunes frangées d'immortelles et d'œillets d'Inde semblaient accompagner de leurs murmures l'échange des anneaux. La question ne s'était jamais posée pour eux de savoir s'ils feraient leur route ensemble, pas plus que leurs parents ne s'étaient interrogés à ce sujet. En contrepoint, le mariage leur était apparu comme une zone distincte de l'amour, dont la vertu essentielle était d'écarter l'idée même qu'ils pourraient aimer ailleurs. Quand Jacques disait : « Ma femme », il avait l'air de faire allusion à un héritage inscrit dans un testament rédigé plusieurs siècles auparavant, à la main, et presque en caractères agrémentés d'enluminures. Il eût été ridicule, voire déplaisant, d'en discuter la légitimité. En somme, ils ne faisaient tous deux que perpétuer une longue lignée d'ancêtres avec lesquels, en dépit de leur mort, ils n'avaient pas cessé de vivre. Sans qu'ils s'en rendissent compte, ils étaient eux-mêmes des ancêtres. Pour raccorder leur présent au passé de ceux qui les avaient précédés, il suffisait de modifier le chiffre des siècles.

Comment avaient-ils pu penser que Maxime, pour la première fois, ne serait pas en avance sur l'heure qu'ils lui avaient fixée ?

Dès qu'ils l'aperçurent, souriant, la casquette à la main, ils s'engouffrèrent dans la limousine avec un plaisir non dissimulé, comme si, rescapés de quelque naufrage, ils avaient évité les mâchoires d'une armada de requins.

Dans son soulagement d'avoir échappé à une situation à laquelle nul ne l'avait préparé, Jacques se crut obligé de donner des explications au chauffeur :

— C'est une bénédiction que vous soyez là ! Le spectacle était si mauvais que nous avons fui.

Maxime déclara qu'il n'avait, en effet, que d'exécrables renseignements sur le film, s'il s'en rapportait aux confidences de son collègue de l'Éducation nationale avec lequel il aimait discuter sur le perron de Matignon en attendant la sortie du Conseil des ministres, parce que, avec lui au moins, l'entretien prenait rapidement des allures culturelles. C'était logique, avec tout ce qu'il entendait, dans sa voiture.

— Son jugement est rarement défaillant, fit-il en adoptant par mimétisme l'accent de l'École nationale d'administration. Il m'a cependant signalé la présence, fort digne d'intérêt, d'une jeune comédienne. Comment s'appelle-t-elle, déjà ?

— Ça va bien, dit Jacques. À la maison !

L'appartement en triplex du boulevard Maréchal-Périgord-Châtelain (1850-1949) — la guerre conserve les maréchaux — surplombait les frondaisons du Bois de Boulogne. Juste au-dessous de ses hautes fenêtres, une allée de rocaille et de taillis servait de repaire à des légions de travestis. D'abord choqués, et après d'innombrables protestations demeurées vaines auprès des services municipaux, Hélène et Jacques avaient fini par prendre le parti de faire comme si les intrus n'étaient que de simples passants absorbés dans la contemplation du paysage. De leur côté, les Brésiliens et autres fils du soleil changés en serviteurs de la nuit avaient compris que le couple n'était manifestement pas pour eux une concurrence et qu'ils n'avaient donc pas de raison de s'inquiéter quand il traversait leur terrain de chasse. C'est même avec une certaine déférence qu'un Péruvien en jarretelles à cocarde et queue-de-cheval ornée d'un ruban phosphorescent s'écarta pour leur faciliter l'accès de l'immeuble.

Jacques ne put s'empêcher de penser que ce spectacle était étrange quand on se souvient de ce que les frères Goncourt disaient du même lieu, sous la menace des Prussiens, en 1870. Ici abondaient en effet les moutons et les cantinières. Jumelles à la main, les badauds parisiens grimpaient aux arbres, ceux que les bombes avaient épargnés ou qu'on n'avait pas encore coupés pour faire du feu ; et de ces observatoires, ils suivaient les déplacements de l'ennemi, retranché sur les collines de Saint-Cloud. Et puis ils rentraient chez eux manger du rat, ou, un jour de fête, un kangourou extirpé des cages du Jardin d'acclimatation… Ils ne reconnaîtraient plus rien du champêtre décor de leur drame. Les temps changent. À chacun sa guerre d'indépendance.

— Il n'y a vraiment rien à faire pour nettoyer ce cloaque ? demanda Hélène, furieuse d'avoir, en essayant de franchir le seuil de sa porte, dit « Pardon, madame » à un mastodonte en slip de dentelle noire sous un anachronique manteau de fourrure.

— À moins d'envoyer l'armée, dit Jacques, je ne vois rien de vraiment efficace... Encore ne serait-il pas sûr que cela n'accroîtrait pas le chiffre de la clientèle ! Maintenant qu'on leur a interdit les abords immédiats des lacs...

Ouvertes, les baies du grand salon laissaient entrer une nuit chargée d'étoiles et de rumeurs. Le grondement des camions, sur les boulevards des maréchaux, se mêlait aux glapissements des androgynes défendant les tarifs de leurs fellations. Jacques se servit à boire pendant qu'Hélène, excédée, refermait les fenêtres.

— Habiter ici, avec cette vue, et être obligé de vivre en reclus...

Son mari ne l'écoutait pas. Elle finit par s'en inquiéter.

— Qu'est-ce que vous avez ? Vous paraissez tout désorienté...

— Ce n'est pas faux. Savez-vous que c'est la première fois, depuis des années, que nous nous trouvons ensemble, chez nous, sans avoir rien de particulier à faire, ni d'emploi du temps déterminé... Chaque heure de notre vie, il y a toujours quelque chose qui veut que nous ne parvenons pas à nous arracher à l'emprise de ceux qui nous entourent et qui, en principe, le font pour nous épargner le moindre effort. D'ailleurs, si nous étions restés à l'Opéra jusqu'à la fin du film, congratulations de circonstance et félicitations obligatoires comprises, nous ne serions pas déjà de retour dans notre maison et notre existence suivrait son cours habituel, que l'on nous assure normal. Mais nous voici chez nous, c'est incroyable, vous et moi, jouissant d'une liberté qui, faute d'entraînement, me donne presque le vertige. Personne ne sait que nous sommes là, à commencer par ceux qui, à force de déférence et de servilité, nous empêchent généralement de profiter totalement l'un de l'autre. C'est une situation vraiment nouvelle ! Nous pouvons, si nous le voulons, nous tenir par la main, parler de tout et de n'importe quoi et même, comble de la félicité, nous délecter de nos silences... C'est comme du temps dérobé au temps, un cadeau que quelque divinité imprévisible nous ferait !

— Tu as raison, Jacques, dit Hélène d'une voix dont la tendresse avait des accents d'enfance retrouvée. Cela fait du bien d'être en face l'un de l'autre, sans personne pour nous dicter notre conduite. Un peu plus et nous perdions jusqu'au souvenir qu'un tel bonheur pouvait être si doux, et même qu'il existât...

Plus touché qu'il ne voulait le paraître, Jacques prit sa femme dans ses bras.

— Je n'ai pourtant pas toujours été un mari idéal. Franchement, tu méritais mieux.

— Je n'ai rien à te reprocher. Même en cherchant bien, je ne vois pas. Et nous avons connu des moments merveilleux...

— Pas assez.

— En tout cas, nous ne nous sommes jamais disputés, comme tant de ménages que nous sommes obligés de fréquenter et qui nous insupportent. Mais, à la réflexion, je me demande si nous ne devons pas cette rare qualité à l'éducation que nous avons reçue, s'il ne s'est pas créé, à cause d'elle, une sorte d'automatisme de la courtoisie, voire de l'affection.

— Ne sois pas injuste avec nous !

Puis, brusquement confuse :

— Oh ! Jacques, vous avez remarqué ? Nous nous sommes tutoyés... Cela aussi ne nous arrive plus que rarement.

— La vérité est que tu as toujours été meilleure que moi. Ne proteste pas, je sais ce que je dis. Tu m'as apporté plus que je ne t'ai donné. Toi seule as su me réconforter, me redonner espoir, chaque fois que je traversais une crise, qu'un contretemps était sur le point d'avoir raison de mon énergie. C'est si faible, les hommes forts... Quand il y a eu un changement de gouvernement, par exemple, il y a quatre ans, et que j'ai craint de ne même pas obtenir, en compensation du poste que j'occupais, un siège de conseiller d'État au tour extérieur... ou, pis encore, une nomination au Conseil économique et social, à côté d'une chanteuse populiste que l'on avait consolée ainsi de ne plus être populaire...

— C'est bien naturel si j'ai cherché à te redonner du courage. Mais je ne suis pas tellement innocente : en prenant ton parti, c'est aussi pour moi que je me battais !

— Soit. Mais moi, est-ce que j'ai compris, comme j'aurais dû, que tu pouvais avoir aussi tes passages à vide et tes désarrois ? J'ai peur que non. Et c'est parce que j'y songe, maintenant, que je me dis que cette soirée ratée est, au contraire, réussie. À la limite, je considérerais volontiers qu'elle n'est pas tout à fait la conséquence du hasard, qu'elle est à la fois un signal d'alarme et une bouée de sauvetage.

— Je ne comprends pas.

— Hélène, la situation est plus grave que nous ne le croyons.

— Je te jure que je n'ai pas le sentiment que notre couple soit en danger...

— Bien sûr, nous ne courons pas le risque d'une séparation. Au contraire. Mais on peut être loin de l'autre en continuant pourtant de vivre ensemble. Il faut réagir, je le sens.

— Tu commences à me faire peur…

— Écoute, j'ai la solution ! Jouons à un jeu que nous avons trop négligé.

— Quel jeu ?

— Celui d'être comme tout le monde !

— Être comme tout le monde ? Je ne suis pas sûre, mon pauvre ami, que nous soyons très doués pour ça…

— Comment savoir ? Nous n'avons jamais essayé ! Il me semble cependant que le moment en est venu… L'expérience est probablement plus simple que nous ne l'imaginons. Il suffirait, je crois, de faire ce qui a l'air de rendre si heureux les gens qui ne font pas partie de nos relations, ceux que nous croisons dans la rue sans nous arrêter pour leur demander comment ils vont, ceux auxquels nous trouvons des sourires bêtes parce qu'ils n'ont pas nos préoccupations, mais que nous ne pouvons nous empêcher d'envier un peu, et justement pour cette raison. Interrogeons-nous, puisque nous ne les interrogeons pas. À ton avis, de quoi ont-ils le plus envie ? Ne cherche pas, je vais te le dire : de rompre la routine quotidienne en prenant des vacances.

— Je ne vois vraiment pas où tu veux en venir.

— Puisque prendre des vacances comble leurs plus ardents désirs, prenons des vacances, et nous serons heureux à notre tour…

— Des vacances ? J'en prends toute l'année… Même toi, dans le fond… Que ta vie soit si différente de celle des autres, en te mettant à l'écart de leurs problèmes, fait que tu as l'impression d'évoluer dans une société particulière, sans rapport avec ce que la plupart subissent quotidiennement. N'est-ce pas là aussi une certaine façon de prendre des vacances ? Rien ne doit plus reposer l'esprit que de se voir épargner les soucis et les pensées médiocres.

— Les vacances dont je parle ne tiendraient compte ni de nos habitudes ni de ma carrière. Aucun attaché de cabinet ne nous en fixerait les étapes ni la durée, les endroits où dormir, où manger, avec l'interdiction d'y rêver. Changeons tout cela. Rompons avec une règle où même les paysages nous sont imposés, et le temps de les contempler. Vois-tu, ce qu'il nous faut, c'est un dépaysement total, à tous les niveaux. Tu as quelque chose contre l'Italie ?

— Mais tu la connais par cœur !

— Celle des conférences internationales, à Stresa, au lac Majeur, à Venise ! Venise, quand j'y suis sans toi, c'est comme si je n'y étais pas.

— Ta mémoire faiblit. Ou je t'intéresse moins. Venise, nous y sommes allés ensemble...

— Quand ? L'année où nous avons fait semblant de partir en voyage de noces...

Il débutait au Quai et il n'avait qu'une crainte, c'est que, lui qui ne servait à rien, on pût se rendre compte qu'il n'était pas indispensable... Depuis, il était toujours retourné seul à Venise, et cette solitude officielle ne donne pas précisément l'impression qu'une cité, fût-elle comme celle-ci la plus belle du monde, puisse posséder une quelconque magie... Il ne parcourait, d'ailleurs, ses canaux qu'à toute allure, précédé par les vedettes à moteur du service de sécurité qui, en attendant la fin de son équipée, faisait se ranger contre les murs les vaporetti des transports publics et agitaient dangereusement les gondoles dont les passagers montraient le poing avec des exclamations furieuses. En vingt ans, il s'était rendu dans bien des pays qui désapprouvaient la politique de la France, et lui manifestaient parfois l'hostilité la plus vive, mais jamais il n'avait été autant insulté qu'à Venise... Cela ne faisait qu'alourdir les regards de ses gardes du corps, de patibulaires gaillards aux poches gonflées d'engins suspects. De-ci de-là, il apercevait, aussitôt effacés par la vitesse, entre deux envolées de pigeons, de petits restaurants où il aurait aimé s'attarder devant un plat de lasagnes au four, ou même une modeste pizza. Mais chaque fois, on venait le tirer par la manche ! Les Carpaccio et les Bellini, pourtant, n'étaient pas toujours très loin, puisqu'une visite de courtoisie l'avait conduit au consulat d'Allemagne, dont le charmant hôtel particulier a une vue imprenable sur l'Accademia. Hélas, le minutage des exigences protocolaires n'admettait pas les dérapages. Il n'avait eu que le temps d'enjamber une de ces familles de chats sauvages malades d'une indigestion de ramiers, eux-mêmes malades, et qui, à défaut de lions à Venise, semblent monter la garde devant la résidence germanique. À quelques mètres de là, à l'angle d'un palais aux allures de décor d'opéra — tout juste si on n'avait pas l'impression d'entendre des accords de Donizetti ou de Cherubini —, la boutique d'un fleuriste occupait un angle de la chaussée. On y vendait des gardénias, la fleur préférée d'Hélène, qui avait adoré cette modeste échoppe. Il avait voulu, en son honneur, acheter de quoi se faire une boutonnière. Le vendeur souriait déjà. Mais le fonctionnaire français qu'on avait assigné à Jacques en qualité de guide et de traducteur s'était interposé en lui collant sous le nez un numéro du *Messagero :* « Il y a un article très intéressant, avait-il dit, qui pourrait vous servir, pour votre intervention officielle, cet après-midi… J'en ai souligné en rouge les thèmes principaux. Je vous ai aussi préparé une citation de Montaigne, prise dans son *Journal de Voyage en Italie ;* et une autre de Garibaldi, ce qui est toujours bienvenu quand on s'adresse à ses héritiers supposés… »

Le lendemain, il avait eu un dernier sursaut d'espoir. Sur la colonnade du musée Correr, une large banderole d'un rouge éclatant indiquait qu'on avait réuni les plus extraordinaires Guardi, dont ceux, rares ou singuliers, où le peintre utilise un bleu presque sombre qui tranche avec celui, généralement clair et léger, de ses autres tableaux.

Encore une fois, ces merveilles lui avaient été refusées. Pendant toute la durée de son séjour, il n'avait eu que le triste privilège d'apercevoir la Salute et San Giorgio de biais, en rejoignant le Cipriani où on le parquait obligatoirement, au nom d'on ne sait quel prestige national et de la distance qu'il convient de conserver entre notre représentation française et celle des pays que nous souhaitons maintenir au second plan.

À cause de cela, il haïssait le Cipriani, ses stupides jacuzzis, sa pestilence cinq étoiles, ses diplomates en bermudas aussi sinistres que leurs habits de soirée, à la chair blafarde, qu'un soleil pris trop hâtivement hachait de flétrissures violacées, ses vieilles milliardaires ridées bichonnant des chihuahuas mal élevés, ses potentats stratèges émérites de toutes les fraudes, qui avaient l'air de sortir d'un cimetière d'éléphants où les squelettes auraient porté des casquettes d'amiral et n'auraient lu que le *Wall Street Journal*, des écouteurs enfoncés dans les oreilles, leurs télés éternellement branchées sur CNN, alors qu'à quelques encablures, un autre hôtel, une auberge plutôt, porte également le nom de Cipriani — aucun rapport ! —, dans l'île pleine de grâce de Torcello, où se réfugiait Hemingway... Tout cela pour entendre pendant des heures, devant un verre d'eau dangereusement incontrôlée, dans l'ombre sans surprise de salles de réunion aux noms flatteurs : Raphaël, Botticelli, Véronèse, des rapports insipides sur la situation de pays qui n'existaient même pas il y a deux ans et qui n'en attendraient pas cinq pour disparaître... Comme si on avait besoin de convoquer dix nations à Venise en leur demandant de débattre du nombre de tonnes de céréales qu'il faudrait expédier en Érythrée pour ralentir son agonie, ou sous le fallacieux prétexte de limiter la course aux armements tandis que, dans la coulisse, quand s'étaient éteints les candélabres des soupers de gala, on signait de fructueux contrats d'armement et d'explosifs avec tous les « Sentiers lumineux » qui faisaient couler des fleuves de larmes et de sang...

Une dernière fois, cependant, il avait cru que l'heure de sa revanche avait sonné. À l'occasion d'un banquet intime de trois cents couverts, on lui avait réservé la place d'honneur. En rentrant dans le vaste hall de réception de l'hôtel Gritti, il avait repéré les fenêtres monumentales aux vitraux multicolores qui donnent sur le Grand Canal. Au moins, pensa-t-il, pendant les discours dont il ne savait que trop l'inutilité et l'absence de piquant, il pourrait s'absorber dans la contemplation du paysage en feignant d'écouter. Encore une fois, le protocole en avait décidé autrement. Contraint de s'asseoir à la droite de l'héritier d'une ancienne famille régnante, à la mémoire fossilisée depuis la bataille de Lépante, sa chaise était ainsi disposée qu'il tournait le dos à la beauté, n'ayant dans son champ de vision que la forêt de micros réservés aux innombrables orateurs, et les orateurs eux-mêmes lui faisant très exactement face, ce qui ne permettait aucune distraction, puisqu'ils semblaient ne s'adresser qu'à lui, pendant qu'ils faisaient se succéder leurs interminables péroraisons. Il n'avait, pour rompre la monotonie du spectacle, que l'intermède qu'offraient des valets en perruques poudrées, en livrées à la Goldoni empruntées au décrochez-moi-ça de quelque loueur d'opérette, ouvrant et refermant les portes de l'office sur des monceaux de vaisselle maculée et de verres promis à un hâtif nettoyage. Pour compléter le cauchemar, jamais il n'avait entendu de son plus disgracieux que celui qui sortait du gosier de gondoliers avinés massacrant *O sole mio* ou *Funiculi Funicula.*

— Tu ne crois pas que notre départ serait un peu précipité ? interrogea Hélène. Tu dois avoir mille choses à régler. Moi-même j'attends la visite d'un nouveau couple, pour la cuisine et la lingerie, envoyé par l'agence de Londres qui nous fournit ordinairement notre personnel.

— À ce propos, je n'ai jamais compris pourquoi vous vous adressez toujours à Londres quand il s'agit de remplacer nos domestiques ?

— Pour les gens de maison, il n'y a que Londres... Ma grand-mère, déjà, ne procédait pas autrement. Et « Brown et Beverley » m'assure que ceux qu'il nous destine sont parfaits. Ils ont d'ailleurs servi chez Clara Ridgwood.

— Cette étrange personne, dans le Devonshire, qui a quitté les shampooings de son salon de coiffure pour épouser un vieux duc contraint maintenant de transformer en zoo son parc windsorien pour faire face aux caprices de la nouvelle duchesse ? Il paraît qu'elle écrit des manuels de savoir-vivre très prisés dans le Massachusetts...

— En tout cas, pour ce qui est de la domesticité, la duchesse est une référence : elle connaît la question...

— Sans aller jusqu'à dire qu'ils sont faits pour ça, les domestiques peuvent attendre. Partons ! L'occasion ne se représentera peut-être plus avant longtemps, voire jamais. Écoute, j'ai une idée. Pour garantir notre tranquillité, nous ne dirons pas où nous allons. Parisot expédiera les affaires courantes. Il a l'habitude. Tu ne crois pas que j'ai mérité quelques jours de trêve ? J'ai fait le compte : rien que cette année, j'ai contribué à éviter au moins deux guerres mondiales... Sans plaisanter, partons sans remords. Juste un coup de fil à donner au ministre, qui me donnera sa bénédiction.

— Tu en es sûr ?

— Il me doit deux ou trois petites choses. Je n'aurai pas besoin de le lui rappeler. Il comprendra.

— Ce n'est pas lui qui, sous prétexte de présider un hommage à Berlioz, à la Scala de Milan, avait prolongé son séjour de quarante-huit heures, secrètement, à Fiesole, en compagnie d'une charmante comédienne ?

— Non, non ! Tu confonds avec...

— Comment s'appelait-elle déjà ? Nous l'avions trouvée très plaisante, bien qu'un peu limitée dans son jeu, en Rosine de *Figaro*... Le ministre, que je taquinais à cause de cette incartade, m'a dit en souriant qu'il ne faisait que respecter la grande tradition républicaine, et il avait cité ces vieilles gloires de nos anciens gouvernements qui n'hésitaient pas à puiser dans le vivier de la Comédie-Française et autres théâtres parisiens... Et moi j'avais ajouté : « Heureusement que mon mari n'est pas républicain... »

— Je suis ainsi, mon amour ! J'ai toujours préféré ma vie privée au théâtre... Prépare-toi, vite...

— Tout de suite ?

— Pourquoi attendre davantage ? Nous n'avons que trop attendu... Le strict nécessaire. Pas plus de trois valises. Demain nous déjeunerons en Italie. Nous y avons partout des amis qui nous supplient de leur rendre visite. Les Benito Vissuti, le baron Kramenstein von Kellering, les Marescchini ou Angelica Infanti, l'arrière-petite-nièce de Verdi dont on raconte qu'elle possède un bon tiers de la région de Rimini. Nous éviterons seulement le roi du porc en boîte américain qui s'est fait construire en Toscane un château qui serait, selon les affirmations de son rusé architecte, la réplique fidèle, cheval de bronze compris, de celui qui aurait servi de demeure au Colleone... Nous nous garderons aussi comme de la peste de tout ce qui touche de près ou de loin à la politique. Politiquement, l'Italie est à manier avec précaution. Autrefois, on y adhérait à un parti ; aujourd'hui ce sont les partis qui vous collent à la peau. Nous aurons intérêt à nous renseigner sur les derniers arrivages de notables dans les prisons.

Hélène lui passa les bras autour du cou.

— J'aime que tu te comportes ainsi, que tu prennes tes

décisions sans consulter personne. Commander, c'est trop souvent être l'esclave de tout le monde. Tu ne me laisseras même pas une petite semaine pour réviser mon italien ? À part *ciao* et la moitié d'un sonnet de Pétrarque, j'ai peur d'avoir tout oublié...

— Les pays en perdition sont les derniers refuges de la civilisation. Presque tous les Italiens que nous aurons à fréquenter parlent le français. Et en tout cas, tous les hommes avec les femmes, pourvu qu'elles soient jolies.

— Je me rends à ce dernier argument ! À quelle heure Maxime doit-il venir avec la voiture ?

— Pas de Maxime. Pour une fois, ce sera moi qui conduirai.

— Tu sauras encore ? Cela fait des lustres que tu n'as pas tenu d'autre volant que celui des voiturettes électriques sur les terrains de golf... Et puis, la Rolls, ce n'est pas un peu voyant ?... Je croyais que notre intention était d'échapper aux regards indiscrets ?

— Nous prendrons la Daimler décapotable. On se fera moins remarquer. Fais-moi confiance, tout ira bien. Mais tu trembles ?...

— Quelque chose me fait un peu peur... Cette précipitation...

— Franchement, qu'est-ce qui t'inquiète le plus : l'appréhension d'un voyage inattendu, ou la nouveauté d'être heureuse ?

Hélène blottie contre son épaule, Jacques conduisait. Il détourna un instant les yeux de la route pour sourire à sa compagne. À son grand étonnement, elle paraissait dormir.

— Tu dors ? demanda-t-il.

— Non. J'ai simplement fermé les yeux parce que c'est trop beau...

— Étrange façon d'apprécier la beauté, en refusant de la voir !

— Je cherche par ce moyen à l'emprisonner à jamais.

Le soleil s'était levé sur des vallons et des prairies aussi luxuriants que sur les cartes postales que ses dactylos épinglaient au mur, au-dessus de leurs machines à écrire, reproduisant le lac de Côme ou Étretat, entre les muscles d'athlètes hollywoodiens gonflés comme des pneus sur le point d'éclater, et les blousons cloutés du groupe Téléphone.

Il avait l'impression de se retrouver des années en arrière quand, en culottes courtes, il escaladait les pentes douces de ravins asséchés, ponctuées de sapins et de roches, dans ses Vosges natales, qu'il ne parcourait jamais sans imaginer qu'il allait y découvrir un trésor. Il eut soudain l'impression de sentir l'odeur du riz au lait au chocolat que sa mère lui préparait dans une gamelle de fer-blanc, avant ses excursions au mont Sainte-Odile ou aux Trois-Épis. Enfant, il aimait toucher l'écorce des grands arbres, persuadé, à cause de quelque difficile traduction scolaire d'Ovide ou de Catulle, que le flux tellurique passerait ainsi dans ses veines, faisant de lui un nouvel Antée avant l'intervention d'Hercule.

Il était alors la proie d'une véritable griserie. Laissant ses camarades à leurs jeux de totems et de prise de foulard, il dévalait à larges enjambées le flanc de la montagne, insoucieux des pierres et des ronces qui lui écorchaient les mollets. Hors de portée des convenances, et peut-être du ridicule, il se mettait à pousser des cris dans l'espoir de provoquer un écho, comme aux gouttelettes d'une ondée succède un arc-en-ciel. Ainsi se métamorphosait-il en une sorte d'animal fabuleux, à la fois lion et centaure, en tout cas maître de l'univers. Cette attitude lui évitait ce qu'il détestait le plus, les bêtifiants feux de camp et les affligeantes chansonnettes qui célébraient le culte de

Baden-Powell. N'acceptant pas d'appartenir au puéril troupeau, il se berçait de l'illusion d'être déjà un homme. « Je me suis égaré », avançait-il en guise d'excuse, simulant la confusion, tandis qu'il rejoignait ses camarades qui le huaient en lui faisant les cornes. « En cette lointaine époque, songea-t-il, je n'avais pas encore perdu mon âme en la jouant à pile ou face sous prétexte d'y gagner une carrière... Hélas ! depuis, qu'ai-je fait de cette âme ? »

La voiture fit une légère embardée parce qu'il avait mal négocié un virage. Malgré sa frayeur, Jacques ne put s'empêcher de sourire de la solennité de la question qu'il venait intérieurement de se poser, éloignée jusqu'à la caricature de son style habituel. Il sourit, rassuré de constater qu'il n'avait pas cessé d'être un bon juge de lui-même et que la grandiloquence n'était décidément pas son fort, comme la bêtise pour le Monsieur Teste de Valéry. Le seul ennui, déplorait-il, était que la société qu'il côtoyait et les usages de son milieu professionnel l'empêchaient d'utiliser les mots, plus simples, qui lui venaient d'abord à l'esprit, sous peine — c'était vraiment un comble ! — de ne pas avoir l'air naturel.

— *One penny for your thoughts ?* dit Hélène.

— Je me revoyais quand j'étais enfant.

— Tu as été un enfant, toi ? J'ai du mal à le croire... Je t'ai toujours connu si calme, si équilibré, avec une solution immédiate pour toute chose ! Je n'arrive pas à te voir avec des joues trop rouges parce que tu as couru, ou des larmes parce que tu as cassé un jouet, ou émerveillé par le spectacle d'un poisson chinois dans un bocal... Mais c'est tel que tu es maintenant que tu me plais, débarrassé des molles scories du premier âge. La plupart des femmes aiment d'abord l'enfant qu'elles devinent chez l'homme qu'elles chérissent. Moi, au contraire, ce que j'aime, c'est l'homme que je peux imaginer derrière l'enfant que tu as été. Cela dit, tu devais quand même être bien mignon !

— Je crains d'avoir été trop sauvage pour mériter ce compliment.

S'il brûlait à l'intérieur, on lui avait trop bien enseigné à le dissimuler. Exprimer des sentiments, affirmaient ses parents et ses enseignants, cela doit être réservé aux classes sociales qui n'ont pour exutoire que la colère et les passions, ce qu'ils estimaient tout à fait répréhensible. Il avait fini par s'en convaincre. Et il n'était toujours pas complètement débarrassé de ce préjugé.

Encore aujourd'hui, quand il est obligé de présider une manifestation sportive, il ne parvient pas à comprendre pourquoi des gens hurlent, menacent, approuvent, s'extasient à cause d'une balle qui a pris telle direction plutôt que de se diriger en sens contraire. Pourtant, afin d'être dans le coup, il a soin chaque fois de relire attentivement la règle du jeu. Rien n'y fait. Il apprécie l'effort fourni par les joueurs, mais ignore la façon d'en être enthousiasmé. Et il se tient, embarrassé, maladroit, à côté de ses collègues qui, eux, savent par cœur le discours qu'il leur faudra prononcer à l'issue de la manifestation, à un hoquet d'émotion près, jusqu'au mouvement de la bouche qui soulignera le trémolo et au plissement d'yeux directement programmé sur les aléas de la joie ou de la déception populaire. À propos d'une œuvre d'art, il n'est pas plus à l'aise. Son vocabulaire, soudain, est étrangement rétréci, comme si, dès le seuil d'une exposition ou d'une salle de concert, on lui avait dérobé les mots essentiels dont il allait avoir besoin, honteux d'ajouter des paroles aux couleurs d'un peintre, aux notes d'un musicien. Sa gorge se serre à la vue de la moindre miniature hollandaise, pourvu qu'on voie couler un ruisseau ou voleter un nuage. Les cuivres et les cordes de Mozart effacent dans sa pensée tout ce qui n'est pas eux. Mais on lui a appris que, s'il ne se contrôlait pas au point de paraître indifférent, il ne réussirait pas ses examens de fin d'année et que son destin au Quai d'Orsay en serait irrémédiablement compromis...

C'était, en somme, la première fois, depuis ses courses enfantines dans les bois, qu'il avait l'impression de pouvoir vraiment respirer... d'être libre, surtout... libre d'admirer ces bosquets, cet étang qu'on apercevait dans le lointain, et cette colline qu'ils étaient en train de contourner, si belle dans sa haute solitude.

— Hélène, dit-il gravement, tu vois cette colline ? Ce n'est pas un simple monticule de terre piqueté d'arbres. C'est un signe ! Alors faisons le vœu de ne plus en perdre le souvenir... Qu'elle nous serve désormais de référence si, par mégarde, nous risquions d'oublier que nous avons su, ne serait-ce qu'un instant, ce que c'est que le bonheur...

La colline, en effet, possédait un charme singulier. Sa simplicité, cependant, était extrême ; mais une sorte de magie donnait une apparence presque humaine à ses taillis de framboisiers sauvages sur lesquels veillaient les troncs pétrifiés d'antiques futaies. Le temps et la sécheresse en avaient épuisé la sève, laissant leurs branches décharnées, lancées à l'assaut du ciel, comme les signaux de quelque appel au secours. Parfois, des lambeaux de feuillage d'un vert poussiéreux rappelaient qu'ici des vignes avaient prospéré, abandonnées pour avoir connu la disgrâce d'être du mauvais côté du soleil, ou parce qu'un fils n'avait pas voulu avoir les mains calleuses et les genoux ankylosés de son père.

Les sarments, noirs et tordus, semblaient les parents pauvres de ces ruines qui marquent l'emplacement des cités de jadis, dont seuls nos rêves relèvent encore les palais et empêchent que les Barbares n'en renversent les colonnes des temples ou n'incendient les arènes de leurs courses de chars et les estrades de leurs tournois de poésie.

— Y a-t-il une chance pour que nous arrivions quelque part ? demanda Hélène sur un ton qui se voulait comiquement suppliant. J'ai une de ces faims...

— Cinq minutes de patience ! On m'a conseillé, dans les parages, une auberge renommée pour sa cuisine et pour son cadre exceptionnels, l'Hôtel Chimère.

— Drôle de nom... Espérons que ce qu'on y sert n'est pas illusoire.

Jacques récita, comme s'il lisait les pages étoilées d'un guide touristique spécialisé dans le haut-de-gamme culinaire : « *Hôtel Chimère. Perceval-le-Vieil. Huit chambres à décor rustique, mais confortables. Feu de cheminée sur demande. Pêche dans étang privé. Le patron est aux fourneaux. Spécialité de charcutailles et de tourtes aux fruits rouges.* » Il y a aussi, dans un coin, en haut de la page, un petit oiseau qui a l'air de siffloter, signe que l'endroit est réputé pour sa tranquillité et que l'oubli de tous ses problèmes y est garanti. « *Daube de marcassin en saison, écrevisses à la nage et omelette géante aux truffes.* »

— Arrête ! Je ne pourrai jamais attendre jusque-là... C'est terrible, mais depuis que je suis toute petite, quand j'ai faim, il faut absolument que je mange. N'importe quoi ! Un morceau de sucre, une choucroute, une sardine, un faisan à l'ancienne, la moitié d'un petit-beurre... autrement, je risque de me trouver mal.

— Tant que tu n'as pas ce genre de fringale avec les hommes... Tiens ! regarde, là-bas, une cheminée qui fume... Tu ne trouves pas qu'elle sent l'omelette aux truffes ?

Son pied appuya à fond sur l'accélérateur. La voiture fit un bond en avant. Hélène posa tendrement sa tête sur l'épaule de Jacques.

Au crissement aigu des freins succéda le choc mou d'un corps heurtant la calandre. La Daimler patina pendant quelques mètres sur le bitume surchauffé avant de s'immobiliser au milieu de la route contre un panneau sur lequel un cuistot en toque blanche faisait une grimace alléchante pour vanter les mérites de l'Hôtel Chimère, première à droite, à cinq cents mètres.

— Ce n'est pas possible ! dit Jacques.

À perte de vue, il n'y avait que le lacet de la route et l'amorce d'un chemin poudreux où, stupidement, un couple de crapauds salivait en faisant l'amour. Des pique-niqueurs avaient laissé des boîtes de conserve éventrées et des papiers gras. Rien d'autre jusqu'à la ligne de l'horizon que des prés inondés de soleil et les rousseurs tachetées d'ombres grises de la colline que déchira un vol de tourterelles effarouchées.

— Tu crois qu'il est mort ?... C'est affreux, tu as tué quelqu'un...

Jacques était sorti de la voiture. Sans en refermer la portière, il avait jeté un coup d'œil derrière lui, comme si son instinct, inconsciemment, lui avait enjoint de regarder s'il n'était pas observé, les mains moites, incapable de desserrer les dents pour répondre à Hélène. Sa veste légère lui collait soudain à la peau. Il enleva ses lunettes teintées pour mieux évaluer la gravité du désastre.

L'homme qu'il avait heurté n'était pas beau à voir. La voiture l'avait projeté directement dans l'un des fossés, en contrebas de la route. Une traînée sanglante lui barrait le front. Son bras s'était raidi dans le mauvais sens, comme si le coude avait été plié à l'envers, manifestement cassé. Mais, même quand il était encore d'aplomb sur ses jambes, il ne devait pas offrir une image bien plaisante. Sans âge, comme sont déjà vieux quand ils sont jeunes les ivrognes, il était vêtu d'un pantalon effrangé, sans doute emprunté à l'étal de quelque marché campagnard, et d'un tee-shirt crasseux où, bizarrement, une pin-up en short ultra-court vantait les charmes de Saint-Tropez. De ses sandales, dépourvues de lanières et d'attaches, émergeaient des orteils entortillés de sparadrap douteux. Une chevelure à la couleur indéfinissable lui donnait l'air d'un de ces porcs-épics qu'on trouve parfois au milieu d'une route après qu'ils ont été écrasés par les pneus de plusieurs automobiles. Un de ses yeux était fermé. L'autre, demeuré ouvert, n'était plus qu'une boule blanche, vide de toute expression.

— Jacques, Jacques, Jacques..., psalmodiait Hélène, comme une litanie.

— Vous vous répétez, lui lança Jacques, sans pouvoir contrôler une irritation qui s'adressait plus à lui-même qu'à sa femme.

Sans s'en rendre compte, il avait repris son habitude de la vouvoyer.

Hébété, les bras ballants, le pantalon froissé, ce qui, plus encore qu'un coup sur le visage, paraissait le défigurer, il ne parvenait pas à détacher son regard du corps inerte, ne sachant ce qu'il convenait de faire, et maudissant l'idée qu'il avait eue d'emprunter un chemin détourné dans le but d'apporter une touche de pittoresque à leur escapade, au lieu de profiter des commodités de l'autoroute.

Sa première réaction, naturellement, avait été de réclamer de l'aide. Mais aussitôt un étrange vertige s'était emparé de lui, paralysant ses gestes et sa voix : pour la première fois, dans un moment difficile, il était livré à lui-même, sans l'aide d'un de ses précieux collaborateurs qui savaient si bien le décharger de tout ce qui était susceptible de le contrarier, à commencer par ces minuscules problèmes de la vie quotidienne qui, pour lui, avaient des allures de fossés infranchissables.

Une de ses plaisanteries favorites lui revint : « Je connais tous les moyens de bouleverser le destin d'une nation, voire de la rayer de la carte ; mais qu'il s'agisse de traverser une rue, j'en ignorerai toujours le secret si personne ne me rappelle que, lorsque le petit bonhomme vert est passé au rouge, il ne faut surtout pas s'engager sur la chaussée... » Cela faisait toujours rire son auditoire et il en retirait l'agréable impression que sa sottise avait de l'esprit.

— Ne le touchez pas ! cria Hélène. Il faut d'abord que la police... ou un médecin... Faites quelque chose, je vous en supplie. Il doit bien y avoir un téléphone quelque part...

— Où ça ? Dans les arbres ?

— C'est votre faute aussi ! Nous avons deux voitures avec téléphone, et vous avez voulu prendre celle-ci, qui n'en a pas, pour que nous ne soyons pas dérangés...

— Je vous vois encore en train d'applaudir quand j'ai pris cette décision.

Le silence était total, les oiseaux eux-mêmes ayant disparu. Dans les prairies des alentours, des herbes folles ondulaient difficilement sous une brise inconsistante. À quelques mètres du panneau indiquant la proximité de l'Hôtel Chimère, une réclame pour une marque d'anis qui avait eu son heure de gloire à l'époque où Zola publiait *L'Assommoir* courbait vers le sol ses poteaux de soutien, déracinés comme les ailes d'un moulin à vent qui aurait perdu le pouvoir d'obséder don Quichotte.

Comme si une force indéfinissable décidait pour lui sans qu'il pût s'y opposer, Jacques scruta les alentours pour vérifier que personne ne l'observait. Le ciel pesait sur ses épaules, au risque de le faire chanceler. Dans le fossé, l'homme semblait presque paisible. On eût dit qu'il se reposait, pour la première fois, sans inquiétude. Toujours à la façon d'un automate, comme on tire une couverture sur un dormeur qu'on ne veut surtout pas réveiller, Jacques le recouvrit de broussailles et de feuilles séchées. Un instant, l'œil resté ouvert parut le dévisager d'un air interrogateur. Une dernière poignée de terre éteignit cette fausse lumière.

On ne distinguait plus maintenant ce qui avait été un homme. Dans la voiture, Hélène, au bord de la crise nerveuse, ses poings meurtrissant ses lèvres, s'était pelotonnée sur les coussins de son siège, comme si elle avait voulu échapper à la vue en réduisant son volume.

— On aurait quand même dû, dit-elle... Je suis sûre qu'on aurait pu. Es-tu sûr, au moins que...

Et, brusquement, changeant de ton :

— Et c'est toi, Jacques, qui viens de te conduire comme je n'aurais jamais cru que... Toi !...

Sa voix s'étrangla dans sa gorge.

— Je vais crier ! fit-elle.

Et elle cria.

Une longue plainte de bête blessée, inhumaine, comme elle n'en avait plus connu depuis que, toute petite, elle avait pleuré parce qu'elle avait cru que sa mère lui préférait son frère.

— C'est fini, mon amour, c'est fini, murmura Jacques d'une voix qui manquait de conviction. La vie est ainsi. Elle joue parfois à nous envoyer des cauchemars, mais le matin, en repoussant la nuit, les dissipe... C'est fini. Ce n'était qu'un cauchemar...

— Tu sais bien que non !... Tu as tué un homme, Jacques... Je t'assure que tu... Il doit bien y avoir un téléphone par là... Il a peut-être une femme, des enfants...

— Vous l'avez vu comme moi : ces gens savent-ils seulement comment ils s'appellent ?

Redevenu calme, comme si, maintenant seulement, il reprenait possession de lui-même, il alluma une cigarette, la première depuis ce jour, dix ans plus tôt, où il avait pris la décision de cesser de fumer. Dans la serrure qui commandait la mise en marche de la Daimler, sur le tableau de bord, il voulut introduire une clef gainée de tricolore. Mais son énervement l'en empêcha et il recommença plusieurs fois sans y parvenir, avant de laisser tomber la clef sur le tapis.

— Qu'est-ce que c'est que ce bruit ? interrogea soudain Hélène, masquant mal un regain de terreur.

— Que voulez-vous que ce soit ? Je vous en prie, arrêtez de paniquer.

— Si, si... Écoutez bien...

— Je ne vois vraiment pas ce que...

Ayant tendu l'oreille, Jacques fut obligé de se rendre à l'évidence. La petite musique aigrelette d'un harmonica se rapprochait. C'était *And the Angels Sing* que l'on jouait. Confusément, il se rappela qu'il en aimait particulièrement la version de Louis Armstrong, quand il était étudiant, au Quartier latin. Encore préférait-il l'entendre sur un vieux 78-tours rayé. Il prétendait — c'était l'un de ses snobismes favoris — que la tonalité, à cause de l'usure du disque, faisait plus authentique. Melody se moquait de lui quand il avançait cette opinion. Melody était américaine, du Texas, où son père avait des usines de sauce tomate, ce qui lui conférait, affirmait-il, le droit de dire leur fait à tous les présidents des États-Unis, principalement en période électorale où, miraculeusement, sa production triplait, et avec elle son chiffre d'affaires, à cause des commandes inespérées que lui passait l'armée.

Il s'agissait bien de Melody... Sur l'harmonica, la ritournelle de *And the Angels Sing* était passée à la vitesse supérieure. Ou alors c'est que le musicien n'était plus loin. Jacques l'aperçut, en effet, à quelques mètres seulement, sur la colline, émergeant du bosquet qui, jusqu'à présent, l'avait dissimulé. Un large sourire éclairait son visage qu'abritait le cuir fatigué d'un chapeau de planteur de canne à sucre pour une opérette de Francis Lopez au Châtelet. Jacques amorça le geste d'appuyer sur l'accélérateur, décidé à prendre le large. Mais le jeune homme, les bras en croix, à quelques centimètres du capot, le contraignit de s'arrêter.

— Vous n'allez quand même pas en tuer deux dans la même journée ? dit Hélène.

Décontracté, tout en souplesse, le garçon faisait celui qui ne percevait pas le moindre trouble dans l'attitude du couple. De ses doigts agiles, il martelait maintenant sur le pare-brise *Sentimental Journey*, dans le style de Gene Krupa. Puis, accentuant son sourire, il rangea avec soin son harmonica dans la pochette de son polo vert pâle. Malgré elle, Hélène remarqua que ses yeux étaient de la même couleur, que cela allait bien avec sa carrure de joueur de basket et avec sa chevelure drue, à la limite de l'être trop, le front cependant dégagé et les sourcils à la bonne distance. À son tour, Jacques ne put s'empêcher de le trouver beau, ce qui, confusément, accrut son inquiétude.

— Je ne voudrais surtout pas vous déranger, commença le jeune homme, en décrochant de son épaule le sac à bretelles qui était tout son bagage.

Amusé, il fit mine d'en comparer la légèreté et l'usure à la luxueuse abondance des valises qui surchargeaient la banquette arrière de la voiture, prenant un peu de recul pour mieux admirer. Pourtant, il se garda bien de trop s'écarter du capot, feignant de ne pas se rendre compte qu'il interdisait ainsi à Jacques de démarrer.

— Fantastique ! siffla-t-il entre ses dents. On ne voit pas souvent de telles merveilles à l'arrêt, du moins sur les routes que j'emprunte. Ça doit faire au moins du... Ça fait du combien, au fait ? Parce que vous ne me direz pas que les limitations de vitesse concernent les gens comme vous... Et décapotable, par-dessus le marché ! Il n'y en a sûrement pas beaucoup de ce modèle... Un exemplaire « personnalisé », comme ils disent dans les publicités...

Avisant les deux lettres CD de la plaque d'immatriculation, il s'inclina respectueusement devant elles, émettant un léger sifflement :

— Tout s'explique ! Ça doit rudement faciliter les voyages et aplanir les difficultés...

Comme s'il cédait à une envie refrénée depuis l'enfance, il se mit à caresser la housse des coussins et le cuir odorant du tableau de bord.

— Du vrai cuir ! Du bois précieux... Et il y en a qui croient qu'on ne peut acheter des bijoux que place Vendôme !... Mais je suis persuadé que c'est encore plus impressionnant vu de l'intérieur... Vous permettez que je m'assoie une seconde ?... Une seconde, pas plus... pour pouvoir raconter, quand je serai vieux, que j'ai connu un pareil moment... que j'ai pu exaucer un rêve que j'ai fait si souvent sans jamais le réaliser ! Si je vous disais que j'ai eu mille fois la tentation de fracturer ce genre de portières, rien que pour connaître la sensation d'être assis dans un pareil wagon et de savourer la volupté d'en faire fonctionner l'allume-cigare... Hélas, au dernier moment, quelque chose m'a toujours retenu. Comment pourrait-on appeler ce qui m'a poussé à agir ainsi, ou plutôt à ne pas agir ? Aidez-moi, je ne trouve plus le mot. Je l'ai sur le bout de la langue... Un vieux fond d'honnêteté, voilà, honnêteté, c'est le terme que je cherchais...

Il rit, et se crut aussitôt obligé de fournir l'explication de sa soudaine gaieté, comme s'il eût été indélicat de sa part de garder un secret.

— Je ris, pardonnez-moi, parce que je me souviens que ma naïveté choquait mon pauvre père. Il disait qu'il finissait par douter que je sois vraiment son fils. Il faut le comprendre : c'était un homme qui avait beaucoup souffert. Alors, quand par hasard l'occasion se présentait pour lui d'être un peu moins malheureux, il ne fallait pas trop lui parler de valeurs morales... Si vous étiez gentils... Mais je lis dans vos yeux que vous l'êtes...

— Jacques, fais quelque chose ! murmura Hélène, choquée, dans un souffle. Tu ne peux pas rester comme ça...

Mais déjà, comme s'il avait obtenu une réponse favorable à sa demande, il avait enjambé la portière d'un bond.

— Un petit bravo pour l'acrobate ! lança-t-il joyeusement. Et, vous avez vu, sans érafler la carrosserie...

Installé à côté de Jacques, il paraissait au comble du bonheur, comme si, maintenant, ayant tout eu de ce qu'il désirait, il ne lui restait plus rien à espérer de la vie.

— Admirable ! Quand je pense qu'il n'y aurait qu'à donner un tour de clef, de cette clef que je viens de ramasser et que je vous rends, et à appuyer sur une pédale, cette pédale sous votre pied, pour que ça se mette en marche... Veuillez excuser mon émotion : cette voiture, le soleil, la campagne, peut-être de nouveaux amis, des amis si inattendus et prestigieux... Il faut que je me pince pour être certain que je ne dors pas ! Si j'osais, mais je n'oserai jamais... tant pis, j'ose..., j'aimerais que vous me permettiez de conduire... Oh ! seulement quelques centaines de mètres, pour que je sente le vent d'une Daimler autrement que lorsqu'elle me frôle, en pleine vitesse, malgré la prière que lui adresse mon pouce relevé, au risque de me renverser, de me blesser ou, qui sait ? de me tuer peut-être, parce que je me suis trop approché de la route et que, absorbé dans vos pensées, vous n'avez pas fait attention à moi. Ou alors, vous m'avez peut-être remarqué, parce que je ne suis pas précisément breton... Tout à l'heure, par exemple, cela aurait très bien pu m'arriver, si j'étais descendu un peu plus tôt de mon perchoir, sur la colline. Imaginez que ce drame, mineur, certes, mais fâcheux quand même, au moins pour moi, se soit produit. Vous n'auriez pas maintenant l'allure détendue qui est la vôtre. Vous feriez, au contraire, je crois, une drôle de tête ! Enfin je suis là, et entier, assez optimiste pour penser que vous allez m'emmener en promenade pendant quelques minutes. Je ne me suis pas trompé ? Merci ! J'en étais sûr. Je me trompe rarement sur le degré de sensibilité des gens, comme tous ceux qui ont trop souvent été victimes de l'injustice. Un sixième sens... Et puis, j'ai toujours pensé que les riches ne sont pas tous des égoïstes. Car vous êtes riches, n'est-ce pas ? Et importants. Cela saute aux yeux. Au fait, en quoi consiste votre importance, je veux dire votre métier ? Avions en gros ? Pharmacie à la tonne ? Suis-je bête ! J'oubliais les deux lettres CD sur vos plaques d'immatriculation... Pas ambassadeur... Eux, ils ont CMD, avec le chiffre 1... Mais vous ne devez pas en être loin...

Jacques serra les poings.

— Est-ce que vous avez l'intention longtemps encore de...

— Appelez-moi par mon prénom. Nos rapports en seront facilités et j'en serai honoré. Abdul... Abdul c'est mon prénom. Je sais... Je sais... quand je dis que je m'appelle Abdul, cela trouble parfois... Mais vous, je sens que vous n'êtes pas comme ça, que vous méprisez ces idées étroites. D'ailleurs, y a-t-il une loi, en France, qui interdise à quelqu'un de s'appeler Abdul ?

La voiture démarra. Abdul s'abandonna à la griserie du vent et à l'odeur du cuir, feignant, impassible, de ne pas entendre Hélène murmurer à son mari :

— Tu crois qu'il nous a vus ?

Mais peut-être, tout au bonheur de savourer l'instant présent, n'avait-il rien entendu.

Cinq cents mètres plus loin, avec trop de brutalité pour masquer sa nervosité, Jacques appuya sur la pédale du frein.

— Je pense que maintenant..., dit-il.

Abdul se fit suppliant :

— Pas ici ! s'écria-t-il. Pas ici, pour l'amour du ciel !

Sur le fronton de l'édifice devant lequel ils étaient parvenus, à l'orée du village, se détachaient les mots « Gendarmerie nationale ». Instinctivement, Abdul s'était un peu plus tassé sur son siège, comme s'il avait voulu échapper aux regards. Mais, ayant repéré la plaque du corps diplomatique, le gendarme de faction esquissa un salut militaire en rectifiant sa position. Soulagé, Abdul lui adressa un petit signe de la main, amical mais vaguement condescendant.

— Ce n'est pas beau, ça ? s'extasia-t-il, en montrant le fonctionnaire qui, maintenant, confus, reboutonnait le col de sa vareuse d'uniforme que la chaleur lui avait fait dégrafer. Et l'on prétend que le respect de la hiérarchie se perd...

Il ajouta, plus bas :

— Je vous ai dit tout à l'heure que les gendarmes me rappellent de mauvais souvenirs. Celui-ci me réconcilierait presque avec sa corporation. Mais ne dramatisons pas. Nous sommes trop proches, désormais, vous et moi, pour que je vous cache la vérité. Mes problèmes n'étaient que des peccadilles. À peine de quoi apporter enfin à mon père la joie de constater que j'étais bien son fils. Quand même, ma crainte de la maréchaussée doit être chez moi un réflexe de naissance, comme certains sont allergiques à l'odeur du foin coupé, ou aux poils de chat. J'aime mieux ne pas trop traîner dans le voisinage de tout ce qui porte un képi, pas seulement les gendarmes, mais les gardes-chasse, les agents de la circulation, les contrôleurs du métro, et je ne parle pas des parachutistes... C'est de leur faute, aussi ! Dès qu'ils aperçoivent un type un peu basané, ils le chargent de tous les péchés d'Israël... Bien que, à dire vrai, le terme d'Israël, dans mon cas, ne soit pas exactement celui qui convient... Je suis Kabyle. Attention, Kabyle, ce n'est pas l'Arabe de n'importe qui et de n'importe où. Nuance ! Vous avez, en somme, de la chance : les Kabyles ne sont pas les pires...

Comme un somnambule en plein jour, Jacques se laissait conduire par sa voiture plus qu'il ne la conduisait. Abdul, lui, continuait de monologuer sans qu'on pût distinguer s'il jouait la comédie de l'innocence ou s'il était sincère.

— Je vous jure que je ne cherche pas à vous abuser ! Je ne sais pas mentir... Pourtant, cela m'aurait souvent bien servi, y compris pour améliorer ce que je n'ose pas appeler mon train de vie... Mes grands-parents avaient émigré à Tourcoing. Des Algériens de la première génération, selon la formule. Armée française, chair à canon docile, salut aux couleurs, « Lyautey m'a regardé dans les yeux et j'en ai frissonné ». À l'époque, la France, en mal de main-d'œuvre, en redemandait. Fidèle aux grands principes de cette race exemplaire, mon père a cru qu'il suffisait d'observer ce genre de garde-à-vous pour être accepté sans restriction par nos ancêtres les Gaulois. Avec ferveur, il s'est mis à manier la pioche et la truelle, et à apprendre *Le Corbeau et le Renard*. Une nouvelle guerre, du reste, allait, de septembre 1939 à juin 1940, le conserver dans cette illusion, comme tous ses compagnons de même origine. Les pauvres ! Ils ne se doutaient pas que le grouillement des villes du Nord serait pour eux un désert plus désolé encore que ceux de la Kabylie... Les oasis sont rares, en effet, sur les territoires contrôlés par la Lainière de Roubaix, ou brouillés par le crachin de Valenciennes-Anzin ! Pendant des années, ils se sont brûlé les yeux au contact des silicones et du poussier, travaillant double pour la moitié du salaire d'un Polonais, et acceptant leur sort sans s'insurger, tant ils se sentaient menacés, au moindre caprice patronal, d'être reconduits à la frontière. Même en enfer, il y a des privilégiés. Mais cet enfer-là n'était pas fait pour eux. Ils n'ont eu droit qu'à celui qui ne fait pas de différence entre les degrés de la misère. Et vous vous étonnerez que je n'aie pas eu envie d'imiter mon pauvre papa ?

» Pour m'en sortir, j'ai tout essayé. J'ai soulevé du

ciment, trié des montagnes de bouteilles aux arêtes coupantes, tiré des kilomètres de câbles dans des souterrains suintant d'humidité, envahis par les rats. J'ai aménagé des tunnels et tenté de réparer des conduites d'eau irréparables. Un jour, j'en ai eu assez. Un aveugle de Mauritanie m'a encouragé à faire de la boxe. Il s'y connaissait : c'est à cause de la boxe, justement, qu'il était devenu aveugle... Quel charmant camarade ! Il vous aurait beaucoup plu. Il réglait à l'oreille la puissance et la direction de mes coups, et à l'odorat, rien qu'en respirant ma sueur, l'état de ma fatigue, arrêtant ainsi mon entraînement quand celui-ci risquait de devenir dangereux pour mon équilibre physique. Personne ne m'a mieux connu que cet homme qui ne savait de moi que ce que lui avaient appris ses mains quand il me palpait les muscles et le visage. C'est le seul ami que j'aie eu. Ce qu'il est devenu ? Il est mort. Un gang de gamins de treize ans lui a fracassé le crâne à la sortie du bureau de poste où il était allé toucher les huit cents francs de sa retraite de mutilé. La plupart de ces mômes, quand ils me voient, détalent à toutes jambes. Ils savent pourquoi l'un d'eux a une fracture de l'avant-bras mal réduite, et un autre le menton définitivement de travers. Je ne suis cependant pas violent. Mais il y a pour moi des choses sacrées. La reconnaissance envers ceux qui ont pensé que j'avais le droit d'exister en est une. »

Il n'aimait d'ailleurs pas la boxe. Il avait trop vu, autour de lui, des gens qui se battaient, et pas pour des raisons sportives, et qui, parfois, ne se relevaient plus, pour trouver le moindre plaisir au spectacle d'un ring, à l'atmosphère d'un gymnase où l'on enseigne à massacrer. En revanche, il adorait gagner. C'est une sensation que doivent éprouver tous ceux qui sont partis battus dans la vie. Il avait donc cogné, cogné, cogné, comme si ses poings ne lui appartenaient plus, qu'ils étaient indépendants de sa volonté, et qu'il était irrésistiblement à leur remorque.

Les victoires se sont succédé. Il a cru que les vaches maigres étaient enfin devenues comestibles. Mais un jour, on a poussé la porte du vestiaire où, en attendant le masseur, il était allongé, entortillé dans une serviette. Trois hommes sont entrés. Il les a tout de suite reconnus : Jef-n'a-qu'un-œil, Billy le Triste et Mameluk Khader. Ils lui ont déclaré qu'à son prochain combat, contre Tornado Sidi, un toquard tout à fait à sa main, il faudrait qu'il se couche. Ils ont même précisé le round, le troisième. Quand ils lui ont eu cassé un deuxième doigt et menacé de lui déboîter le poignet, il a réussi à s'enfuir par la fenêtre, laissant hurler Mameluk Khader qui, à genoux, se tenait le bas-ventre à deux mains. Depuis, il n'avait plus jamais assisté à un combat de boxe.

Après ce fâcheux intermède, toujours soucieux de respectabilité et de réussite sans magouilles, il s'était placé comme jardinier chez la veuve d'un président de cour d'assises. L'aimable dame égrenait, à longueur de journée, les jugements prononcés par feu son mari, comme d'autres feuillettent des photos de famille. Elle avait largement passé la soixantaine, et le chiffre officiel de sa participation à des œuvres charitables donnait le tournis. L'ennui, c'est que, à son âge, elle se voyait toujours belle et les vingt ans d'Abdul comme son déclassement social faisaient de lui, à ses yeux, une proie toute désignée. Elle l'attirait sans cesse dans sa chambre, sous prétexte de lui faire régler la télévision. Et la corrida commençait.

Pour la circonstance elle revêtait une étrange tenue de cow-girl, minijupe à franges et large chapeau enrubanné de cuir. Ses dobermans grondaient. Elle en avait une véritable meute. Leurs crocs débordaient de leurs mâchoires, et elle attisait leur hargne en les taquinant de sa cravache. À ses bottillons en peau d'antilope rouge sang cloutés d'or sonnaient des grappes de grelots. Sur sa poitrine, qu'elle avait vaste comme un coucher de soleil en cinémascope, scintillaient une tête de mort et des tibias entrecroisés en diamants, à côté d'une broche au sigle de Coca-Cola dont elle affirmait que Andy Warhol l'avait spécialement dessinée pour elle.

Devant le refus du jeune garçon de jouer les chevaux fougueux maîtrisés par la poigne de fer d'une arrogante écuyère, elle lui annonça que la police l'avait avertie le matin même qu'un rôdeur, vraisemblablement pas très français, pillait les villas des environs. Dans un souci de sécurité dont les honnêtes gens du voisinage lui seraient sans aucun doute reconnaissants, elle avait pris la décision de diffuser la nouvelle de la présence d'Abdul sous son toit, en s'arrangeant pour que cela correspondît au portrait-robot du malfaiteur placardé un peu partout par les autorités. Le soir même, il était reparti, c'était d'ailleurs la veille. Et c'est à cette fuite qu'il devait de s'être trouvé sur cette route, ce qu'il considérait comme l'un des événements les plus heureux de sa difficile existence.

— Mais, j'ai peur de vous ennuyer avec mes histoires ! Est-ce que je vous ennuie ? Ce serait à l'opposé de mes intentions...

Les dents serrées, Jacques s'agrippait à son volant.

— Pardonnez-moi, fit Abdul, j'ai si peu l'occasion de me confier à d'autres qu'à des routards, des camionneurs ou des drogués... Je ne suis pas du genre pleurnichard, mais je suis bien obligé de constater que la malchance ne m'a pas épargné. Si je vous disais que, depuis la Méditerranée africaine de ma petite enfance, je n'ai jamais revu la mer... Chaque année, lorsque commence la saison des vacances et que l'exode des citadins est le plus dense, je me poste sur une route, pas trop en retrait, sans cela on passerait sans m'apercevoir, que le soleil tape ou que la pluie tombe, et j'espère la venue d'un bourgeois pas trop encombré de famille et de cages à oiseaux, ou d'un célibataire pas forcément homosexuel... Exactement comme j'étais quand vous vous êtes arrêtés devant moi... Une seconde, du reste, j'ai cru que c'était parce que vous répondiez au signe que je vous avais fait. Mais j'ai réfléchi, vous étiez bien trop loin pour m'avoir vu... Moi-même, je ne vous ai pas repérés tout de suite. En me rapprochant, j'ai d'abord cru que vous étiez en panne. Ou que vous aviez un pneu crevé et que vous ne saviez pas comment monter le cric. Enfin, quoi qu'il en soit, le principal est que vous soyez passés par ici et que vous m'ayez attendu. Tout cela pour vous dire que, en dépit de mes efforts et de mes multiples tentatives, je n'ai jamais pu descendre plus bas que les faubourgs de Lyon. Il y a comme une fatalité qui m'interdit Vienne, Valence, Montélimar, Orange... Vous n'allez pas jusqu'à la mer, par hasard ?

— On nous attend en Italie, et nous sommes assez pressés.

Abdul leva les yeux au ciel.

— L'Italie ! Un autre de mes fantasmes... J'ai lu un guide très documenté sur ce pays, et même tellement lu que je le connais pratiquement par cœur. Interrogez-moi, vous pourrez vérifier. C'est tout juste si je ne sais pas aussi les tarifs des chambres et des repas... Vous vous demandez d'où me vient cette science étonnante ? Je serai franc. C'est pendant mes trois mois de prison, avant d'être libéré pour bonne conduite, que je l'ai acquise. Eh oui, bonne conduite, vous avez bien entendu... Dans les moments de cafard, je n'avais pour me réconforter que ce bouquin, échoué là je ne sais comment. J'en lisais quelques pages, et après j'allais mieux. Ça n'a l'air de rien, considéré de l'extérieur, trois mois ! Tout change quand on a l'impression que des murs se resserrent de plus en plus sur vous, au lieu de demeurer immobiles, à la place que leur a assignée l'architecte... En somme, pour moi, ce guide, à cause de tout ce qu'il évoquait de portes ouvertes, de fenêtres donnant sur un meilleur avenir, c'était la Bible et le Coran réunis, en plus gai. C'est vraiment aussi beau qu'on le dit, l'Italie ?

— Je vous en supplie, gémit Hélène en mordillant son mouchoir, faites-le taire...

— Mon Dieu, fit Abdul, votre femme ne se sent pas bien ? Qu'est-ce qu'elle a ?... Ah ! je comprends ! Nous parlons, nous parlons, et nous ne pensons pas que l'heure du déjeuner s'éloigne et que la faim provoque fréquemment ce genre de malaises... Moi-même, je ne vous le cache pas, j'ai un petit creux à l'estomac. Vous n'avez pas faim, vous ?

Lui, il avait tout le temps faim. C'était une sensation qui ne l'avait plus quitté depuis les terrains vagues de son enfance. Rien ne le mettait en rogne comme ces magazines qui annoncent, dans leur publicité, des recettes infaillibles pour perdre quinze kilos en huit jours, comme si la « recette infaillible » n'était pas d'être paysan en Somalie ou bien d'habiter Tchernobyl. Plus d'autre problème que celui de rajouter des crans à sa ceinture, quand la famine ne vous a pas contraints à en manger le cuir... On dirait que, dans nos belles contrées occidentales, personne n'est au courant de rien, dès que cela risque de gâcher la digestion... Il est vrai que lorsque la télévision passe un reportage sur la malnutrition en Érythrée ou à Calcutta, c'est, comme par un fait exprès, à la seconde précise où il faut tourner le bouton pour voir, sur une autre chaîne, les résultats du loto sportif ou le porno soft de la vingtième version d'*Emmanuelle*.

— Au fait, il ne doit plus être très loin, cet hôtel dont un panneau publicitaire vantait le charme, exactement à l'endroit où nous avons fait connaissance... L'Hôtel Chimère, vous vous rappelez ? Je suis déjà passé deux fois devant et j'ai eu la tentation d'y entrer, après des stops un peu moins ratés que les autres. Un coup d'œil sur la carte affichée sur la porte a suffi à me décourager. Il me manquait chaque fois 450 francs pour que, avec les 30 que je possédais, ça en fasse 480... le prix de l'addition sans le vin... Ce n'était d'ailleurs pas ce dernier point qui me gênait. J'ai des défauts mais je ne bois pas d'alcool... Je ne pratique pas non plus la grivèlerie. Inexplicable, mais vrai...

— Jacques, Jacques, c'est maintenant ou jamais, murmura Hélène.

— Hôtel Chimère, curieux nom, vous ne trouvez pas ? continuait Abdul, les gens ont de ces idées... Pourquoi pas l'auberge des Illusions-Perdues ? Ça vous étonne que je sache que Balzac a vécu ? Il est, en effet, assez peu lu en Kabylie depuis l'indépendance. Mais, avec moi, il ne faut pas se fier à la mine. Balzac, encore un beau cadeau que m'ont fait l'univers carcéral et sa modeste bibliothèque... Balzac, un dieu pour moi !... Combien de fois ai-je eu envie de casser la gueule à Nucingen et d'endosser la redingote de Rubempré ! Je préfère, toutefois, *La Peste* de Camus. D'abord, parce que ça se passe près de chez moi, à Oran. Quel beau livre ! Et cet Albert Camus — un frère... Une fille qui avait tapissé son studio de ses photos m'a dit que je lui ressemblais un peu et qu'avec un imperméable mastic négligemment noué, un foulard, une cigarette à la Bogart, on pourrait s'y méprendre. Par-dessus le marché, je me suis renseigné, j'aime tout ce qu'il aimait : la liberté, le théâtre, les femmes... Les femmes, surtout ! J'enrage en pensant à la stupidité de sa mort. Une automobile mal maîtrisée, un coup de frein trop tardif, une embardée... fini !... Plus de Prix Nobel, plus d'amateur de comédiennes, plus de chic type... Ça devrait servir de leçon : on ne fait jamais assez attention quand on conduit, vous ne trouvez pas ? Mais ce n'est pas à un homme comme vous, dont la prudence est le métier, que je vais conseiller d'être raisonnable. Pourtant, une seconde d'inattention — une fraction de seconde ! — et c'est la catastrophe... Le pire, c'est quand celui qu'on tue est quelqu'un qui ne vous connaissait pas, et que vous n'aurez connu que mort, mort par votre faute... quelqu'un qui avait devant lui des joies, des peines, des amours, de grandes choses à faire, ou des petites, qu'importe, quelqu'un qui, sans vous, aurait eu une vie et qui, parce que vous avez trop attendu pour freiner, ou que vous pensiez à je ne sais quoi, peut-être à votre bonheur d'être vivant, n'est plus qu'un malheureux tas de chair et d'os, sous un peu de terre, de pierres et de feuilles... Bon, assez philosophé ! Que cela ne nous coupe surtout pas l'appétit...

Hélène ouvrit la main. Le vent fit s'envoler les lambeaux de son mouchoir que ses ongles avaient lacéré.

Malgré son appellation sophistiquée, l'Hôtel Chimère n'était qu'un troquet de campagne mal déguisé en relais de chasse, avec des poutres creuses au plafond, piquetées de faux trous de termites et une cheminée en aggloméré imitation marbre patiné à veinures, où pendaient des gousses d'ail et des courges séchées dont il n'était pas certain qu'elles ne fussent pas de carton.

Sur la façade, du lierre fatigué par le passage des automobiles qui ne devaient pas s'arrêter souvent faisait des efforts désespérés pour grimper à l'assaut d'un balcon où pourrissaient des géraniums. Sur les murs, des diplômes vétustes humiliés par les mouches, liserés d'or passé, rappelaient qu'une amicale de chasseurs de perdrix avait festoyé là, en 1927, et que M. et Mme Hippolyte Letondu, centenaires la même année, n'avaient pas choisi un autre endroit pour célébrer l'anniversaire de leur mariage, honoré par la remise du Mérite agricole. Une photo jaunie montrait ces braves citoyens, entourés d'une abondance de rejetons, du quinquagénaire à la trogne illuminée au sous-officier du train des équipages en tenue, en passant par une religieuse édentée et quelques nourrissons dans leurs langes.

La salle était déserte. Sur une nappe desservie, des guêpes bourdonnaient au-dessus des traces humides d'un reste de sauce renversée. L'aubergiste se précipita, la toque de travers, en s'essuyant les mains avec un tablier que maculaient les retombées des spécialités du chef.

— Vous arrivez bien tard ! se lamenta-t-il sur le ton de l'apprenti comédien qui se hasarde dans Sophocle à l'occasion d'une fête de patronage.

D'un geste désolé, il caressa dubitativement la mèche unique de cheveux collée à la glu pharmaceutique qui barrait son crâne luisant.

— Nous sommes vraiment obligés de manger ici ? supplia Hélène.

— C'est dans ce genre de gargotes qu'on fait parfois les meilleurs repas, intervint Abdul. Ne vous fiez pas aux apparences. Il en est des restaurants comme des hommes. D'ailleurs, d'après mes renseignements, nous ne devrions pas être déçus. Rien que le prix élevé des poireaux-vinaigrette, ça rassure. Sans compter qu'ils ont quand même eu deux auréoles traversées d'une fourchette dans le *Pouidraguin-Boursault*.

— En 1938...

L'aubergiste continuait ses pleurnicheries. À l'écouter, une heure plus tôt, il n'y avait plus une place libre. Les gens s'entassaient au bar dans l'attente d'un tabouret. D'autres, il lui avait fallu les renvoyer. Heureusement, ses nouveaux visiteurs avaient de la chance : ses fourneaux n'étaient pas tout à fait éteints.

— Je ne vous demanderai qu'un peu de patience, et beaucoup d'indulgence. Le premier mérite d'une bonne cuisine est de se faire espérer. En revanche, je vous prierais de ne pas fumer. Mes sauces vous en seront reconnaissantes.

Hélène écrasa la cigarette que, nerveusement, elle venait d'allumer.

— Certains plats, accommodés d'une noble façon, ont droit qu'on les respecte. Voyons, qu'est-ce qui vous ferait plaisir ? Je pense que ma matelote-surprise au fumet de girolle Maréchal-Leclerc, suivie de mon fameux émincé d'escargots Catherine Deneuve au coulis de bécasse aux trois cerfeuils...

— Catherine Deneuve est venue ici ?

— Quelqu'un qui lui ressemblait beaucoup, à force d'essayer de ressembler à ses photos dans les magazines... Ça m'a donné l'idée. Naturellement, vous terminerez avec ma tourte aux fruits tricolore Amédée Dupatin.

— Qui est Amédée Dupatin ?

— Le meilleur joueur de boules du village. Un garçon charmant...

— Votre tourte, dit Jacques en lorgnant sur un compotier à demi rempli de cerises et de framboises écrasées, vous êtes sûr qu'il en reste de l'année dernière ?

Une seconde déconcerté, l'aubergiste prit le parti de rire.

— Vous aimez la plaisanterie. Moi aussi...

— On peut avoir des omelettes et du jambon ?

— Ça ira plus vite, grimaça l'homme au bonnet blanc. Vous vous rattraperez sur la boisson. J'ai justement...

— De l'eau.

— De l'eau, chez moi ! Vous aussi ? demanda-t-il à Abdul.

— Tout alcool m'est défendu par ma religion. J'espère que vous n'avez rien contre les religions ?... J'essaierais quand même volontiers le Maréchal-Leclerc.

Vers le milieu du repas, Hélène posa sa serviette sur son assiette et se leva, prétextant qu'elle avait besoin d'un peu d'eau fraîche sur son front. Au-dessus de la porte de la salle à manger, une pancarte indiquait en lettres gothiques : « Toilettes au fond du jardin ». Imperceptiblement, elle fit signe à Jacques de la suivre. La tête tournée d'un autre côté, Abdul ne s'aperçut pas de ce manège. Ou alors son indifférence était bien imitée.

Le lieu réservé n'était qu'une baraque en planches en bordure d'un enclos où des végétaux indéterminés, plus proches de la mauvaise herbe que de la salade, subissaient les assauts d'une invasion de chardons. La jeune femme dut se retenir à la branche basse d'un arbre pour ne pas chanceler. Son mari la rejoignit.

— C'est très imprudent ce que tu nous fais faire là, dit-il.

— C'est plus fort que moi. Je n'en peux plus. Il fallait que je te parle. Oui ou non, est-ce que tu crois qu'il nous a vus ?

— Comment savoir ? Je n'en sais pas plus que toi.

— Il y a sûrement quelque chose à faire... une décision à prendre...

Une bêche traînait, qu'on avait posée contre le tronc d'un poirier. Elle en détacha son regard, gênée, comme si l'idée l'avait soudain effleurée que là était peut-être la solution.

— Qu'est-ce que tu veux qu'on fasse ? reprit Jacques. S'il nous a vus, nous sommes pris dans l'engrenage d'un chantage qui ne dit pas encore son nom. En revanche, s'il ne nous a pas vus, tout ce que nous supportons est inutile, ridicule. Mais comme nous n'avons aucune preuve, il nous faut continuer d'agir comme s'il était au courant... De toute manière, on ne s'en sort pas.

Comme elle allait s'effondrer sur son épaule, il lui caressa furtivement les cheveux.

— Du calme, ma chérie. Nous devons maintenant regagner nos places. Il finirait autrement par trouver notre absence suspecte, si ce n'est déjà fait. Et tâchons d'avoir l'air naturel. Il n'y a pas d'autre moyen de nous en tirer.

— Jacques, il nous fait chanter, c'est évident... Tu n'as pas remarqué que ses phrases pourraient toutes avoir un double sens, comme sa façon de jouer sur les mots ?... Et ses yeux, quand il nous dévisage...

— Admettons le pire, que son intention soit, en effet, de nous faire payer le prix de son silence. Tu préfères que je m'insurge et que le scandale éclate ? Certains journaux ne demandent que ça. Ma carrière fichue, nos amis qui nous tourneraient le dos, le Quai d'Orsay interdit... Et pourquoi pas la chute du ministère ? Il faut penser à ça aussi : nous ne sommes pas seuls, il y a la France...

— Jacques, je t'en prie...

— Pardon, je me suis laissé entraîner. L'habitude... Crois-moi, pour le moment, faisons semblant de jouer le jeu. Plus tard, quand nous aurons bien réfléchi, nous aviserons.

— Réfléchissons, justement.

— Écoute, si on analyse bien la situation, nous ne sommes pas si coupables. Ce n'est pas un meurtre, c'est un accident.

— Avec délit de fuite à la clef ?

— Qu'est-ce que tu veux, je manque d'expérience dans l'art d'écraser les gens.

— Tu te rends compte dans quelle situation tu nous as mis ? Alors qu'il suffisait de...

— Oh ! je t'en prie, pas de morale !

— Tu connais encore le sens de ce mot ?

Dès qu'ils furent revenus à leur table, Abdul s'inquiéta de savoir s'ils n'avaient pas eu quelque contrariété inattendue. Hélène, en particulier, lui paraissait un peu pâle. Elle n'avait pourtant pas goûté au coulis Catherine Deneuve, ce qui eût été une explication fort plausible. Il poussa un soupir de soulagement en apprenant de leurs bouches que ni l'un ni l'autre n'étaient malades, ce qui, affirma-t-il, eût gâché la suite de leur merveilleux voyage.

— La suite ? interrogea Jacques.

— On ne va pas se quitter comme ça, répondit Abdul. Ça serait trop triste.

Pour détendre l'atmosphère, il raconta que, pendant leur promenade au fond du jardin, il lui était arrivé une aventure bien plaisante avec le patron du restaurant. Celui-ci, en exécutant mille ronds de jambe, lui avait fait des propositions à peines dissimulées de ne pas payer l'addition. Au bout d'un instant, Abdul avait compris qu'on le prenait pour un enquêteur travaillant pour le compte d'un guide gastronomique, et que l'aubergiste espérait désespérément une telle visite depuis qu'il avait repris le restaurant cinq ans plus tôt. Impensable, estimait-il, que son établissement ne pût s'enorgueillir d'aucune de ces distinctions — coq d'or, fourneau d'argent, lardoir de bronze — que l'on distribuait à foison à ses plus médiocres concurrents. « À part, vous avez vu, les auréoles enfourchettées de 1938... ? »

— J'ai eu beau lui dire que, si j'avais exercé bien des métiers, celui-ci m'avait échappé, et que, d'une façon générale, je n'avais pas de goût pour l'espionnage, même culinaire, il n'a pas voulu en démordre. « Ne rusez pas avec moi, a-t-il repris, vous êtes malin, mais j'ai l'œil. Il n'y a qu'une fois où j'aie failli me faire avoir. Un de vos collègues m'a rendu visite habillé en émir du pétrole. Malheureusement, sa fausse moustache est tombée dans son consommé madrilène au gingembre et à l'extrait d'œuf de caille, une spécialité qu'ils continuent d'ignorer en Castille... » Bref, l'aubergiste m'a dit qu'il tenait à prendre l'addition pour lui.

— Pas question ! dit Jacques, sèchement, en retrouvant d'instinct l'accent de ses fonctions. L'addition ! ordonna-t-il à l'aubergiste qui s'était rapproché, les épaules courbées sous le poids de l'obséquiosité.

Penaud, on la lui apporta, dissimulée dans une sorte de sous-main en rognure de cuir râpé d'avoir trop servi, où l'on distinguait vaguement en lettres incrustées formant relief : « Souvenir du Mont-Saint-Michel ». Jacques chaussa ses lunettes pour en vérifier le total. Cela n'était cependant pas dans ses habitudes, mais il savait ce qu'il faisait :

— Trois cent vingt francs pour nos trois repas ? fit-il sévèrement.

Ne sachant trop s'il devait sourire ou s'alarmer, le patron de l'Hôtel Chimère se lança dans un commentaire balbutiant, selon lequel le vrai coupable était son ordinateur.

— Sous prétexte de moderniser... Sacrées machines ! Il y a des jours où on dirait que leur pire ennemi, c'est l'arithmétique... D'habitude, elles ont tendance à s'affoler à la hausse. Aujourd'hui, c'est le contraire...

Jacques sortit de sa poche deux billets de cinq cents francs qu'il jeta devant lui, sans les défroisser.

— Pour vos employés, à la cuisine !

— C'est beaucoup trop, protesta Abdul. Ce loufiat est un escroc doublé d'un abruti. Il a cherché à nous corrompre.

Dès que Jacques et Hélène eurent tourné le dos, il reprit les billets et, les ayant défroissés, les glissa soigneusement dans la poche-revolver de son jean.

— Je vais voir ce que je peux faire pour vous, dit-il à l'hôtelier. Mais je ne vous cache pas que ce sera difficile. Notre nouvelle édition est déjà sous presse...

— Ah ! monsieur, que je vous en serais obligé... Mais ce qui me fait le plus de plaisir, c'est de comprendre que j'avais vu juste... et aussi que je ne serai pas malchanceux toute ma vie.

— Perspicace ! commenta Abdul en lui donnant une bourrade amicale.

— À propos, fit Jacques qui était revenu sur ses pas pour ramasser le paquet de cigarettes qu'Hélène avait oublié sur la table, il y a une question que je voulais vous poser : pourquoi votre établissement s'appelle-t-il Hôtel Chimère ?

— Ça vient du précédent propriétaire. Quand il s'est installé, il croyait que ça marcherait. Six mois plus tard, il faisait faillite...

Avant de remonter dans la voiture, simulant une parfaite tranquillité d'esprit, Jacques lança négligemment à Abdul :

— Bon, je crois que c'est ici que nos chemins se séparent. Heureux si cette petite promenade et ce déjeuner vous ont plu...

Pour toute réponse, Abdul ouvrit la portière de la Daimler et, avant que Jacques ait pu s'y installer, il s'assit à la place du conducteur. Puis, comme s'il voulait effacer la mauvaise impression produite par cette insolence, il redevint suppliant :

— S'il vous plaît... cela serait si gentil de votre part... Ne pouvez-vous pas me garder encore pendant quelques kilomètres ? Ça me ferait un souvenir inoubliable... Surtout si vous me laissiez le volant... Soyez sans crainte, je suis un excellent conducteur, et j'ai eu l'occasion de le prouver dans les circonstances les plus difficiles. Ce ne sont pas les occasions de m'entraîner qui m'ont manqué. Pardonnez-moi cet aveu, mais c'est si loin... Tout gosse, je n'avais pas mon pareil, quand j'habitais le quartier du Val-Riant, pour faire démarrer les voitures, dans les parkings de surface, avec une épingle à cheveux... L'idéal, ça serait que nous puissions gagner ensemble la frontière italienne. C'est bien en Italie que vous allez ? Dès que nous aurons atteint le poste de douane, un peu avant quand même, je vous quitterai et vous n'entendrez plus parler de moi, sauf, peut-être, à la rubrique des tribunaux... Mais vous n'y prendrez pas garde. Il y aura belle lurette que vous ne vous rappellerez plus que vous m'avez rencontré. De toute façon, je ne risque pas de franchir le poste français, à la frontière. Je n'ai pas la bonne nationalité, celle qui épargne les formalités, et par-dessus le marché, pour ne rien arranger, mon permis de séjour est un peu malade... Encore une fois, pour ce qui est de la conduite des automobiles, je ne crains personne. Jamais une aile abîmée, malgré les motards à mes trousses. Si tout le monde était comme moi, les routes seraient de vrais paradis... des paradis où on ne risquerait pas de monter prématurément au ciel...

Le moteur tournait. Abdul enfonça la pédale de l'accélérateur avec l'air extasié d'un homme dont la passion serait soudain récompensée par l'abandon d'une femme qu'il avait toujours jugée inaccessible.

— Vous êtes chic ! Vous ne pouvez pas vous imaginer l'émotion que j'éprouve... Des voitures comme la vôtre, j'en avais pourtant déjà vu, je vous l'ai dit, mais elles passaient à toute allure quand j'essayais d'attirer l'attention pour qu'on me prenne en stop. On aurait même pu croire qu'elles accéléraient, comme si j'avais la peste. J'en devenais enragé... N'ayez pas peur ! Je suis le contraire d'un anarchiste. Que des gens aient tout, et d'autres rien, c'est dans l'ordre des choses. Immoral, sans doute, mais naturel depuis que les serpents contrôlent la possession des pommes dans le jardin d'Éden. Impossible que Celui qui est là-haut, et nous regarde, ne sache pas ce qu'Il fait... Il y a des jours, pourtant, où on pense : « Pourquoi eux et pas moi ? » Les gosses, surtout, ça me choque qu'il y en ait, parce qu'ils ne sont pas nés le bon jour, et dans la bonne famille, ou sous la latitude idéale, qui ne sauront jamais ce que c'est que de ne pas avoir faim, de ne pas avoir froid... alors que, la porte à côté, d'autres, qui en apparence leur ressemblent, bénéficient de la confortable situation de papa, de l'héritage de maman... Vous voyez, votre carrosse, tout bien considéré, vous me le donneriez, je ne le prendrais pas... ou j'hésiterais... La société serait fichue si la pauvreté menait automatiquement à l'envie, et l'envie à la révolte... Ce n'est pas ce que vous vous dites tous les matins en vous réveillant ?... Nous sommes d'accord ! Dans le fond, je suis comme vous : adversaire résolu du grand chambardement. Enfin, jusqu'à présent, j'ai réussi à faire comme si...

Entre une valise à ses initiales et un sac Vuitton d'un format imposant, Hélène s'était si profondément pelotonnée qu'on n'apercevait plus que quelques touffes de ses cheveux, jaillies sans ordre d'un foulard de soie où s'entremêlaient des cabestans, des ancres et des sirènes soufflant dans des conques marines. Un plaid écossais, malgré la chaleur, achevait de la calfeutrer, comme si elle n'avait plus trouvé que ce moyen pour être coupée du reste du monde.

Abdul fit prendre de la vitesse à la Daimler. Grisé par le doux vrombissement du moteur, il ne réprimait plus son enthousiasme :

— On jurerait que cette voiture et moi étions faits l'un pour l'autre, qu'elle m'attendait autant que je l'espérais... Si mes copains du Val-Riant me voyaient... Une telle sensation existait et on me l'avait cachée ! Toute ma vie je vous serai reconnaissant de me l'avoir fait découvrir. Ma seule tristesse, c'est que cela ne durera pas... À moins que vous ne m'engagiez comme chauffeur... Ça ne serait pas une mauvaise idée, non ? Avec une casquette à galon, et des gants, je ne nuirais pas à votre standing... À propos, j'ai un peu honte, tout d'un coup, de m'être imposé dans la tenue négligée qui est la mienne. Quelle impression je dois faire, à côté de vous, si élégants et distingués ! Vous avez vu comment je suis habillé ? Évidemment, vous l'avez vu, quelle question ! Mais vous êtes si bien élevés que vous ne m'en avez pas fait la remarque. C'est ça, la classe !... Mon polo est déchiré, derrière l'omoplate... Quant à l'inscription qu'on peut y lire, heureusement à demi effacée : « Essayez-moi, vous ne le regretterez pas », c'est d'un vulgaire... Mon jean, je n'en parle pas. S'il est effrangé, ce n'est pas pour suivre la mode où il convient, pour être chic, de taillader son pantalon à coups de lame de rasoir... Comment avez-vous pu me supporter dans cet accoutrement tout le temps du déjeuner ? Je vous demande pardon. Je vous dois des réparations. Aussi, pour que vous n'ayez plus rien à me reprocher, je viens de prendre une décision. Au premier patelin, posez-moi devant une boutique de fringues, le temps d'acheter un blazer, deux ou trois chemises, dont une qui fasse un peu fête, un pantalon blanc pour aller avec la saison. Et des chaussures, j'aime bien le genre bicolore, bien que ça me rappelle les riches de mon pays, et les jeunes pieds-noirs qui roulaient des mécaniques avant de nous poursuivre, une canne à la main, après un bon repas, la nuit, sur les quais d'Alger... Mais sans excès, le côté bicolore. Pas de crocodile ni d'antilope. Le genre golf, sans les pointes, vous voyez, avec un rabat en forme d'éventail. De ça aussi, j'ai souvent rêvé. Ah ! il me faudrait une cravate. Je n'en porte jamais, mais pour vous je ferai un effort.

Se tournant vers Hélène, blottie sous sa couverture :

— Je vous demanderai seulement, madame, pour la cravate, de m'aider à la nouer, car je suis vraiment incompétent...

Et, de nouveau, à Jacques :

— Ça ne sera que l'affaire de quelques minutes. J'entre.

Je donne mes mesures et ma pointure. Aucun problème : tout me va.

À l'enseigne du British Gentleman, le magasin ne payait pas de mine. La vitrine semblait cependant assez convenablement fournie. Abdul arrêta la voiture et en descendit, prenant toutefois le temps d'ôter la clef de contact, de la faire ostensiblement sauter dans sa main, et de la glisser dans sa poche.

— Si j'emmène la clef, ce n'est pas que j'aie peur que vous partiez sans moi. Mais j'ai constaté que vous étiez parfois distrait au volant. Vous pourriez démarrer sans vous en rendre compte. Et après, vous seriez triste de m'avoir oublié... Bon, je reviens tout de suite. Je vous demanderai seulement de me rejoindre au moment de... ça me gêne... au moment de... enfin, à la caisse. Mais c'est une dette d'honneur que je contracte. Je ne veux rien devoir à personne, surtout à vous qui vous êtes montrés si généreux et compréhensifs. D'ailleurs, je vais inscrire jusqu'au moindre centime ce que je vous dois, dans mon petit carnet... J'en ai un, le voici, où je note les événements importants de ma vie, en particulier les dates et les circonstances de mes rencontres. Vous y figurez en bonne place. J'ai même fait un croquis de l'emplacement de la Daimler sur la route, quand vous vous êtes arrêtés, avant l'Hôtel Chimère. J'ai l'air un peu fou, et je le suis peut-être, mais je suis un fou méticuleux. En tout cas, encore une fois, à Paris, je vous appelle et je vous rembourse. Inutile de me donner, comme vous l'auriez sûrement fait, votre nom et votre adresse. Je me suis permis de les relever, et de les noter sur une boîte d'allumettes, quand vous avez ouvert votre portefeuille pour régler le déjeuner. J'ai l'œil perçant. Dites-moi si je me trompe, mais je ne me trompe sûrement pas : « Comte et comtesse Héliard de Prémincourt », quel beau nom ! 24, boulevard du Maréchal-Périgord-Châtelain. Ça doit être un endroit bien agréable... À condition de ne pas y être harcelé matin et soir par les quémandeurs qui se sont procuré vos coordonnées, Dieu sait comment ! À se demander à quoi sert la liste rouge de l'annuaire.

Un quart d'heure plus tard, en compagnie de Jacques qui rangeait son carnet de chèques dans la poche intérieure de son veston, Abdul ressortait du magasin. On aurait dit un autre homme. Il sourit à Hélène, toujours prostrée.

— Je suis quand même plus présentable, non ? Un amiral à qui il ne manquerait plus qu'un yacht... Mais j'ai bon espoir. Parti comme c'est parti, ça viendra. Au fait, vous n'avez pas un yacht ? Rassurez-vous, je disais ça pour être drôle.

Un panneau annonçait que la frontière n'était plus éloignée que de trois kilomètres. Ils longèrent un petit bois, en bordure d'un champ de tournesols qui, victimes de la trop grande sécheresse, ne justifiaient pas la fatale fascination de Van Gogh. À la grande satisfaction de Jacques, Abdul arrêta la voiture et coupa les gaz, choisissant l'endroit où l'ombre paraissait le plus fraîche. Et c'est presque aimablement qu'il dit au jeune garçon :

— Il me reste à vous souhaiter bonne chance. Sincèrement. Serrons-nous la main, et adieu.

— Je ne demande pas mieux que de vous serrer la main, dit Abdul. Une main d'honnête homme, c'est trop rare par les temps qui courent pour être dédaigné. Mais, auparavant, je voudrais vous faire part d'une idée qui m'est venue...

— Décidément, vos idées ne vous laisseront pas en repos aujourd'hui.

— Sauf si elles pouvaient vous occasionner le moindre désagrément. Une idée toute simple, presque naïve. Depuis un moment, elle ne me lâche plus, et j'ai besoin de m'en libérer pour retrouver ma tranquillité intérieure. Je ne voudrais surtout pas qu'elle se transforme en obsession. Je suis certain que vous me comprendrez, puisque, moi, je vous comprends. Sous des dehors un peu froids, votre extrême sensibilité ne m'a pas échappé, et votre souci de vous mettre à la portée des autres, au besoin en allant au-devant de désirs que leur timidité les empêcherait d'exprimer.

— Moins de discours, monsieur.

— C'est ce mot d'Italie qui a tout déclenché. Je vous ai dit que je n'avais jamais mis les pieds dans ce pays. À force d'en rêver, pourtant, j'ai fait une sorte de fixation. L'Italie, pour moi, et cela est bien frustrant, me fait penser à une chanson que je fredonnerais sans cesse en ne pouvant mettre sur son refrain que des paroles qui ne correspondraient pas à l'harmonie de la musique. Ou alors, carrément, j'ai l'impression que j'entends le chant des sirènes, mais que je n'ai pas la force de caractère d'Ulysse qui se bouchait les oreilles dès que Circé forçait la note...

— Bref ?

— Bref, le Colisée, le Forum grouillant de chats dans les traces des empereurs triomphants ou déchus, Florence et l'or flamboyant du Bargello quand le soleil descend, Venise avant que la ville ne s'enfonce définitivement dans les flots sous le poids des siècles et des touristes, comment ne trouverais-je pas ridicule, odieux, même, qu'on m'en refuse éternellement la merveilleuse découverte ?

Jacques ne put s'empêcher d'ironiser :

— Où avez-vous déniché cette littérature ?

— Je croyais vous l'avoir déjà expliqué. J'ai profité de mes quelques mois de maison d'arrêt. C'était ça, ou fabriquer des chaussons de lisière, ou trafiquer de la drogue de cellule à cellule pour le compte de quelque gros bonnet... J'ai donc fait ce que je n'avais jamais fait auparavant : j'ai lu, et j'en ai été ébloui. Zola, d'abord. Et puis, tout ce que j'ai trouvé, *La Madone des sleepings,* les Évangiles, *Les Trois Mousquetaires, La Fille Élisa, Grandeur et décadence des Romains,* des atlas touristiques. Je me suis dit que le malheureux contretemps de mon incarcération devait au moins servir à quelque chose. J'ai eu tort ?

— Continuez, fit Jacques, sèchement.

— L'ennui, c'est que ma culture est hybride. Je sais tout, absolument tout, des livres que j'ai lus. Mais rien de ce qu'auraient pu m'enseigner les autres. Notre bibliothèque était bizarrement achalandée, je n'avais personne pour me conseiller. Enfin, cela s'arrangera plus tard. En espérant que ça ne sera pas de nouveau dans une prison... Mais, revenons à mon idée...

Qu'il pût voir un jour l'Italie, il avait fini par se persuader que cela lui était dû, comme une indemnité que la société avait à lui régler pour s'excuser de l'avoir fait démarrer si médiocrement dans la vie. Il s'identifiait un peu à ces enfants de l'été 36, dont on lui avait montré les visages filmés, à l'occasion d'une rétrospective sur le Front populaire, au foyer social du parti communiste du XIe arrondissement où l'avait entraîné un camarade militant, et surtout l'envie d'un café crème gratuit avec du pain beurré. Ces mômes n'avaient jamais vu la mer auparavant. Le nouveau régime avait organisé à leur intention des convois spéciaux pour qu'ils puissent enfin poser leurs pieds sur une plage, et faire des châteaux de sable, en voyant à quoi ressemble une crevette ailleurs qu'à l'étal d'un poissonnier.

— Je n'oublierai plus leurs mines émerveillées que ne parvenait pas à gâcher la grandiloquence du type chargé de commenter les actualités. Aujourd'hui, cette explosion de joie et ces enfants qui s'amusent n'étonneraient plus. C'est devenu la moindre des choses. « Où irez-vous, pour les vacances, avec vos chers bambins ? Nous, nous ne parvenons pas à nous décider. Nous hésitons entre les Caraïbes et les Cyclades... — Les Cyclades ? On nous en a dit beaucoup de bien, en nous mettant toutefois en garde contre certaines négligences du personnel hôtelier... » Avant 1936, il n'y avait, de juillet à septembre, face aux océans, que les corps allongés d'une poignée de privilégiés dont les fumées des cheminées d'usine, dans les banlieues ouvrières, étaient la cadette des préoccupations, sauf, bien sûr, si de ces usines ils étaient les propriétaires, mais alors ce n'était pas le même genre de souci... Vos parents ont dû connaître cela, et déplorer la disparition de ces temps bénis...

— Laissez donc mes parents tranquilles.

— Eh bien, pour moi, l'Italie, c'est comme la mer dont ces enfants étaient privés, et j'attends la même joie de sa révélation. Ce n'est, en somme, que l'affaire d'une frontière franchie.

Croyant avoir trouvé une issue de secours, Jacques feignit d'être désolé :

— Si cela ne dépendait que de moi, vos vœux ne tarderaient pas à être exaucés. Mais ne m'avez-vous pas dit que vos papiers n'étaient pas en règle ? À plus forte raison, que vous n'aviez pas de visa, comme l'exige votre nationalité, pardonnez-moi, un peu marginale ?

— C'est là que mon idée est lumineuse ! Que lit-on, en effet sur la plaque d'immatriculation de votre voiture ? CD... Deux lettres magiques...

— Ce n'est pas suffisant pour...

— En principe, vous avez raison. Mais croyez-vous que la police et les douaniers auront le manque de tact d'ouvrir le coffre d'un diplomate dont le teint est aussi clair que le vôtre, pour en vérifier le contenu ?

— Vous ne voulez tout de même pas que...

— Il est si vaste que deux personnes y tiendraient à l'aise. À plus forte raison moi, qui suis mince et souple.

Tout en parlant, il avait fait jouer le loquet du coffre et s'était aménagé un espace en déplaçant quelques valises et une housse à habits.

— Incroyable comme la moquette est douce ! J'ai connu des asiles moins agréables... Je serai tout à fait bien là-dedans. Ne craignez rien, je ne tousserai pas. Même ma respiration, on ne la soupçonnera pas. Je ne veux pas vous compromettre. Un personnage de votre importance se doit d'être irréprochable en toute circonstance. Le moindre faux pas et sa carrière peut être brisée. Je vous demanderai simplement, quand nous serons de l'autre côté, de ne pas trop tarder à m'ouvrir. Imaginez que, faute d'air, je meure étouffé, vous vous voyez avec un cadavre sur les bras ?

— Votre proposition est...

— Tout à fait raisonnable. Enfin, si vous êtes contre, faites comme si je n'avais rien dit. Prêtez-moi juste un peu de monnaie, que je passe un coup de fil. C'est une cabine téléphonique qu'on aperçoit là-bas ? J'ai un ami, dans le coin, qui pourrait me dépanner. Ça va vous amuser : c'est un brigadier de gendarmerie. Très sympathique. Il ne faut jamais généraliser. Puisque le meilleur peut être le pire, pourquoi le pire ne pourrait-il être le meilleur ? Nous appartenions au même club de foot quand nous étions gamins. Il avait un sacré shoot du gauche. Mais lui, il a mal tourné !

Il rit, se laissant aller jusqu'à donner une légère tape sur l'épaule de Jacques, avant de reprendre son sérieux et de faire le simulacre de dominer une vive contrariété :

— N'en parlons plus. Tant pis. Ça m'aurait fait plaisir, c'est tout. Noël en juin, quoi !... La poupée en costume de princesse qu'un généreux inconnu donne à la petite fille en haillons qui mendie au coin de la rue... Roulement de tambours : c'est ici qu'il faut avoir la paupière humide... Eh ! ne faites pas cette tête-là... Tout de même, si vous aviez accepté, ne voyez surtout pas d'insolence dans ce que je vais dire, votre bonne conscience ne s'en serait pas portée plus mal.

— Qu'il monte et qu'on en finisse ! gémit Hélène en émergeant de sa couverture.

Mais elle ne put réprimer un mouvement de surprise. Après la halte chez le tailleur, elle n'avait pas suivi la métamorphose vestimentaire d'Abdul. Malgré la simplicité de sa mise, son élégance était réelle. À cause de la fluidité de l'étoffe, ses muscles donnaient l'impression de jouer plus harmonieusement. Il n'avait plus cette allure de lutteur forain désireux d'appâter la clientèle avant de faire la quête, ou d'avaleur de feu, qu'il lui arrivait inconsciemment de singer quand il ne se surveillait pas. Il avait également profité de l'occasion pour nettoyer sa figure. L'eau n'avait pas complètement séché sur ses cheveux rejetés en arrière, dégageant le front, couvrant la nuque, comme le casque de parade d'un guerrier antique.

— Alors, c'est oui ? interrogea-t-il.

— C'est non, fit Jacques, les poings serrés.

Avec un petit sourire, Abdul s'introduisit dans le coffre, qui se referma sur lui sans heurt, à peine le bruit très doux des pièces qui s'ajustent parfaitement dans une mécanique sans défaut. Tamisée par l'épaisseur de l'acier, la voix du jeune homme se fit entendre : « Évidemment, ce n'est pas le Ritz, mais ce n'est pas moi qui irais me plaindre à la direction. Une dernière prière : Vous ne pouvez pas mettre la radio ? Ici, ça manque un peu de distractions... »

Hélène tendit le bras jusqu'au tableau de bord et appuya sur la touche qui commandait le lecteur laser.

— *You go to my head*, par Peggy Lee ! s'extasia Abdul.

Un de mes airs préférés, par une des chanteuses qui me troublent le plus...

Le poste frontalier était en proie à un grand remue-ménage. Douaniers et policiers paraissaient au comble de l'excitation. Appuyées sur des sacs de sable, des mitrailleuses scrutaient de leur œil noir les piliers des baraquements de contrôle. Les automobiles, dont la file se perdait dans le lointain, subissaient des fouilles rigoureuses. Une femme pleurnichait parce qu'on avait mis sens dessus dessous sa cassette de maquillage, et qu'on en avait brisé le miroir. Avec les pinceaux et les tubes qui avaient roulé par terre, une petite fille essayait de se faire la tête de Madonna. Des enfants jouaient à l'attaque de la diligence.

Le plus sereinement qu'il put, Jacques présenta ses papiers barrés de tricolore, que surchargeaient, au point de les rendre indéchiffrables, des tampons en plusieurs langues. Aussitôt, les hommes du poste se raidirent, dans l'attitude du plus extrême respect, tout en continuant de faire signe aux autres automobilistes d'aller se garer à quelques mètres de là, sur une aire où, sans plus tarder, les véhicules étaient fouillés, et certains même pratiquement désossés.

— Que se passe-t-il ? demanda Jacques, affectant l'indifférence.

— Excusez-nous, dit l'un des policiers. Vous vous présentez un mauvais jour. Ces mesures, évidemment, ne vous concernent pas. Nous allons vite régler votre situation. Mais on nous a signalé l'évasion d'un dangereux repris de justice. Il a réussi à s'échapper de sa prison en tuant un gardien. Un père de quatre enfants. Deux autres collègues sont gravement blessés. Aux dernières nouvelles, l'assassin rôderait dans les parages. Il essaierait de passer en Italie. Il aura du mal ! La frontière est en état d'alerte maxi, côté français et côté italien. Au besoin, nous tirerons des tapis cloutés à tous les embranchements... Vous n'avez rien remarqué de suspect sur votre route ?... Grand, cheveux noirs, le genre pas franchement chrétien, si vous voyez ce que je veux dire ? Il serait vêtu d'un jean et d'un polo avec une inscription au pochoir. Mais, aujourd'hui, ils sont tous habillés comme ça... Ce n'est plus un signalement, c'est un duplicata... Tenez, voilà sa photo... Évidemment, c'est un peu flou... et l'encre de la machine à photocopier a bavé...

Hélène, qui s'était penchée en avant, faillit crier. Plus calme, Jacques ne remua pas un muscle de son visage tandis qu'il scrutait la photo sous tous ses angles.

— Vous avez raison, la qualité de l'image ne permet pas de se prononcer à coup sûr. Non, je ne vois pas. Ça pourrait être n'importe qui d'un peu bronzé.

— C'est bien le drame ! dit le policier. Tous ces salauds font exprès de se ressembler.

— C'était lui ? murmura Hélène quand ils eurent franchi le dernier barrage.

Jacques fit un signe d'impuissance pour indiquer que toutes les hypothèses étaient possibles. Puis, comme des coups sourds parvenaient du coffre, il arrêta la voiture. Abdul revint à l'air libre, manifestement heureux, mais les yeux éblouis, comme ces prisonniers, Casanova ou Monte-Cristo, qui retrouvent brusquement une lumière trop crue, sans transition ni accoutumance, après l'obscurité d'un cachot.

— Je n'ai pas bien entendu ce que disait le flic, fit-il. Vous n'avez pas eu de problème ?

Sans attendre de réponse, à la façon d'un plain-chant de cathédrale, il psalmodia :

— Italie, ô Italie, prononcer ton nom, et sur ton sol immémorial, me donne l'impression d'avoir les lèvres enduites de miel...

Mais voyant que, en dépit de son peu de désir de sourire, Jacques semblait se moquer de son lyrisme, il feignit de s'excuser :

— Ne vous avais-je pas dit que j'avais profité de mon séjour à l'ombre pour essayer de m'élever un peu au-dessus du niveau de l'homme des cavernes ?

Il se tut et demeura un instant immobile, comme si des ondes invisibles l'avaient paralysé. Posé sur lui, sans qu'il eût à se retourner, il sentait le regard d'Hélène, et il en éprouvait une sorte de fugitive brûlure. Elle l'observait, en effet, à son corps défendant, étonnée par un spectacle auquel, depuis bien longtemps, elle n'avait plus eu l'occasion d'assister : celui de la jeunesse dont la plus grande force est de se moquer des conventions, remettant ainsi en question les croyances et les usages des sociétés les mieux établies. Il lui parut du même coup que le paysage était devenu plus attrayant, plus douce la courbe de la vallée qu'ils traversaient, et meilleur l'air qu'on y respirait. Mais elle se hâta de se persuader que ce phénomène n'était que l'une des nombreuses facettes du miracle italien.

Cent kilomètres défilèrent. Jacques et sa femme demeuraient impénétrables. Abdul, lui, détaillait avec une visible volupté le lacis des rivières et des prairies, des forêts et des moissons, des vestiges d'aqueducs et des chapelles.

Ils s'arrêtèrent pour refaire le plein d'essence. Après avoir réglé le pompiste, Jacques rompit le silence :

— Autant que vous le sachiez tout de suite, et en un lieu où vous avez une chance de trouver un autre moyen de poursuivre votre route, nous avons l'intention de rendre visite à des amis qui ont une propriété près d'ici...

— Vous voulez parler du comte et de la comtesse Marescchini ? dit Abdul en accentuant la suavité de sa voix.

Jacques eut un haut-le-cœur.

— Comment savez-vous ? commença-t-il.

Tranquillement, Abdul lui tendit un portefeuille. Des initiales en or y faisaient office de fermoir.

— Il a dû vous échapper, à la douane, quand vous avez montré votre passeport. La carte de vos amis Marescchini dépassait, avec le plan pour se rendre chez eux. Je l'ai ramassé machinalement quand je suis sorti du coffre, mais je n'ai pas voulu vous déranger pendant que vous conduisiez. Après, je n'y ai plus pensé.

Jacques alluma une cigarette, et en tira nerveusement, trop vite, quelques bouffées avant de l'écraser dans le cendrier.

Durcissant le ton, il dit :

— Puisque vous êtes au courant de nos relations, et donc de leur qualité, vous conviendrez qu'il va de soi que vous ne pouvez pas nous accompagner. Vous ne vous sentiriez pas à votre aise chez nos amis...

— Quelle délicatesse ! s'exclama Abdul. On n'est pas plus grand seigneur ! Toujours en train de vous faire du souci pour moi... Mais cette fois, vous vous tourmentez sans raison. Ne vous inquiétez pas. Je ne me sentirai pas du tout dépaysé et je saurai me conduire en galant homme. Vous serez fier de moi. Je ne vous cache pas, d'autre part, que je serai ravi d'élargir le cercle un peu étroit de mes relations de prestige. Belle occasion, aussi, d'étrenner ma cravate neuve...

Le franchissement du double barrage de la surveillance particulière se fit sans difficulté, et ils abordèrent le domaine de la Résidence Callista en roulant lentement, à cause des excroissances artificielles disposées exprès, à distances étudiées, sur le chemin qui serpentait entre les villas aux vaniteuses façades, pour obliger les automobilistes à réduire leur vitesse.

La Résidence Callista est composée d'une cinquantaine de demeures au luxe parfois extravagant, si bien protégées les unes des autres par le foisonnement des arbres centenaires qu'on les dirait, malgré leur proximité, isolées en pleine nature. En fait, il s'agit d'une sorte de parking pour milliardaires qui vivraient partagés en permanence entre la satisfaction de gonfler leurs poumons avec un air plus hygiénique que celui des embouteillages romains et la terreur que leurs enfants ne soient enlevés par une organisation de bandits sardes ou calabrais.

Un golf, aux étendues surdimensionnées, déploie la hautaine somptuosité de ses hectares. Une armée de jardiniers en égalisent le niveau du gazon, chaque matin, avant l'aube. De petits groupes de nantis s'y déplacent en minicars, gravement, comme si l'avenir du pays en dépendait, ou pour le moins comme s'ils sauvaient la lire de la catastrophe, dans l'attente qu'un Saint-Esprit, payé assez cher pour être complaisant, les débarrasse de leur arthrite. Bermudas à carreaux recouvrant des genoux osseux ou bourrelés, toques de laine façon chef de clan des Highlands revus par Enrico Coveri, chaussures à pompons, rien ne manque à la panoplie de ces dons Juans de tous âges et de toutes difformités, hâlés à la lampe à rayons. Des athlètes désabusés les conseillent, tristes vainqueurs d'innombrables petits tournois, mais jamais d'une épreuve digne de déplacer les journaux spécialisés, encore moins la télévision, même locale. Péniblement, le besoin d'argent les pousse à faire croire à leurs élèves, sous peine d'être récusés, que, malgré les coups qu'ils ratent et l'herbe arrachés par leurs clubs, tous les espoirs leur sont permis, d'ici dix ou quinze ans, à condition que les aléas de la politique et l'état de leurs comptes en Suisse ou au Lichtenstein leur en laissent le loisir, et si, naturellement, on ne les a pas mis en prison. Ces dévoués professeurs se chargent aussi de rappeler aux épouses de leur chancelante clientèle mâle que l'amour peut être considéré comme un sport, et qu'eux-mêmes y sont passés professionnels.

Des antennes capteuses de satellites, fixées sur des toits aux tuiles achetées chez des boutiquiers qui se prétendent antiquaires et héritiers d'une longue tradition florentine améliorée en Corée du Sud, dardent leurs enchevêtrements vers un ciel garanti bleu par contrat, ce qui permet à leurs heureux possesseurs de suivre à quatre heures du matin, à cause du décalage horaire, une rencontre de poids lourds à Atlantic City, les Giants contre les Rangers, ou la cote des pouliches de trois ans à Saratoga — en somme de se rappeler qu'il se passe quelque chose d'un peu considérable à la surface du monde réellement civilisé.

Rome n'est guère à plus de trente kilomètres, mais on pourrait se croire en Floride ou à Mauai, tant l'accent américain est ici de rigueur, sans quoi nul ne serait d'ailleurs compris de personne, à commencer par ses domestiques. Quelques Italiens, pourtant, aux poches convenablement remplies, possèdent un de ces échafaudages de tours et de patios, avec piscines flanquées de naïades et de tritons en céramique de couleur tendre, dont les dépliants publicitaires vantent l'exceptionnel attrait. Couturiers prestigieux, comédiens en renom, financiers moins touchés que d'autres par le scandale de la loge P2, potentats de l'électronique, de l'automobile ou de la télévision, experts en jonglerie municipale, aristocrates en rupture de ruines familiales fréquentent régulièrement la Résidence Callista, quand ils ne se dissimulent pas dans des îles aux plages de sable rose, dans la mouvance de l'Aga Khan à Porto-Cervo, entre deux furtives apparitions sous les ombrages hautement tarifés de Porto-Ercole et de Portofino.

La Daimler continuait d'avancer au gré des méandres

d'allées bordées de lauriers-roses et d'hibiscus, freinant tous les cinquante mètres pour laisser passer quelque bambin protégé comme une citadelle par des meutes de robustes nurses nordiques et de judokas aux aguets.

Jacques semblait désorienté, ou alors peut-être faisait-il exprès pour être contraint de rebrousser chemin.

— J'espère que nous avons pris la bonne direction, dit-il. Cet endroit est un véritable labyrinthe...

— Tout droit ! fit Abdul, après avoir consulté le plan qu'il avait de lui-même été chercher dans la boîte à gants. Vous voyez, pour le Castel Marescchini, l'itinéraire est fléché. Impossible de se tromper.

Le silence n'était troublé que par les aboiements des chiens aux pedigrees arrogants, dont des écriteaux, sur le porche des villas, assuraient qu'ils étaient méchants. *Cave canem,* prévenaient obligeamment ceux dont les propriétaires avaient fait un détour par Pompéi. Au volume de leurs rugissements, on pouvait déduire que leur réputation de férocité n'était pas une vue de l'esprit.

Ils n'allaient d'ailleurs pas tarder à en avoir la confirmation. Jacques s'étant arrêté à un carrefour, le temps de repérer son chemin, un des cerbères sauta par-dessus une haie pourtant hérissée de barbelés à longues pointes, qui protégeait la propriété où il était censé être enfermé. Hélène avait poussé un cri de frayeur. Mais Abdul s'était avancé à la rencontre du molosse ; proche de lui à le toucher, insoucieux de la bave de ses babines et de la dimension de ses crocs, tranquillement, il lui avait parlé.

Ses lèvres n'émirent d'abord qu'un simple bourdonnement, presque plaintif, petit à petit plus insistant, auquel le chien parut sensible en modulant ses grondements, comme si une sorte de lexique inconnu des humains leur permettait de communiquer. Étrange monologue où l'homme devenait une bête pour apprendre à une bête à raisonner comme un homme ! Le chien n'arrêtait pas de grogner, découvrant des mâchoires qu'on eût facilement imaginées ensanglantées par un carnage. Conservant pourtant son calme, au point de donner l'impression qu'il avait imposé à sa respiration de fonctionner au ralenti, Abdul multipliait maintenant ses avances. Et soudain, d'un geste rapide, il lui mit un de ses poings fermés sous le museau. Le premier réflexe de l'animal fut de mordre ; mais, étonné sans doute qu'on ne lui cherchât nulle querelle, ou qu'on ne le menaçât pas d'un bâton, il retint sa rage, flaira la chair ainsi tendue, grogna de nouveau, flaira encore, avant de remuer imperceptiblement la queue. Il ne résista plus quand le jeune homme lui enfonça profondément son poing dans la gueule, tout en lui flattant les reins de sa main restée libre, très doucement, du bas de l'échine jusqu'à l'encolure.

Alors, Abdul ayant retiré son poing, le chien entreprit de lui lécher le poignet avec de grandes démonstrations d'amitié, mieux que dompté — fraternel. Sa croupe aussi s'agitait, réclamant les délices d'une nouvelle caresse.

— C'est comme ça qu'il faut faire avec les chiens qu'on ne connaît pas, dit Abdul en essayant vainement d'écarter l'animal qui refusait de le quitter et sautait à la hauteur de son menton avec des jappements joyeux. Un chien est incapable de mordre un poing qu'on lui a enfoncé dans la gorge. L'important est de bien préserver ses doigts en les maintenant repliés, et de ne lâcher la prise qu'au moment où il n'y a plus de danger. De lui-même il s'apprivoisera. Mais le plus important, c'est d'avoir de l'amour pour les chiens. Cela vaut toutes les écoles et tous les stratagèmes. Depuis toujours j'aime les chiens, et les chiens m'ont toujours aimé. C'est plutôt bon signe, non ? En tout cas, c'est l'une des rares fiertés que je retire d'une vie où ma balance personnelle n'a pas toujours penché du bon côté. Même en Algérie, ils n'ont pas peur de moi et m'acceptent sans méfiance... En Algérie où ils sont sur leurs gardes car, de toute éternité, la coutume veut qu'on les méprise et qu'on leur lance des pierres. Chez nous, « fils de chien » est l'injure suprême. Stupidité héréditaire... Mais s'ils se sentent si proches de moi, c'est peut-être parce que je suis moi-même né chien battu. Leur formidable instinct doit le leur faire sentir... Vous avez un chien ? Je veux dire un vrai, qui ne gagne pas dans les concours parce qu'il est allé chez le coiffeur et que sa maîtresse a mis une jolie robe du soir à deux heures de l'après-midi, à La Baule ou au Touquet, et porte une capeline fleurie comme on n'en fait plus depuis l'impératrice Eugénie...

— Nous avons six chiens, à la campagne, pour la chasse.

— Je vois. On vous vend le cerf avec, et la cassette de l'hallali... Je plaisante. Six chiens, c'est très bien. Vous pouvez sûrement me dire quels sont leurs noms ? Je n'ai pas dit leur race, mais leurs noms. On sait toujours les noms de ceux qu'on aime...

Il enchaîna, sans attendre une réponse qui ne serait sans doute pas venue :

— Pour moi, les hommes se divisent en deux catégories : ceux qui aiment les chiens, et les autres. Si l'on s'en tient à ce partage des valeurs, on est rarement dans l'erreur. Je ne m'en suis jamais autant rendu compte qu'un jour où j'avais ramassé dans la rue un chien qui avait eu une patte brisée et la cage thoracique enfoncée. Un chauffard qui l'avait heurté, et qui ne s'était pas arrêté... Il y a vraiment des gens... Je l'ai pris dans mes bras et je l'ai amené chez un vétérinaire. Hélas, avant qu'on ait eu le temps de l'opérer, il était mort. Pourquoi ne l'avouerais-je pas ? J'ai pleuré. Pleuré sans même songer à cacher mes larmes, à essuyer mon visage. Mais le plus étonnant, c'est que le vétérinaire pleurait aussi... C'était un homme à cheveux blancs, seulement coiffés par les plis de son oreiller, et qui ne s'était pas aperçu qu'il avait vieilli, tant il avait passé d'années à se consacrer aux animaux. Ce détail, vous le verrez, a son importance.

Alors, comme s'il faisait le portrait d'un vieil ami, Abdul avait évoqué le curieux destin du praticien. Il l'avait bien connu pour avoir passé auprès de lui les derniers mois de son existence. C'était un vétérinaire de la grande époque, qui ne limitait pas son art à purger des chats que leurs maîtresses trouvaient inhabituellement mélancoliques, et à rédiger des notes d'honoraires pour avoir pilé de l'aspirine dans le millet d'un canari. Il avait fait bénéficier de sa science et de sa bonté les pensionnaires des plus célèbres ménageries qui suivaient les grands cirques, tigres royaux, girafes tachetées, lamas des Andes, éléphants équilibristes, indifférent aux horaires, ne ménageant pas sa peine, au besoin gratuitement quand il sentait que les revenus d'une de ses pratiques étaient trop modestes, car seule la douleur d'un regard le motivait, jamais le volume d'un portefeuille. Sur les murs de son cabinet, près du bois de Boulogne, s'amoncelaient les photos dédicacées des plus hautes personnalités, qui l'assuraient de leur estime et de leur reconnaissance. Pas plus un mainate enrhumé que des puces sauteuses défaillantes ne l'aurait mis dans l'embarras. Albert Ier de Belgique se disait son ami, ainsi que plusieurs monarques. Pierre Fresnay affirmait qu'il ne l'oublierait pas. C'était sûrement vrai, Pierre Fresnay étant, paraît-il, un homme dont l'une des particularités était de ne jamais mentir. Toutes les stars de la politique, du spectacle, du sport, de la littérature semblaient s'être donné rendez-vous en effigie dans son salon. Le Gotha, bien sûr, n'était pas en reste. Un jour, il mourut, ce qui n'a en soi rien de vraiment singulier ; mais c'étaient les circonstances de sa mort qui pouvaient paraître incroyables. Une jeune infirmière lui servait d'assistante. Très vite, il se sentit irrésistiblement attiré par elle. L'amour, quand il frappe, ne choisit pas. Le vieil homme, qui n'avait jamais eu jusque-là de dialogues passionnés qu'avec les bêtes qu'il soignait, se berça de mille illusions. Ensemble, pensait-il, ils avaient trop souvent plongé leurs yeux dans ceux d'un animal à l'agonie pour ne pas être unis par des liens plus forts que ceux d'un amour ordinaire ; et ils avaient été trop accablés de leur impuissance à supprimer la douleur. Au contraire, ils avaient explosé d'une joie formidable parce qu'une pauvre bête posait sur la manche de leur blouse une patte affectueuse, donnant ainsi la preuve, au moment où ils allaient désespérer, qu'elle vivait. De telles minutes, aimait à se répéter le médecin-apôtre, valaient tous les serments sous la lune, toutes les idylles échafaudées dans les règles.

À cause de cela, un jour où, justement, ils venaient d'arracher à la mort un brave petit caniche, il proposa à la jeune femme de l'épouser. Elle ferma les yeux, comme si son bonheur ne pouvait s'exprimer par des mots. C'était plutôt parce que le vertige l'avait prise à l'idée que tout ce qui l'entourait et que possédait le vieil homme allait être à elle. Déjà, elle devait imaginer l'usage qu'elle en ferait.

— Toutes les femmes, madame, ne sont pas de cette sorte, mais le cas n'est malheureusement pas exceptionnel. Certaines parviennent même à prendre pour un sentiment la volupté qu'apportent l'argent et le luxe.

Quelques mois plus tard, on devait retrouver le vétérinaire, dans son gros fauteuil de cuir que les griffes de ses patients avaient lacéré au point qu'on ne pouvait plus savoir quelle en avait été la couleur d'origine. À ses pieds, échappé de sa main, il y avait un flacon vide, dont l'odeur était celle du produit qui lui servait à calmer la douleur avant une opération délicate. Mais il ne souffrait plus. C'est avant qu'il avait souffert.

» Les journaux publièrent qu'il avait été victime d'une dépression nerveuse. C'était vrai. À cette correction près que, s'il avait cédé au désespoir, c'est parce qu'il avait appris que sa nouvelle épouse ne lui était pas fidèle, qu'elle ne l'avait jamais été et poursuivait avec un ancien amant, naturellement jeune et vigoureux, des relations que son mariage n'avait en rien contrariées. Frappé de stupeur, il ne l'avait pas supporté. Sur ses genoux, il y avait, ouvert, un exemplaire de l'*Histoire naturelle* de Buffon, aux pages fatiguées à force d'avoir été tournées. Il avait voulu en relire un passage une dernière fois avant de s'endormir définitivement. En somme, s'il s'était tué, c'était parce qu'il avait découvert ce qu'il avait toujours ignoré par naïveté, innocence, excès de pureté, préoccupations d'un ordre plus élevé. Il avait découvert la trahison... Comment l'eût-il connue auparavant ? On n'est jamais trahi par un chien. Ni même par un lion.

— Un lion ? interrogea Hélène. Vous n'exagérez pas un peu ?

— Hélène, je vous en prie, intervint Jacques. Nous n'en sommes quand même pas avec monsieur au débat d'idées.

— Un lion, madame... Relisez Balzac. Encore pardon, mais c'est toujours la faute de mon éducation si spéciale. Je vous l'ai dit : c'est en prison que j'ai commencé à lire. Quand on m'a relâché, le pli était pris. Je n'ai pas pu m'arrêter. Une autre manière, plus agréable, d'être captif !

Hélène l'interrompit, comme si ce n'était pas cette partie de sa vie qui l'intéressait, mais quelque chose de différent, de plus énigmatique :

— À quel ouvrage de Balzac faites-vous allusion ? fit-elle. Je suis confuse, mais une grande partie de Balzac m'a échappé. Jeune fille, d'ailleurs, dans ma famille, et aux Oiseaux, on me l'interdisait. Plus tard, je me suis persuadée que je n'avais pas le temps. Je me disais, en guise d'excuse, qu'il avait tellement écrit que je ne saurais pas par où commencer. Nous en avions pourtant les œuvres complètes, chez nous, en trois éditions, mais si bien reliées qu'on les avait placées dans des vitrines fermées à clef, comme des pièces d'orfèvrerie, avec défense d'y toucher, même pour en ôter la poussière. L'un des exemplaires, assurait une tradition que personne n'aurait eu l'inconvenance de vérifier, était annoté par Flaubert. Alors, à part *La Duchesse de Langeais* au cinéma, qui jouissait d'une assez bonne réputation chez mes parents parce que le dialogue était de Giraudoux et que son interprète, Edwige Feuillère, malgré sa condition d'actrice, avait la Légion d'honneur, et aussi *Le Colonel Chabert* que proposait dans le cadre d'une rétrospective Raimu l'association culturelle d'une petite ville dont Jacques est le maire, il me faut avouer mon incompétence.

— Je ne vois vraiment pas ce que..., commença Jacques, qui ne cachait plus son irritation.

— Ce n'est pas d'un roman qu'il s'agit, enchaîna Abdul, mais d'une courte nouvelle, *Une passion dans le désert.* Après la campagne d'Égypte, un soldat de Napoléon s'est réfugié dans le désert. En proie au désespoir que lui inspire sa solitude, et à la crainte de mourir de faim, il décide de se suicider. Mais, à l'instant d'exécuter son projet, il sent, braqués sur lui, deux yeux étincelants, ceux d'un lion, ou plutôt d'une lionne. La terreur envahit le militaire qui, du coup, ne pense plus à mettre fin à ses jours. Il paraît que c'est un réflexe qu'on vérifie souvent dans les guerres. Rien ne vaut une menace de mort pour empêcher quelqu'un de se tuer...

— Philosophe avec ça ! grommela Jacques.

— C'est là que l'aventure devient extraordinaire... Des liens étranges vont s'établir entre le fauve et le soldat, où l'on va déchiffrer petit à petit toutes les nuances de la palette des sentiments qui rapprochent ou déchirent un homme et une femme que la fatalité a attirés inexorablement.

— Vous ne voulez tout de même pas dire...

— Pensez ce que vous voudrez, y compris le plus extravagant et ce qui, à première vue, semble le moins normal.

— Comment cette histoire finit-elle ?

— Tragiquement, bien sûr, comme toutes les histoires où l'amour ne peut plus être contrôlé.

La villa, d'un modèle et d'une architecture illusoirement distincts de toutes celles dont les ombrages l'entouraient, en était en réalité la réplique, avec ses lauriers et ses magnolias en fleurs huit mois sur douze et ses pins parasols dont les pommes qui jonchaient le gazon avaient l'air d'avoir été placées par un décorateur dans l'alignement obligé du barbecue. Des jeux d'enfants traînaient, fleurons de l'industrie électronique, démarqués d'un feuilleton de la télévision traduit du japonais, que des marmailles paraissaient avoir autopsiés pour voir « ce qu'il y a dedans » — prélude à de futurs carnages à l'échelle adulte, ou réplique moderne de l'habitude qu'avaient les générations précédentes d'arracher les ailes des mouches ?

L'herbe, tondue à la pince à épiler, s'étendait jusqu'au terrain de croquet égayé d'anachroniques arceaux. Plus loin, protégé des regards indiscrets par une haie aux piquants acérés où achevaient de se faner des roses gigantesques, une sorte de camp de concentration pour légumes abritait des salades sur lesquelles se penchaient en permanence une escouade de jardiniers attentifs, ce qui devait en faire la verdure la plus onéreuse du monde. Les signes extérieurs de la richesse ne sont parfois que la pauvreté des autres imitée à prix d'or.

Venus des orifices à volants de nombreuses fenêtres, on entendait des téléphones, couplés à la *Cinquième Symphonie* de Beethoven diffusée en continu par des haut-parleurs dissimulés dans les bosquets.

Au coup de sonnette — un simple bouton, mais qui imitait le tintamarre des orgues d'une cathédrale de bon niveau —, un domestique au teint jaunâtre, en pantalon rayé et cravate blanche, se précipita. Il eut un sursaut, qui dissimulait mal un dégoût certain, en apercevant Abdul. Manifestement, sa dignité de citoyen de Manille, flairant un concurrent possible, en était rebutée. D'autres Philippins accoururent, empressés à se partager sans un bruit les valises et les sacs, avant de les emporter vers l'escalier monumental à ferronneries et jardinières qui conduisait aux appartements réservés aux amis. Un ultime fantôme aux yeux bridés s'empara de la Daimler et, démarrant sur les chapeaux de roues, avec moins d'égards que s'il se fût agi d'une brouette, l'emmena hors de portée de la vue.

— Ne craignez rien, dit Giorgio Marescchini en riant. C'est vrai que Ronny a été l'un des gardes du corps du dictateur Marcos, avec ce que cela suppose de vies humaines qui ne pèsent pas lourd et de villages incendiés en représailles d'avoir tenté d'échapper au racket. Mais depuis que je lui fais porter des gants blancs, on ne voit plus du tout le sang sur ses mains...

Seul Abdul avait paru apprécier la gaieté de la remarque.

— Vous n'avez pas peur qu'ils vous volent ? demanda Jacques qui ne voulait pas admettre trop rapidement l'inadmissible.

— Évidemment, ils nous volent ! Tu ne volerais pas tes patrons, si tu étais domestique ?

Abdul adopta un air fataliste en regardant Jacques. Le maître de maison poursuivit :

— Mais j'ai une parade, ou du moins je sais comment limiter les dégâts. Il y a longtemps, en effet, que j'ai compris, et mon métier d'industriel me l'a confirmé, que si on veut être un peu moins volé, il faut se payer un voleur. Un voleur rien qu'à soi, un voleur privé en quelque sorte, exclusif, pour qui notre complaisance est une sorte de supplément à ses gages... quelque chose qui lui serait dû... Ainsi, satisfait de cette situation sans pour cela cesser de dérober notre bien, du moins empêche-t-il ses collègues d'en faire autant, puisqu'il s'en considère un peu comme le propriétaire. À ce jeu-là on est gagnant, fais-moi confiance !

Il fit un signe à l'un des serviteurs en désignant Abdul. Puis, tourné vers Jacques :

— On va conduire ton chauffeur à sa chambre. Nous avons un pavillon exprès pour les domestiques, derrière la buanderie et le potager. À ce propos, il faudra que tu rendes visite à mes haricots mange-tout. Ils sont célèbres dans toute la Résidence.

— Ce n'est pas mon chauffeur, fit Jacques en toussotant. Abdul nous accompagne à titre personnel.

Giorgio Marescchini se reprit à la hâte :

— Bien sûr ! Comment ai-je pu... J'espère, monsieur...

— Appelez-moi Abdul. Je vous appellerai Giorgio. Nous serons quittes.

Maladroitement, l'Italien continuait de se confondre en excuses.

— J'étais distrait par la joie de retrouver mes amis. Je n'ai vu qu'eux. Par-dessus le marché, vous étiez à contre-jour.

— Oh ! Vous savez, même quand j'ai le soleil en pleine figure, j'ai toujours l'air d'être à contre-jour...

— J'aime votre forme d'humour.

— Cela tombe bien, je n'ai que celle-là.

— Vous venez sans doute des Émirats ?

— Par des chemins un peu détournés.

— Vous appartenez également à la Carrière ?

— Pour être tout à fait franc, il faudrait d'abord que je déménage des quartiers chauds d'Argenteuil et que j'abandonne ce détestable travers que j'ai de dérober les sacs des vieilles dames...

Marescchini ne savait plus quelle contenance adopter.

— Vous êtes impitoyable, et vous ne me pardonnez pas ma gaffe. Pitié !... Jacques, mon vieux Jacques, tu ne m'avais pas prévenu que tu viendrais avec un ami aussi drôle. Tu as bien fait de l'amener.

D'un geste sec, presque hautain, Abdul indiqua au valet qu'il pouvait débarrasser les lieux sans l'attendre.

Le hall, monumental, singeait un atrium de musée de cire. Le plâtre y régnait en abondance, badigeonné de bronze façon vieil or. Ce n'était qu'une succession de bustes d'empereurs prétendument romains, de Diane chasseresse tourmentée comme les biches qu'elles mettaient aux abois parce qu'elles auraient été rattrapées par les satyres de quelque bacchanale. Un Laocoon de trois mètres de haut tordait désespérément ses bras pour protéger un torse envahi par de sinueux reptiles et des retombées de volubilis. Entre deux baquets grand format débordant de palmiers nains et d'orchidées artificielles, un faux Dali qui se croyait vrai toisait une copie de Tintoret qui, elle, ne se faisait plus d'illusions. Un cœur sculpté dans une miche de pain, percé d'un couteau de cuisine en guise de flèche de Cupidon, était le thème du premier. Le second montrait une Vierge ravie d'avoir, au-dessus du diadème étoilé de sa tête, une kyrielle d'angelots lutinant des nuées et des attelages de tritons. Plus loin, une authentique machine à sous, importée de Las Vegas, proposait les poitrines aux bouts de seins clignotants de demoiselles de western. Autour de leurs croupes mal dissimulées par des jupettes à grelots se lovaient les lanières de leurs lassos.

— Ils ne vous ont pas trop embêtés, à l'entrée ? s'inquiéta le comte. Notre service de sécurité est devenu féroce depuis les événements qui se sont passés ici. Je pense que vous êtes au courant ?

— N'est-ce pas dans une des villas voisines qu'on a découvert le cadavre de votre infortuné Premier ministre ? Je l'ai souvent rencontré à Paris quand il nous rendait visite au Quai d'Orsay. Il était de ces hommes qui...

Abdul l'interrompit :

— Ses assassins lui avaient fait franchir le poste de garde ligoté dans le coffre d'une voiture... Macabre moyen de transport, n'est-ce pas, monsieur de Prémincourt, et que j'espère ne jamais avoir à utiliser...

— Vous n'y êtes pas du tout ! reprit Giorgio. Ou, plus exactement, vous êtes en retard d'une guerre, et de quelques meurtres... Le malheureux dont vous parlez, c'est de l'histoire ancienne et ça ne se passait pas chez nous... D'ailleurs, depuis, à la Résidence Callista, nous avons fait beaucoup mieux, si j'ose m'exprimer ainsi. Je ne parle pas du lot de crimes passionnels et de vols avec effraction plus ou moins sanglants qui troublent régulièrement le paisible climat de notre environnement. C'est étrange, du reste, comme ce lieu prédisposé à la sérénité inspire volontiers les querelles et les décharges d'armes à feu... Non, je fais allusion à autre chose. Pas plus tard qu'avant-hier, dans la maison qui jouxte la nôtre, on a assassiné la princesse Apostoli di Mediona. Mais, au fait, vous la connaissiez ! Leonora... Vous avez dîné un soir avec elle, chez nous, dans le Trastevere...

— Une jolie femme, je me souviens très bien, dit Hélène. Elle portait un tailleur en maille incrusté de minuscules escarboucles, vert d'eau, avec des parements d'organdi cyclamen. Peut-être un peu trop blonde pour l'être véritablement. Vous vous rappelez, Jacques ?

— Ma foi, non. Ce genre de détails...

— Difficile pourtant de ne pas la remarquer !

Et revenant soudain à la réalité :

— La pauvre femme, mon Dieu ! Vous dites qu'on l'a assassinée ?

— Pour l'authenticité de sa blondeur, vous n'aurez plus l'occasion de vérifier... On l'a trouvée gonflée d'eau, plus sûrement que par ses silicones habituels, flottant à la surface de sa piscine. C'est son garçon à tout faire, venu prendre son service au petit matin, qui a donné l'alerte. Un sacré gaillard, soit dit en passant, rien que des muscles et la mine avantageuse. Il tenait chez la princesse des emplois aussi multiples que mal définis : maître nageur, partenaire à la crapette, que sais-je encore ? Naturellement, les gens sont si méchants, on lui attribuait aussi des travaux d'un autre ordre, qui ne figurent pas sur la liste officielle des offres d'emploi, et nécessitent des heures supplémentaires d'un autre genre. Inutile de vous dire qu'il est en prison.

— L'Histoire est un éternel recommencement, soupira Abdul, d'un air désabusé.

— A-t-on besoin des aveux de ces gens-là ? reprit le comte. Sans compter qu'il est bien trop malin pour fournir des armes contre lui. Mais, comme il est Philippin, le crime est plus qu'à demi signé.

Abdul s'approcha de Jacques et lui chuchota à l'oreille :

— Soyons tout de même prudents. J'aurais très bien pu connaître la même mésaventure avec mon ancienne patronne, à cette différence près qu'elle a eu l'aimable attention de ne pas se faire assassiner pendant que j'étais son employé...

— Que dit-il ? demanda Giorgio.

— Qu'on ne se méfie jamais assez des étrangers, dit Abdul, surtout si on exige d'eux qu'ils se conduisent mieux que les autochtones.

— Vous avez tout à fait raison ! Naturellement, les bijoux de Leonora ont disparu et on ne les retrouvera plus. Cassés en petits morceaux, ils ont déjà dû faire le tour des soupentes de la Résidence, passant de main en main pour égarer les investigations de la police, laquelle sera furieuse, à cause de ce procédé, de ne pas toucher la prime promise par les assurances. Quelle engeance, ces Philippins ! Tous complices... À côté d'eux, notre Mafia et notre Camorra sont des associations de joueurs de billes. Impossible pour qui n'a pas de racines à Manille ou à Mindanao de décrocher du travail. Les malheureux qui viennent du Cap-Vert ou de Monastir, s'ils en avaient la prétention, se retrouveraient vite avec un pic à glace entre les omoplates ou du plomb dans la cervelle. Crise cardiaque, diagnostiqueraient les médecins en retirant la pointe d'acier... Pour les Philippins, en revanche, pas besoin de permis de séjour, il leur suffit d'obtenir l'accord des caïds de leur pays déjà sur place et de leur payer la redevance qu'ils exigent. Tous sont en situation irrégulière, malgré la pléthore de tampons, faux, bien sûr, qui noircissent les pages de leurs passeports. Je me demande comment ils font ! Ils devraient refiler la recette aux Albanais... Ou plutôt si, je sais comment ils s'y prennent. Ils ont compris qu'en Italie la politique est la clef qui force toutes les serrures. Et ils se sont arrangés pour avoir l'appui des politiciens au pouvoir, pourvu que ceux-ci aiment l'argent, ce qui, en général, dans nos belles provinces, va de pair avec leurs fonctions. Les Italiens se délectent de cette gangrène, mon cher, les uns parce que ça leur rapporte, les autres parce qu'ils ont l'impression, chaque matin en ouvrant leur journal, d'assister au plus formidable feuilleton criminel qu'on leur ait jamais proposé depuis Catilina. Ce ne sont pas des éditoriaux qu'ils lisent, c'est Cicéron... À propos, en France, comment ça va ?

— Ce n'est pas toujours le beau fixe, mais nous avons pu jusqu'à présent éviter les domestiques philippins.

— Remerciez le ciel, puisqu'il paraît qu'il y a encore un

ciel en France… Ce qui étonne d'autant plus que vous n'y croyez plus ! Sincèrement, je vous souhaite de ne jamais connaître notre problème. Je parle des domestiques, pas des politiciens, parce que, là, si nous n'avions pas droit chaque matin à nos ministres emprisonnés et à nos grands industriels dénoncés pour corruption, il nous manquerait quelque chose, et nous sombrerions dans l'ennui… Pour en revenir aux Philippins, présentant bien, dévoués et presque trop humbles, dès qu'ils ont gagné la confiance de leurs patrons, ils ne tardent pas à exercer sur eux toutes sortes de chantages, du plus discret, au plus sévère. Le piège est tendu. Nous y tombons. Qu'y faire ? Nous ne sommes pas toujours irréprochables. Pendant que nous discutons entre nous, à la salle à manger ou au salon, nous oublions qu'ils sont là et qu'ils nous écoutent, ne communiquant entre eux qu'en tagalog, leur idiome national, ce qui les rend encore plus irréels. Mais le plus curieux, c'est que, s'ils semblent ne pas pouvoir s'exprimer dans un autre langage, ils comprennent parfaitement tout ce que nous disons ! Pour le reste, ils n'ont qu'à ouvrir nos tiroirs sous prétexte de rangement ; ce qu'ils font avec autant moins de risques que nous sommes rarement là. C'est l'inconvénient de posséder un trop grand nombre de propriétés : il faut y faire acte de présence et l'on ne peut pas être partout à la fois. Allez donc savoir ce que font à Rome nos employés quand nous ouvrons nos fenêtres à Monte-Carlo, à Megève, à Ibiza, ou sur le lac de Côme ? À notre retour, nous n'avons que la ressource de prendre leur éternel sourire pour de la déférence. Et nous nous félicitons, sans trop de naïveté, mais avec une certaine dose d'inconscience, d'avoir fait le bon choix en engageant ces gens d'une autre race qui paraissent vivre à une autre époque. Conclusion : en maîtres modèles et complexés, nous redoublons à leur égard de courbettes paternalistes.

» La suite coule de source. Sans que nous nous en

rendions compte, croyant commander, nous sommes en réalité à la merci de nos serviteurs. Être riches, dans le fond, c'est être les esclaves de ceux que nous payons. Mais, encore une fois, comment ne pas être abusé ? Avec leur sourire en laque indélébile, chaque dimanche, sans en manquer un seul, ils vont faire leurs dévotions et frappent de leurs fronts la dalle des églises. Édifiant spectacle ! Je vous le recommande... Les femmes sont parées comme des châsses, et les hommes ont le visage grave. Tous paraissent stupéfaits par le bonheur d'avoir remis leur sort entre les mains de Dieu, exigeant, par-dessus le marché, que la messe soit dite en latin. Le lendemain, absous et bénits, ils peuvent recommencer à nous piller sans remords, en attendant la confession libératrice du prochain dimanche... »

Giorgio Marescchini avait eu ainsi, à son service, un couple étonnant. Régulièrement, à tour de rôle, le mari et la femme lui annonçaient que leur père ou leur mère étaient à l'agonie dans la région la plus reculée de leur lointain pays. Des larmes inondaient leurs visages, tandis qu'ils le suppliaient de leur avancer le prix de leurs billets d'avion afin qu'ils puissent revoir une dernière fois ceux qui avaient fait tant de sacrifices pour qu'ils occupent un jour la belle position dont ils jouissaient chez lui. Il payait. Dès que l'argent était dans leur poche — mais cela, il ne l'avait appris que plus tard —, ils se hâtaient d'aller le déposer dans une banque spéciale, à la clientèle exclusivement philippine, et qui se chargeait de faire passer les fonds en Suisse ou au Luxembourg, leur confiance dans les organismes italiens étant limitée. Naturellement, ils ne quittaient pas l'Italie, se bornant à effectuer de petits séjours réparateurs au bord de la mer. Revenus à la Résidence Callista, la voix étranglée par une émotion bien imitée, ils confessaient leur émerveillement d'avoir constaté que leurs prières à la Vierge noire de Banawé avaient été exaucées et que l'enterrement si redouté était, merci mon Dieu, remis à une date ultérieure, ce qui, ils en avaient peur, nécessiterait un nouveau voyage et, de la part de leur employeur, une nouvelle avance de fonds.

Un domestique s'était attardé dans la pièce à faire semblant de trier les valises selon les chambres où il faudrait les porter. Il n'avait pas quitté Giorgio des yeux pendant toute la durée de son discours.

— Tu racontes tout cela devant lui ? murmura Jacques.

— Oh ! lui, il ne compte pas. Pas encore. Je peux être tranquille. Il vient d'arriver avec la dernière cargaison clandestine. Il ne parle pas un mot d'italien. À plus forte raison de français... Je n'ai pas raison ? lança-t-il à l'adresse du valet.

Le Philippin salua plusieurs fois très bas, en étirant jusqu'aux oreilles les commissures de ses lèvres.

Observée de plus près, la Résidence Callista perdait son vernis de dépliant publicitaire pour amateurs fortunés de paradis sur mesure. Sans trêve, des policiers envahissaient le domicile de la défunte princesse Apostoli di Mediona, en faisant crisser sous leurs pneus le gravier de la cour, devant la maison que flanquaient deux lions de pierre dressés sur le marbre de leurs socles armoriés. Les sirènes de leurs voitures hurlaient, comme s'ils avaient eu le diable à leurs trousses au lieu de le poursuivre. Avec un air de conquérants venus d'un autre monde, ils avaient des regards dominateurs, marquant ainsi qu'ils étaient les maîtres absolus d'une demeure où, s'ils n'avaient pas bénéficié des privilèges attachés à leur fonction, ils n'auraient jamais eu l'occasion de mettre les pieds, sinon en passant par la porte de service. Jailli d'une Alfa Romeo d'une cylindrée plus modeste et d'une moins récente année, un juge d'instruction les rejoignit. Il serrait précautionneusement sur son cœur un attaché-case d'où l'on avait gratté les faisceaux de Mussolini, et qu'il avait trouvé sans doute dans les cartons de son prédécesseur au lendemain de sa nomination, en attendant que son propre successeur en héritât.

Sans perdre une seconde à admirer les lieux, ni laisser libre cours à ses rancœurs en songeant au deux pièces-cuisine, commodités sur le palier, où sa famille et lui s'entassaient, il se mit à scruter les massifs, la mine professionnellement soupçonneuse. Pour un peu, on n'eût pas été étonné de le voir examiner les mégots abandonnés parmi les jacinthes piétinées, dans l'espoir d'y déceler le secret de l'énigme.

— C'est toute l'Italie d'aujourd'hui, dit Giorgio Marescchini. La solennité jointe à l'incompétence !... Heureusement, nous avons la corruption...

— Heureusement ? s'étonna Jacques pendant qu'Hélène commençait de déballer leurs affaires. Je pense que la langue vous a fourché.

— Pas du tout. Je ne plaisante pas. Sans les *tangenti* — comment dit-on en français ? Les pots-de-vin ?... *Pots-de-vin* est correct ?

— Oui. Enfin, cela dépend de quel point de vue on se place pour apprécier le mot « correct ».

— Sans les *tangenti*, donc, ce pays serait depuis longtemps fichu. Nous faisons semblant de nous indigner, mais seulement parce que cela augmente le tirage des journaux et fait monter les taux d'écoute de la télévision. En réalité, nous sommes tous d'accord sur ce point : l'irrégularité de nos affaires est la dernière bouée de sauvetage de notre économie. Pas plus que les couches défavorisées de notre société ne pourraient survivre sans le travail au noir, notre politique, pour surmonter ses crises, ne saurait se passer des faux pas des politiciens. Rien de cynique dans ce propos. C'est de l'économie à l'italienne, comme on parlait de divorce à l'italienne à l'époque où les couples n'avaient pas le droit de se séparer légalement et que le Vatican veillait au grain. Dieu préserve l'Italie des désastres de l'ordre et de la discipline !... Jamais elle ne se porte mieux que quand elle va mal. Cela décuple son imagination créatrice.

— Et celle de la Mafia ?

Giorgio prit l'air vaguement condescendant du professeur des hautes écoles interrompu dans une démonstration exemplaire par la réflexion d'un élève retardataire.

— Ce que je viens de dire, tu en as chaque jour la preuve en France.

— En France ?

— Ouvre les yeux ! À part quelques potentats du pétrole, de plus en plus rares d'ailleurs depuis la guerre du Golfe, qui donc remplit de yachts somptueux vos ports de Villefranche et d'Antibes ? Des Italiens... Et qui achète vos plus beaux appartements, à Paris et sur la Riviera ? Des Italiens, toujours. Crois-moi, si le respect des lois et le souci de la rigueur l'emportaient, il y aurait infiniment moins de fortunes en Italie et, du même coup, nos pauvres seraient encore plus pauvres. Par bonheur, nos politiciens veillent ! Sur ce point, au moins, on peut compter sur eux... Parlant de politiciens, vous n'étiez pas à l'Opéra, l'autre soir, à la première de ce fameux *Maupassant ?*

— Tu es au courant ? Le monde est décidément petit.

— Tout ce qui est culturel est nôtre !... Nos journaux en ont bourré leurs colonnes à les faire éclater. Il faut dire qu'ils avaient pour cela une bonne raison : la fille, dans le film, à genoux, qui fait des mignardises à Maupassant, n'est autre que la petite amie de notre ministre des Entreprises énergétiques et de la Sauvegarde rurale. Il a bien essayé de le cacher, mais ses pauvres stratagèmes ont fait long feu. Un moment, il a cru s'en tirer en déclarant que si un téléobjectif de six cents millimètres les avait surpris, elle et lui, la main dans la main, franchissant le seuil d'une auberge campagnarde à la galante réputation, c'est parce qu'ils s'étaient aperçus qu'ils étaient tous deux originaires du même village des Abruzzes et qu'ils avaient tenu à fêter l'événement. Le retour à la terre, quoi ! Et ce n'est pas la faute du ministre si, la terre étant basse par nature, il n'est pas possible de descendre plus bas, même pour un responsable de la sauvegarde rurale. Le scandale a éclaté. Oh ! pas à cause de cette idylle marginale ! Les Italiens trouvent au contraire très bien, et même flatteur pour la réputation du pays, d'avoir un ministre qui, comme ils disent, en a... Non, l'ennui est que le haut personnage en question a une femme légitime, et des enfants élevés dans les meilleures institutions religieuses. L'épouse bafouée l'a menacé de publier une longue confession de son supposé calvaire dans un journal spécialisé dans les malheurs des grands de ce monde, avec une rubrique régulière consacrée au sida pourvu que la victime soit une vedette de l'élite artistique ou littéraire. C'est devenu plus payant, assure-t-on, que les drogués célèbres. Pour empêcher son épouse de mettre sa menace à exécution, le ministre lui a fait cadeau d'une station de télévision, du reste spécialisée dans le genre coquin. Amusant, non ? Cet exemple aussi prouve l'excellente santé de la nation. Sans compter que si l'Italie n'avait pas de tels intermèdes pour s'occuper l'esprit, elle ne pourrait plus supporter l'accumulation de ses misères, ni lutter contre les incroyables difficultés auxquelles elle a à faire face. Et que se passerait-il alors ? La révolution. Qui veut la révolution ? Pas moi, en tout cas... Évidemment, je comprends que cette mentalité puisse dérouter un Français...

— Je comprends surtout, dit Jacques, cette définition de je ne sais plus qui : « Les Français sont des Italiens de mauvaise humeur. »

Le comte Marescchini, qui, décidément, ne savait comment se faire pardonner ce qu'il considérait comme un impair, ouvrit personnellement la porte de la chambre qu'il destinait à Abdul.

— Si celle-ci ne vous convient pas, je peux vous en proposer une autre, plus vaste, avec davantage de placards, et la salle de bains bleue au lieu de rose. Mais elle est moins bien exposée et vous risquez d'être dérangé par les enfants, avec leur manie de jouer à l'attaque des convoyeurs de fonds...

— Parfait comme ça, mon cher Giorgio, je n'aime que les salles de bains roses. « Giorgio »... il n'y a pas que votre nom qui soit celui d'un grand seigneur ; vos manières aussi ont de la race.

— Tutoyons-nous, dit Marescchini en masquant mal son émotion. Mais je ne vois pas vos bagages. On ne vous les a pas encore montés ?

— On me les a volés, juste après le passage de la frontière. Le type que nous avions pris pour surveiller la voiture a dû les trouver à son goût... Oh ! rien de très précieux, cinq ou six complets, deux Leica... Ce qui me gêne le plus, c'est qu'il ne m'ait pas laissé ma brosse à dents et le dentifrice auquel je suis attaché, et qu'on trouve seulement dans une certaine pharmacie de l'avenue Mozart.

— Vous avez déposé une plainte ?

— Auprès de qui ? De la police ? Vous croyez encore à l'efficacité de la police ?

Le comte leva les yeux vers le plafond, sans respect pour la ruche policière qui, à quelques mètres au-dessous de la fenêtre où il était accoudé, bourdonnait en soulevant les dalles de la piscine mise à sec, et prenait des mesures gravement notées dans des calepins dont la couverture vantait une marque d'apéritif à l'artichaut.

— Ne vous inquiétez pas, reprit-il. Il y a ici tout ce

qu'il faut pour votre habillement et votre confort. Et même, peut-être, le dentifrice que vous affectionnez. Mon frère fait de fréquents séjours à Paris, où il possède justement un des derniers hôtels particuliers de l'avenue Mozart. À défaut de faire confiance à la police, vous croyez aux coïncidences ?

— Je ne voudrais surtout pas...

— Il est allé chasser quelque dragon préhistorique à Sumatra et il a laissé dans ses penderies sa garde-robe de campagne. Vous devez avoir à peu près la même taille. Malgré la fantaisie parfois excessive de ses vêtements, les journaux sur papier glacé disent qu'il n'a pas trop mauvais goût. Vous n'aurez qu'à enlever les décorations dont il adore surcharger ses boutonnières. Celle du grand ordre d'Isabelle la Catholique est particulièrement voyante...

Ayant rejoint son hôte dans l'embrasure de la fenêtre, Abdul contempla, avec une espèce de volupté, le dôme royal que formaient les cimes des arbres, que leur ascension vers le ciel de plus d'un siècle avait fini par réunir. Une pomme de pin tomba sur un chat gris, qui s'enfuit, terrifié de ne pas comprendre d'où venait cette agression, dérangeant au passage un couple de tourterelles. À tout hasard, un des policiers dégaina son arme, à la recherche d'un danger invisible. Un soleil, sans autre histoire que celle de millions d'années passées à réchauffer l'humanité, commençait de décliner de l'autre côté du terrain de golf où erraient, comme si rien n'avait eu lieu dans les parages, des fantômes en culottes écossaises serrées aux mollets et casquettes à pompon. Soudain, des gerbes d'eau, actionnées par un mécanisme méticuleusement réglé, dansèrent au bout des tuyaux de l'arrosage automatique.

— Vous habitez Paris ? interrogea Marescchini.

Abdul prit un temps avant de répondre.

— Oui et non. Je n'ai qu'un double studio avec

terrasse, d'une affligeante banalité, dans le quartier Saint-James, à Neuilly, pas très bien exposé du reste. Il est vrai que je suis rarement à Paris. Je préfère une assez jolie baraque que j'ai fait restaurer en Touraine. Où respire-t-on mieux l'air de la France que dans un paysage des bords de Loire ? Malheureusement, j'étais en voyage à l'étranger quand on a entrepris les principaux travaux et l'architecte m'a bâti une aile du XVIIe siècle quand je lui en avais commandé une du XVIIIe. Il a prétendu que mes désirs n'étaient pas clairement lisibles sur le fax.

— Les fournisseurs ! Il faudrait être constamment sur leur dos, dit le comte, sentencieusement.

Giorgio parti, Abdul se mit à faire l'inventaire de son nouveau domaine. D'abord il se laissa choir sur le lit, pour apprécier la qualité des ressorts tendus à bloc et cependant moelleux. Une sensation qu'il n'avait éprouvée qu'une fois, dans un grand magasin, au rayon de la literie, en feignant de tester un matelas en vue d'un éventuel achat, avant de déclarer que, finalement, il n'arrivait pas à trouver ce qu'il cherchait.

Les commodes dans le style florentin rustique, vert et rouge, avaient des serrures en forme d'acanthes enroulées autour d'une houlette de berger romantique. Sur les murs, des estampes piquetées de rouille montraient les jardins de Tivoli visités par le duc de Mantoue, et le Forum où déambulait Chateaubriand rêveusement appuyé sur l'épaule de Byron. On devinait, séduction suprême, qu'ils discutaient d'archéologie, pour le plus grand plaisir de dames en crinoline, que des ombrelles de dentelle protégeaient de la flétrissure d'avoir le teint coloré. Napoléon aussi, faisant voler au vent la chevelure de sa gloire, franchissait le pont d'Arcole, d'autant plus assuré dans son audace que, tous les livres d'histoire sont formels sur ce point, la mitraille qui pleuvait prenait bien soin de l'éviter.

Un illustré français achevait de s'écorner sous le chevet, surmontant une pile de magazines américains consacrés aux visites de châteaux historiques et aux repas gastronomiques, avec l'indication du prix en dollars. De même pour les locations de limousines climatisées, chauffeur bilingue compris. Dans une autre publication, on apprenait avec six mois de retard, le numéro étant passablement défraîchi, qu'à Hollywood une vedette à la réputation irréprochable avait succombé à une overdose, qu'une altesse royale plongeait mille années d'ancêtres dans la confusion pour avoir cédé aux avances d'une strip-teaseuse championne du simulacre de l'amour avec boa, et qu'un chanteur avait vendu un million d'exemplaires de son dernier disque, dont l'idée lui était venue après la mort tragique de son ami, un certain Hégésippe. D'où les paroles si touchantes du refrain :

Viens, viens, Hégésippe, tout contre moi.
Connaissons l'extase et l'émoi.
L'amour est au-dessus des lois (bis).

On pouvait lire également, outre qu'on faisait la guerre un peu partout et que des myriades d'enfants n'avaient plus que des mouches et du sable en guise de nourriture, que le plus grave péril menaçant ce qui restait encore véritablement du monde civilisé était l'indigestion. Pour venir à bout de ce fléau, d'éminents experts se disputaient à coups de solutions explosives. Celles-ci allaient de l'œuf au jus de citron toutes les deux heures à l'émincé de millet dans un jus d'airelle sauvage. Les résultats étaient, paraît-il, étonnants et des attestations en provenaient de tous les coins de France, photos « avant et après » à l'appui, même si on pouvait déplorer que la domiciliation des heureux miraculés fût réduite à un numéro de département. Soucieux toutefois de ne pas tourner le dos à une clientèle avide de se sentir concernée par les grands événements internationaux, ne serait-ce que pour mieux apprécier la douceur d'un feu de cheminée chez soi et l'agrément des plus-values bancaires, un document coincé entre deux réclames pour des salons de massage montrait le camion d'une organisation humanitaire sautant sur une mine en Bosnie. Des enfants — ils sont décidément partout ! — se précipitaient, presque joyeux, sur les débris fumants du véhicule pour tâcher d'en extraire ce qui était encore susceptible d'être vendu ou échangé. Des brancards emportaient (photo voisine) ceux qui avaient eu moins de chance. Un ministre déclarait : « Hier, c'est trop tard. Demain, c'est trop loin. C'est aujourd'hui qu'il faut agir si nous ne voulons pas que la jeunesse de la prochaine décennie insulte notre mémoire. » Un membre de l'opposition, dans un encadré vengeur, lui répondait, de colonne à colonne : « Soit. Mais admettez d'abord publiquement que le gouvernement que vous représentez a totalement échoué et n'a tenu aucune de ses promesses, que vous n'êtes donc qu'une réunion de démagogues et d'incapables. »

A la page suivante, un chroniqueur racontait l'intervention de l'envoyé spécial du président Bush, Arnold Schwarzenegger, à Barcelone. La lippe dédaigneuse, le tee-shirt imprimé à son effigie craquant aux emmanchures, tandis que la cohorte des journalistes, retenue par la police, était empêchée de l'approcher à moins de dix mètres, l'athlète-diplomate avait déclaré : « Le président des États-Unis, conscient de l'effort que doit représenter la participation aux jeux Olympiques des athlètes américains, m'a chargé de... » Attentive, et volontiers courbée, la presse avait enregistré ces propos en silence, y compris quand le robot venu d'ailleurs avait terminé sa péroraison par ces mots dont il avait détaché une à une les syllabes : « Je profite de l'occasion pour vous signaler que j'ouvre demain, à Barcelone, un restaurant qui sera le plus attractif de toute l'Espagne. À la sortie de ma conférence, on vous donnera une carte qui vous permettra d'y avoir accès à prix doux. La presse ne m'a pas toujours aimé — mais j'ai toujours aimé la presse et, au besoin, je lui ai témoigné une passion... musclée. Notez bien l'adresse du restaurant dans vos articles. Salut ! » Les journalistes s'étaient retirés, à contre-courant de la lumière des flashes des photographes. Il y en eut même, disait l'article du journal, qui applaudirent. Une nouvelle moue figea les lèvres de la terreur des extraterrestres. Son imposant service d'ordre fit un pas à la rencontre d'un inconscient qui semblait manifester son intention de poursuivre, ou plutôt de commencer, l'entretien.

Abdul s'étendit sur le lit, dosa l'inclinaison des coussins, savoura l'instant comme s'il avait pu lui accorder le bénéfice de l'éternité. Puis il se releva, gagna la salle de bains. L'appareil à régler les degrés du chaud et du froid tenait de la magie. Quand il sortit de la douche, l'eau de toilette dont il s'aspergea, puisée dans un flacon de cristal à multiples facettes, avait la qualité de se fixer sur la peau sans avoir l'inconvénient d'une odeur trop insistante, tout en conservant une subtile sensation de fraîcheur.

Le frère du comte Marescchini avait, en effet, la même taille et la même corpulence que lui. Après en avoir effleuré voluptueusement le tissu, il choisit une chemise en soie grège, brodée d'une couronne ducale, un pantalon en whipcord d'une teinte plus soutenue, au pli impeccable. Il garda, en revanche, sa vieille ceinture, pourtant usée jusqu'à la trame ; mais il aimait les deux têtes de taureau qui en ornaient la boucle. Il tenait, d'autre part, à ne pas se perdre prématurément de vue. Question de superstition.

Hélène retira d'une valise un assortiment de chemisiers dont de froufroutants jabots feignaient d'atténuer la profondeur du décolleté. Linda Marescchini prit l'un d'entre eux, l'appliqua sur sa poitrine et se contempla dans un miroir.

— C'est vraiment ravissant ! Cela vient de chez qui ?

— C'est tout banalement italien. Mais d'une Italie qui a élu domicile à Paris...

— Eh oui, tout ce que notre haute couture produit de plus beau émigre chez vous. Nous n'aurons bientôt plus qu'à nous contenter de la dernière mode de Séoul ou de Singapour... Valentino, Armani, Ferre, Versace ne sont plus, à Rome, en particulier, que des boîtes aux lettres à côté de quelques vitrines. Leurs vraies façades dominent le faubourg Saint-Honoré et l'avenue Montaigne. Pour donner le change, une fois par an, quand vient l'été, entre deux pétarades de leurs Ferrari Testa Rossa — on a quand même se fierté nationale ! —, nos plus importants stylistes envahissent la place d'Espagne, écrasent de tréteaux la fontaine du Bernin, et font défiler pendant deux heures devant des touristes allemands et des marchands de marrons sardes des mannequins choisis de préférence aux antipodes. Le tour est joué ! Aussitôt après, l'entreprise tout entière prend le chemin de la tour Eiffel. Si je te disais que, maintenant, pour le moindre achat de lingerie, je suis obligée de prendre l'avion...

Dans le jardin voisin, l'attention d'Hélène fut attirée par le manège de petits hommes noirs, fonctionnaires arpenteurs et policiers à baudriers alourdis de revolvers gros modèle.

— Cette femme qu'on a assassinée, dit-elle, tu la connaissais ?

— Forcément. À quelques mètres de chez nous, nous pouvions difficilement l'éviter.

— Je veux dire : est-ce que ton mari et toi vous la fréquentiez ?

— Tout de même pas ! Le moins qu'on puisse dire sans être trop désagréable est qu'elle n'appartenait pas à notre monde. Si l'on en croit la rumeur, et dans notre milieu rien n'est mieux documenté que la rumeur, elle aurait gagné son titre de princesse dans un concours de beauté, bien que je ne lui aie jamais trouvé un physique exceptionnel. Il est vrai que cela devait être il y a fort longtemps... Quand elle a été élue miss Ligurie, je n'étais encore qu'une très jeune fille. D'ailleurs, son mari, qui avait un demi-siècle de plus qu'elle, est mort à quatre-vingt-cinq ans, il y a vingt ans. Cela fournit un bon repère si on veut calculer son âge. C'est dans un théâtre de revues lestes, via Sistina, à Rome, qu'il l'aurait repérée. Il avait tous les soirs sa place réservée, au premier rang sur le côté, pour que son valet puisse loger son fauteuil roulant. Malgré la proximité de la scène, il ne quittait jamais ses jumelles. Quand le spectacle lui plaisait, ou que les jambes des danseuses faisaient leur effet, il tapait avec sa canne sur la balustrade derrière laquelle se tenaient les musiciens de l'orchestre, ou bien il lançait des bonbons aux figurantes. C'est une tradition qu'il avait héritée, avec quinze mille hectares en Toscane, d'un oncle parisien, le baron de Castelbrun-Farjac, que ce régime, immuablement réglé, n'empêcha pas de devenir centenaire. Un vieux comédien lui avait présenté Divina — Divina était le nom sous lequel elle aspirait à la gloire, avant de préférer celui de Leonora. Son parrain d'occasion avait essentiellement pour références professionnelles d'avoir incarné un incendiaire d'Acropole dans un film de Mario Bonnard, quand Sergio Leone en était le jeune assistant, et d'avoir eu sa photo, un peu en retrait de Visconti, à une exposition de peinture où on l'avait engagé pour tenir un candélabre à l'entrée, ce qui lui suffisait pour affirmer qu'il avait tourné dans *Senso,* mais qu'il avait dû briser sa carrière après cet exploit, sa dignité lui imposant désormais de refuser toute proposition qui aurait pu ternir l'idée qu'il se faisait de son talent et de sa réputation. Il y avait eu aussi, ajoutait-il les jours de grande mélancolie, la jalousie de la vedette masculine de *Senso,* qui n'avait pas supporté l'ombre que lui faisait un concurrent avec lequel il ne se sentait pas de force à lutter.

— Et toi, dit Hélène, avec Giorgio, ça va ?

Linda Marescchini leva les yeux au ciel, Vierge ratée par un Raphaël qui n'aurait pas su comment mettre de l'ordre dans la Sainte Famille. Sa voix baissa de plusieurs octaves. Les paupières se firent lourdes, comme si une couche de fard invisible avait été déposée sur celle, cependant conséquente, qui les recouvrait déjà.

Elle finit par soupirer que son mari était charmant et plein d'attentions, ce qui, naturellement, n'était pas drôle tous les jours. Au point que, même quand elle le trompait, cela ne lui faisait plus autant plaisir qu'avant. Mais, consciente de s'être trop avancée, et ne voulant pas provoquer chez son amie quelque hypocrite compassion, elle se reprit. Son mari, encore une fois, avait toutes les qualités, sauf une : celle d'avoir un ou deux défauts. Il faisait, en tout cas, tout ce qu'il pouvait pour lui rendre l'existence agréable.

— Hélas, ses affaires le préoccupent.

— Que fait-il ?

— Rien. C'est ce qui le tourmente. Il perd des heures précieuses à chercher à savoir en quoi consiste son travail. Il en est comme miné de l'intérieur.

Elle le décrivit, parlant gravement de la mise en valeur de ses domaines, ses épaules tassées sous le poids d'un fardeau indéfinissable. Mais quand on lui demandait des détails sur cette absorbante activité, il se taisait en adoptant l'attitude de ceux qui ont tant de choses à dire que, découragés, ils préfèrent se taire. Tout ce qu'on pouvait noter, à propos de son comportement de meneur d'hommes et de capitaine d'industrie, c'est qu'il effectuait régulièrement de courts voyages à Genève et à Zurich, d'où il revenait apparemment épuisé et seulement soucieux de s'accorder deux semaines de vacances. Son drame, en somme, était d'avoir trop de loisirs, en affectant d'être surchargé de besogne. Il rôdait dans la maison, en quête de l'impossible issue d'un labyrinthe où le destin l'eût égaré, et finissait par échouer dans sa bibliothèque aux rayons débordant de livres que personne n'avait touchés depuis la mort de son arrière-grand-père, amateur d'incunables édifiants et de poètes polissons. Là, effondré dans une bergère, il exigeait qu'on ne le dérangeât pas, assurant qu'il avait de considérables dossiers à étudier, de difficiles problèmes à résoudre. Il tournait alors les pages de l'album de Pinocchio qui avait ravi son enfance.

Deux heures plus tard, il émergeait de la bibliothèque, les cheveux embrouillés d'avoir été triturés pour aider une improbable réflexion, mais le visage apaisé et brusquement rajeuni. Ou bien, au contraire, en proie à une sourde colère, s'adressant aux meubles et aux rideaux, il tonnait : « Terrible situation, celle qui est réservée aux élites de ce pays, à ses forces pensantes ! Je vais, sur ce sujet, écrire une lettre bien sentie à Cossiga. Tant pis s'il en est peiné. Mais si Dieu m'a donné un caractère fort, ce n'est pas pour que je m'exprime d'une voix faible. »

Pour changer de courroux, et pratiquer ainsi une salutaire alternance de sentiments, il allait dans le parc pour ramasser une feuille morte qui, selon lui, déshonorait la pelouse. Et il en faisait grief à ses jardiniers qui ne lui répondaient que par des courbettes que n'auraient pas désavouées ceux qui proposent des enfants sur les trottoirs de Manille.

Une question brûlait les lèvres d'Hélène :

— C'est vrai, ce que ton mari nous a dit sur l'identité du meurtrier ?

— Aucune hésitation ! C'est le garçon qui a fait le coup.

— On l'a arrêté ?

— Un scandale ! Une nuit en prison, et on l'a relâché... Comme si on avait besoin de preuves supplémentaires pour prouver sa culpabilité. N'est-il pas Philippin ? À quoi bon chercher ailleurs ?... Ah ! vous avez de la chance, vous, en France, vous avez le choix ! Trois sortes de Maghrébins, dix espèces d'Africains, des Antillais... Au moins, il y a de la variété...

— Pourquoi n'essayez-vous pas des Calabrais ?

— Merci ! Pour retrouver dans sa boîte aux lettres l'oreille de son époux ou le pouce de son fils... Non, il n'y a que la police qui ait la faiblesse de douter qu'il s'agit bien du meurtrier.

— Il a peut-être un alibi ?

— Il affirme qu'à l'heure du crime il était allé faire réviser les amortisseurs du cabriolet de la princesse, mais que, malheureusement, le garage était fermé pour cause de grève des pompistes. La quatrième en deux mois, soit dit en passant. Alors, avant de retourner à la villa, il a eu envie de voir un film. Pour le prouver, il s'est mis à raconter le scénario dans ses moindres détails. Mais, outre qu'on pouvait le lire dans n'importe quel journal, avec la critique détaillée de l'ouvrage, on n'a trouvé aucun témoin pour authentifier ses déclarations. Il y a du reste à cela une excellente raison : dans la salle, il était seul... absolument seul... Il n'y a plus jamais personne, en Italie, dans les salles de cinéma. Allez donc vérifier son alibi ! Même l'ouvreuse ne risquait pas de le voir. Interrogée, elle a dit qu'elle n'espérait plus de clients ce soir-là, et qu'elle était rentrée chez elle pour regarder Pipo Baudo à la télévision. La police a fait une enquête de routine. Elle a trouvé un ticket déchiré sous le fauteuil qu'aurait occupé le meurtrier, je veux dire le Philippin. Là encore, on peut discuter. C'était peut-être le ticket d'un autre, ou un vieux d'une semaine précédente. Les affaires vont si mal que les cinémas économisent sur les femmes de ménage. Enfin, personne ne m'obligera à accepter cette abondance de preuves improuvables... Tiens ! regarde, dans la cour... c'est lui !... Lui, sans menottes, bien sûr, qui plastronne en versant du café aux policiers...

L'homme avait belle prestance. Par certains côtés, malgré ses yeux bridés et un menton que sa race laissait imberbe, on aurait pu l'apparenter à Abdul. Ses gestes avaient des souplesses animales et ses vêtements, recherchés, lui allaient bien. On sentait qu'il mettait une certaine coquetterie à délaisser le jean et les baskets au profit d'un alpaga bien coupé et de mocassins à boucles dorées. Seul rappel de son lointain territoire natal, un foulard de soie rouge vif retenait ses cheveux soigneusement lissés, qui encerclait son front en le dégageant. Hélène se souvenait d'en avoir vu de semblables au cours d'un voyage en Asie, quand elle accompagnait encore Jacques dans ses déplacements, portés par des Malais aux allures de pirates, sur le passage des voitures officielles qui traversaient les docks à toute allure, vitres relevées, portes hermétiquement bloquées. Dans le même instant, un frisson la parcourut à l'idée que ce foulard avait peut-être appartenu à la princesse, et qu'il avait servi à l'étrangler.

— Comment est-elle morte ? demanda-t-elle d'une voix sourde. Étranglée avec un foulard ?

— Pas du tout ! Où vas-tu chercher ça ? Elle a été assommée avec on ne sait quoi de très lourd, qu'il fallait sûrement des muscles entraînés pour soulever. Une torchère, par exemple. Il y en avait de très belles dans la salle à manger, tenues par des nègres dorés. Comme par hasard, elles ont disparu. On les aurait données à un ébéniste pour les réparer... Comme si la malheureuse n'avait pas assez souffert, on l'a achevée en la plongeant dans la piscine, l'assassin ayant voulu faire croire qu'elle s'était heurté la tempe contre l'échelle du plongeoir en dérapant sur le carrelage mouillé. Cela aurait provoqué sa chute dans l'eau, et on ne s'en serait aperçu que lorsqu'il était trop tard. C'est l'employé modèle, en rentrant de sa fameuse séance de cinéma, qui aurait fait la macabre découverte... Comme c'est plausible !

— Elle laisse des héritiers ?

— Le testament n'a pas encore été ouvert. Avoue que son larbin a intérêt à ce que son nom n'y figure pas... Regarde, ajouta-t-elle vivement, regarde son poignet !

— Qu'est-ce qu'il a, son poignet ? Je ne vois rien. À part un bracelet bizarre... On dirait du poil d'éléphant.

— En tout cas, il a enlevé la Patek Philips qu'elle lui avait donnée pour ses étrennes. Pudeur ou prudence ?

Cette constatation l'amena à remarquer la montre que portait Hélène. Changeant soudain d'excitation, elle s'exclama :

— Oh ! Je ne la connaissais pas... Qu'elle est belle ! C'est nouveau ?

— Non. Jacques me l'a ramenée de Hong Kong, il y a des années.

— Ce qui me plaît, c'est que, malgré tous ces diamants, elle n'a pas l'air trop chargée. J'en ai une, exactement dans ce style. On dirait presque la même. Oui, oui, elle est pareille ! Seulement, je ne la mets jamais. Je trouve que, sur moi, elle fait mauvais genre. Toi, tu peux te le permettre. Tu ne te rends pas compte de la chance que tu as de ne jamais avoir l'air ridicule avec ce qui, chez une autre, serait tape-à-l'œil... Mais je bavarde, je bavarde, et je m'aperçois que, si je t'ai tout dit de Giorgio et de moi, je ne t'ai pas demandé où, toi, tu en étais avec Jacques ?

Hélène hésita un instant, puis, dans un sourire :

— Tu vas être déçue : c'est le beau fixe. Immuablement. Et cela va faire quinze ans. N'en déplaise à ceux qui nous jalousent.

— Tu es si gentille, si compréhensive... Qui aurait la mauvaise grâce de te jalouser ?

— Rien que des amies, rassure-toi... Sans plaisanter, je disais ça sans penser à mal.

Irritée de sentir chez Linda un certain manque de conviction, elle insista :

— Quinze ans que notre couple ignore ce que c'est qu'un nuage.

— Incroyable ! Pas une aventure ? Tu te moques de moi... On avait pourtant murmuré que Pascal de La Bonnière...

— Ce niais qui croit avoir de la conversation parce qu'il est champion d'off-shore ?... Qu'est-ce que tu veux, j'ai dû être programmée pour un mariage où l'infidélité n'était pas prévue...

— Ne me dis pas qu'on ne te fait pas la cour, je ne te croirais pas.

— La cour ? On me la fait tout le temps. Mais au moindre mot un peu aventureux, de la cire me bouche les oreilles. Ma peau elle-même, dirait-on, se hérisse de piquants. Qu'on me touche, je sursaute comme si on m'avait brûlée. Ce n'est pourtant souvent qu'un homme qui, par inadvertance, m'a effleuré le bras.

— Tu ne penses pas que tu t'es privée ainsi de quelques bons moments ?

— C'est possible. Je ne le saurai jamais. Et je n'ai pas envie de le savoir. Un réflexe me retient de m'abandonner à cette idée. Si je trompais mon mari, j'aurais l'impression d'être doublement coupable. D'abord, à cause de la faute que je commettrais ; et ensuite parce que lui, il ne me trompe pas.

— Qu'en sais-tu ?

— Quelle question !... Pour que je me résigne à changer d'attitude, il faudrait vraiment qu'il me déçoive beaucoup, qu'il fasse une faute que je ne pourrais pas lui pardonner

Elle se tut. Mais, dans un nouvel effort, comme si c'était à elle qu'elle parlait, pas à Linda :

— Encore devrait-il agir de façon à être totalement déconsidéré à mes yeux, ce qui serait pour moi une trahison bien plus grave qu'une amourette d'alcôve à laquelle je pourrais presque accorder des qualités sportives... C'est peut-être stupide, mais j'ai toujours eu tellement besoin de m'accrocher à notre bonheur que j'ai longtemps pensé que je ne serais même pas convaincue par l'évidence.

— Je te plains.

— Envie-moi !

De nouveau, Hélène avait eu la désagréable impression que, pour la première fois, elle avait forcé la note, à la limite de jouer la comédie, et que sa voix avait eu une résonance qu'elle ne lui connaissait pas. Heureusement, Linda parut ne pas s'en être aperçue. Sans doute, trop absorbée par l'examen de sa propre situation sentimentale, faisait-elle le compte de ses amants, en butant régulièrement sur le chiffre des dizaines.

Dans le sillage des policiers, que précédait une cacophonie de moteurs, des journalistes investirent les lieux en faisant faire des acrobaties à leurs décapotables défoncées, brisant les branches des arbustes, enfonçant leurs pneus dans l'herbe tendre des pelouses.

Avant même qu'ils aient procédé au moindre repérage, les photographes firent exploser leurs flashes dans toutes les directions.

Ils étaient tous là, les chevaliers de la pellicule à tout faire, s'interpellant de puissance à puissance, selon le tirage de leurs publications, claironnant leur satisfaction d'avoir dépisté, en exclusivité mondiale, l'arrière-train sans voile d'une princesse à Monaco, le ventre rond d'une vedette de la chanson, ou recueilli les confidences de la femme de chambre jamaïcaine chargée de changer les draps à Balmoral.

Un journaliste, ayant reconnu Jacques par-dessus la haie qui séparait le jardin des Marèscchini de celui de la princesse Apostoli di Mediona, se précipita vers lui.

— Monsieur de Prémincourt !... Héliard de Prémincourt...

Jacques fut bien obligé de répondre à son salut, craignant à juste titre le pire.

— Vous vous souvenez de moi ? continua le reporter. Giovanni Balucci... Le symposium de Rimini, en 1989... Je vous avais interviewé pour *La Repubblica.* Depuis, j'ai eu quelques petits ennuis, et j'ai dû quitter le journal. J'étais en Roumanie, au moment de Timisoara. Comme les autres, je suis tombé tête baissée dans le piège des cadavres retirés de la morgue et recousus, sans me douter qu'ils avaient été placés là par la propagande du nouveau régime. Eh bien, je ne saurai jamais pourquoi : nous étions une centaine, là-bas, à décrire le même spectacle et de la même façon, presse écrite, radios, télévisions, mais j'ai été le seul, vous entendez bien : le seul, à avoir été puni de mon erreur — de notre erreur. Les autres ont été amnistiés à cent pour cent. Certains ont même eu de l'avancement, en vertu de ce principe : il vaut mieux annoncer le premier une fausse nouvelle qu'une vraie le dernier... Moi, on m'a vidé comme un malpropre, et j'ai eu le plus grand mal à me faire payer mes indemnités. J'en suis réduit à travailler pour *Lo Scandalo... Peccato !* Ah ! l'angle de tir a changé... Après les crimes contre l'humanité, matière noble, le crime indexé sur la banalité quotidienne — sujet de dégoût. Le diamant et la boue !... C'est pour cela que je suis particulièrement heureux de vous revoir, Excellence, vous, le témoin de mon passé, vous qui savez que j'ai été autre chose que ce que je suis aujourd'hui. Les autres ne comprendraient pas. « Du sang, c'est du sang », disent-ils. Et le sang a toujours la même odeur, écœurante et fade. » Ce n'est pas le sens de la nuance qui les étouffe. À Rimini, vous m'avez fait l'honneur de continuer la conversation avec moi, quand l'interview a été terminée. Les grands diplomates n'agissent pas souvent de cette façon. Le dernier mot tombé de leur bouche, ils s'engouffrent dans leurs voitures aux vitres obscures, dont les sirènes hurlent alors que la route est parfaitement dégagée... Pas vous. Vous vous rappelez ce que vous m'avez dit ? Moi, oui. C'était la preuve que vous aviez confiance en moi, que vous me distinguiez du troupeau. J'en ai été flatté.

Dans une sorte de brouillard, le temps revenait en arrière et la mémoire de Jacques se faisait moins confuse. Maintenant, il se souvenait. Pourquoi avait-il parlé avec cet insignifiant garçon ? Il faisait beau, ou il avait reçu de bonnes nouvelles du ministère. À distance, c'était incompréhensible. On est toujours trop familier avec les gens de presse, pensa-t-il. Il avait pourtant rarement commis cette erreur. Après, on ne peut plus leur faire lâcher prise. La preuve.

Le journaliste poursuivait son offensive verbale, et l'on sentait que plus rien ne pourrait l'arrêter :

— Vous m'avez cité ces quelques lignes, écrites par un des plus grands reporters français, le père du reportage moderne, Albert Anvers...

— Londres, Albert Londres.

— Oui, Londres, c'est ça. Mort dans un tremblement de terre, en 1934. Vous voyez que je n'ai rien oublié.

— Il est mort en 1932, dans le naufrage inexpliqué du *Georges-Philippar.*

— Enfin, bref... je revenais d'Afrique du Sud, et vous m'avez cité ces lignes qu'il avait écrites à son retour de ce même pays.

— À son retour de Chine.

Sans se décontenancer, le journaliste fouilla dans sa poche.

— Je les ai recopiées dans un petit carnet qui ne me quitte jamais. Tenez, voici le texte d'Albert Londres : « Ici, nous ne parlons que pour les hommes qui ont l'habitude de changer de lit. Les autres ne nous entendraient pas. Je m'éveillai l'après-midi dans cet état de béatitude bien connu des voyageurs au long cours. Où étais-je ? Au Caire ? À Tokyo ? À New York ? Temps délicieux où on ne sait plus où l'on vit ! La mouette saurait-elle dire sous quel degré de latitude se trouve la vague qui la berce ? » Incroyable comme cet homme a écrit ce que je voulais écrire, malheureusement il l'a fait avant moi... Elle est de lui, encore, cette phrase que j'ai notée sous votre dictée : « Un reporter ne connaît qu'une ligne, celle du chemin de fer. » On devrait en tirer un bas-relief à placer sur le fronton de toutes les écoles de journalisme, dans toutes les salles de rédaction... Hélas, ils ne sont plus nombreux, ceux qui appartiennent à cette superbe race d'écumeurs de continents... Mais par quel miracle vous trouvez-vous à la Résidence Callista ? Vous connaissiez la princesse Apostoli di Mediona ?

Désireux d'échapper à cet interrogatoire, Jacques répondit hâtivement qu'il était de passage chez son ami le comte Giorgio Marescchini, simple étape d'un voyage d'agrément, et qu'il allait d'ailleurs, dès le lendemain, continuer sa route. Instinctivement, vieux réflexe de métier, le journaliste attrapa la balle au bond, bien décidé à ne plus la lâcher :

— Vous étiez là le jour où...

— Non. Ma femme et moi venons juste d'arriver.

— Dommage ! Cela m'aurait fourni un chapeau épatant pour mon papier... Je plaisantais. Ou peut-être pas. C'est effrayant, quand on change de journal, comme on prend vite le pli... On dirait que du poison s'insinue perfidement en nous. Si on ne s'adapte pas immédiatement à l'esprit de la maison, on se retrouve à la rue... Je me sens si loin déjà de *La Repubblica* que, si vous n'étiez pas là pour me rappeler le contraire, je pourrais croire que je n'en ai jamais fait partie. Ah ! Excellence, Albert Londres est bien mort... Et moi-même, j'ai l'impression que mon cœur ne bat plus comme avant...

— A table ! dit le comte Marescchini. Que la tristesse des événements ne gâte pas notre plaisir. Soyez indulgents pour le menu. Ici, c'est philippin matin et soir. Même le café au lait et les croissants finissent par avoir un arrière-goût de soja ! Sans compter qu'on n'arrive plus à faire normalement ses achats au centre commercial de la Résidence. Les vendeurs n'ont pas l'air de savoir que nous sommes là. Ils sont trop occupés à lire les journaux qui devraient servir à emballer nos emplettes, sous prétexte qu'on y parle du crime... Ah ! j'espère que cela ne vous ennuiera pas : nous avons un invité. Je voulais le remettre à un autre jour, mais il nous a assuré qu'il était de vos meilleurs amis et que vous seriez enchanté de le revoir. Il est en poste en Italie, consul général à Civitavecchia... Civitavecchia, ô Stendhal, n'est-ce pas délicieusement pittoresque ?

Jacques eut un mouvement de recul. Il connaissait, en effet, Marc Dupuy — avec un *y*, insistait ce dernier —

depuis l'ENA. Après, leurs carrières avaient bifurqué, la sienne lui faisant gravir successivement, et en raccourcissant les délais habituels, toutes les marches qui mènent aux positions les plus enviables, dans l'attente de l'apogée inévitable du palais Farnèse ou de Washington. L'itinéraire de Marc Dupuy avait été bien différent. Au bout de dix ans passés laborieusement dans les services de l'Administration, on l'avait envoyé à Oulan-Bator, puis à Ouagadougou, avant d'être confiné à Civitavecchia.

— Vous n'avez pas changé ! s'exclama Marc Dupuy, avec une jovialité que tempérait la pratique intensive de la servilité. Vous avez toujours la mine de celui à qui tout réussit. Quand on m'a dit que vous étiez ici, j'ai décommandé deux rendez-vous pour venir vous saluer, et évoquer nos bons vieux souvenirs.

Et brusquement, comme pris en faute :

— Pardonnez-moi, mais votre élan vous a mené si haut que je n'arrive plus à vous dire « tu »... Nous nous tutoyions pourtant, jadis, en échangeant nos cahiers de cours. Mais l'École, c'était l'École, et la vie, c'est la vie... Aujourd'hui, je l'avoue, franchement, vous m'impressionnez. Que je vous dise « vous » ne vous est pas trop désagréable ?

— Au contraire, dit Jacques en s'apprêtant à affronter la petite pluie de paroles glauques et tièdes que Dupuy prenait pour de l'éloquence.

« Il y a toujours chez lui, pensa-t-il, un comice agricole qui se profile à l'horizon, ou une remise de palmes académiques. On jurerait même qu'il tient à la main une abondance de feuillets où serait consigné son discours, dont nous ne cessons d'estimer l'épaisseur tandis qu'il parle, en désespérant que vienne jamais la page sur laquelle est écrit le mot “ fin ”, en gros caractères, avant : “ Vive la République ! Vive la France ! ” »

— Donc, avec votre permission, puisque vous n'y

voyez pas d'inconvénient, je vous dirai « vous ». Une façon, du reste, de lutter contre la vulgarité ambiante. Ah ! s'ils vivaient encore, nos vieux maîtres se retourneraient dans leurs tombes... Les traditions se perdent, cher ami ! Pouvez-vous imaginer qu'en deux ans je n'ai pas eu une seule fois l'occasion de mettre ma jaquette ? Pour les gants blancs, mieux vaut les éviter : les gosses nous jetteraient des pierres pour nous punir d'avoir voulu faire preuve d'un peu de distinction... Mon cher Jacques... Jacques Héliard de Prémincourt... Vous savez que je t'ai, que je vous ai, toujours admiré ? Cette faculté que vous aviez de répondre sans peine aux plus embarrassantes interrogations, je m'en émerveille encore ! Les mauvaises langues vous surnommaient Talleyrand. Moi, je préférais Metternich. Il portait mieux l'uniforme et il ne boitait pas... On vous avait dit que j'étais à Civitavecchia ? Non, évidemment, sans cela vous m'auriez prévenu de votre voyage en Italie... Civitavecchia, comme Stendhal... Ah ! ah !... Mais, malheureusement, sans *Le Rouge et le Noir*... Ah ! ah !... J'en ai profité pour relire le bouquin. Pour être franc, j'ai été déçu. Ça ne tient pas mal le coup, d'accord. Il y a de jolis passages. Mais, dans l'ensemble, c'est plutôt surfait. Et puis, c'est long, beaucoup trop long pour quelqu'un comme moi qui manque de loisir, avec tous ces jeunes drogués, français ou assimilés, retrouvés inanimés sur la plage, à côté de leurs seringues, et qu'il me faut rapatrier, comme si nos décharges à ordures n'étaient pas assez encombrées sans eux...

Avisant sur la terrasse Abdul qui, un sécateur à la main, s'amusait à tailler des rosiers en respirant chaque fois le parfum des fleurs qu'il allégeait de leur feuillage, il demanda, avec une moue qui hésitait pourtant à être franchement méprisante, l'expérience lui ayant enseigné qu'il ne fallait jamais frapper sans être certain d'être le plus fort :

— Il vient d'où, celui-là ? Un giton de la comtesse Marescchini ?

— Je représente un consortium du Bas-Oubangui spécialisé dans l'exportation de sapajous hurleurs et de toile de parachute en fibre de noix de coco, dit Abdul qui n'avait pas perdu une bribe du monologue de Dupuy.

Amusé par la grimace effarée du consul, il lui adressa son plus gracieux sourire :

— Pardonnez-moi si j'ai l'oreille fine. L'habitude de déceler les hyènes dans la savane par les longues nuits de pleine lune...

— Je ne voulais pas...

— J'en suis certain. Il est déjà infiniment flatteur pour moi que j'intéresse le colocataire de Stendhal. Mais vous devriez relire avec plus d'attention *Le Rouge et le Noir.* Vous verriez que tout n'y est pas absolument nul.

Un quart d'heure plus tard, Marc Dupuy pérorait toujours. Il en était au deuxième bouton de la veste de Jacques, qu'il triturait au point de l'arracher.

— Ça ne t'a jamais étonné de voir que... Tant pis, je te dis « tu. »... « Vous », c'est trop difficile quand il me faut aborder des sujets un peu intimes. Ça ne t'ennuie pas ?

— Le passé remonte toujours à la surface...

— Justement ! Ça ne t'a jamais étonné de voir que je piétinais, pendant que la plupart de nos camarades, dont toi, du reste,...

— Pardonne-moi, il y a dix ans que le déroulement de ta carrière m'a échappé.

— Évidemment, du sommet où tu as été propulsé, pour m'apercevoir, il t'aurait fallu un télescope astronomique. Pourtant, la plupart de ceux qui ont été promus à ma place ne me valaient pas. Je puis l'assurer sans forfanterie. Que veux-tu, j'ai eu la malchance de naître avec un triple handicap.

— Quel triple handicap ?

— *Primo :* je n'ai pas de particule, même usurpée par quelque grand-père toucheur de bœufs enrichi, notaire débrouillard ou massacreur de nègres sous prétexte de construire des routes en Afrique équatoriale, ce qui lui vaudra plus tard une réputation de bâtisseur d'empire. *Deuzio :* je ne suis pas franc-maçon. *Tertio :* l'homosexualité galopante n'est pas précisément mon fort. Ah ! ça, non... Encore une chance — mais en est-ce une par les temps qui courent ? — que je ne sois pas juif. Maintenant, observe la différence. Toi, ta naissance t'a évité le plus difficile. Avant même que tu ouvres les yeux, tu avais déjà des relations. A partir d'un certain créneau, c'est bien le diable si on n'est pas plus ou moins apparenté à une famille régnante, fût-elle dépossédée de sa couronne ou cousine d'un potentat du Creusot. Au besoin, on se fait établir un compte à la même banque. Ne le prends pas mal mais, ne serait-ce que par ta femme et la renommée de ses ancêtres, bien des portes qui m'ont été fermées se sont ouvertes à deux battants dès que tu as manifesté le désir de les franchir. Moi, même un mariage avantageux je n'aurais pas pu... Une pureté d'un autre âge, désuète, presque ridicule, m'a toujours empêché de faire passer ma bourse avant mon cœur... J'aime trop l'amour. Ça m'a perdu. Dans notre métier, c'est un vice rédhibitoire.

Apercevant Marc Dupuy, Hélène battit en retraite sans attirer son attention et rejoignit Abdul, toujours occupé de ses rosiers, dans le jardin. Du sécateur dont il se servait, le jeune homme coupa au bas de sa tige la plus belle des roses et la lui tendit. Hésitant une seconde, comme si rien ne l'eût davantage engagée que de respirer une simple fleur, elle en huma l'arôme, songea un instant à la fixer à son corsage mais, vaguement contrariée, changea d'avis et se contenta de la tenir à la main.

Dans la bibliothèque, définitivement débarrassé du

bouton de sa veste, Jacques se dirigea vers le rayon où trônait la collection complète de l'*Encyclopædia Britannica.* Amorçant un rapide mouvement tournant, le consul s'interposa entre lui et le sinistre alignement des volumes, bien décidé à ne pas le libérer avant d'avoir mis un point final à son discours.

— Puisque je te tiens, je voudrais te demander un conseil. Voilà. Le Gouvernement va bientôt changer. Ou du moins procéder à un remaniement important.

— Où as-tu vu ça ?

— Dans la presse anglaise.

— Ah ! bon, si c'est elle qui le dit...

— Ce n'est évidemment pas notre gouvernement qui va ébruiter la nouvelle... Mets-toi à sa place !

— Ça m'arrive.

— Bref, on va redistribuer les cartes. Alors, vieux camarade, ma question est la suivante : dans quelle direction ai-je intérêt à m'engager ? Tu dois avoir une idée là-dessus, et tu as sûrement pris tes précautions. Mais moi, réduit à l'isolement de Civitavecchia, privé de toute liaison utile, coupé du monde, quoi ! je suis en proie à la plus totale indécision. Ton avis me sauverait, car il paraît que, pour les défavorisés chroniques de mon espèce, il y a encore pire que Civitavecchia... Aide-moi. Toute ma vie, je n'ai pas arrêté de miser sur le mauvais cheval...

— Sincèrement, je ne sais trop que te dire. L'éventualité à laquelle tu fais allusion est d'ailleurs la moindre de mes préoccupations. Je suis au service de l'État. À l'État de décider. J'ai du reste donné l'ordre à mon tailleur de ne me faire que des vestes qu'il est impossible de retourner.

— C'est très curieux, ce que tu me dis là. Je n'aurais pas cru. Il est vrai que je n'ai jamais compris comment on pouvait vivre normalement en exerçant les fonctions qui sont les tiennes. Quand tu es obligé de suivre les chasses présidentielles, par exemple, comment fais-tu ? Tuer des bêtes, je ne pourrais pas. Déjà, tuer des hommes à la guerre, j'admets difficilement. Tu ne te sens pas mal à l'aise, à Marly ou à Rambouillet ?

— Il y a longtemps que les faisans et les perdreaux présidentiels n'ont plus de souci à se faire !

Marc Dupuy secoua douloureusement la tête :

— C'est terrible, cette façon qu'a l'Histoire de France de se désagréger... Enfin, va pour la chasse, mais les banquets ?

— Les banquets ?

— Les banquets officiels où tu es obligé de faire bonne contenance ? Comment te débrouilles-tu ? Et avec ton estomac ? Tu ne peux quand même pas jeter tes filets de sole à la crème et tes cailles aux raisins sous ta chaise de bois doré...

À cette servitude aussi, il n'aurait pas su le plier. Dieu merci, avec ce que l'État lui allouait pour la table du consulat, son tube digestif ne risquait pas de ne pas être irréprochable ! Il fallait bien que la médiocrité de sa position eût certains avantages... Mais quelle monotonie dans ses repas... Des pâtes, toujours des pâtes ! Et il fallait s'extasier chaque fois qu'ils mettaient un peu de sauce tomate sur leurs macaronis... Recette exclusive, s'enthousiasmait son maître d'hôtel, que lui aurait léguée en héritage sa grand-mère, d'Orvieto... Pour les invitations qu'il devait lancer, c'était pareil. S'il avait plus de vingt convives par semaine, c'était autant qu'il lui fallait rogner sur ses émoluments. Toute sa prime de fin d'année y passait. Tant pis ! Il voulait, quoi qu'il lui en coûtât, que la France tienne son rang. Encore une fois, sans fortune personnelle, une belle carrière dans la diplomatie était impossible.

Il avait honte de le dire, mais ses collègues belges et hollandais n'ont pas ces problèmes. Et il ne parlait pas de son homologue allemand. On ne dirait vraiment pas que ce sont ses compatriotes qui ont perdu la guerre...

— Voici encore des inconvénients qui t'ont été épargnés ! J'ai vu l'autre jour une photographie aérienne de ton château, dans *La France d'hier et de toujours*, l'hebdomadaire illustré de l'aristocratie qui n'abdique pas. On nous en fait le service, au consulat. L'article était signé Varek Vérin de La Vérinière, ce Juif levantin qui est devenu noble à force de transformer sa salive en encre à stylo, dans sa rubrique, « Le Gotha comme chez soi ». J'ai été contraint de le recevoir récemment parce qu'on lui avait dit qu'Ira de Fürstenberg allait ouvrir, dans la région, un dispensaire pour hobereaux ruinés. La nouvelle était fausse, et j'ai attendu en vain la visite de la princesse. Mais j'ai mis quinze jours à rogner sur mes frais généraux pour remplacer les bouteilles qu'avait bues ce Vérin de malheur. À peine ai-je pu l'empêcher d'emporter les rideaux du salon, qui sont pourtant dans un état déplorable, sous prétexte que l'usage veut qu'on lui fasse toujours un cadeau quand il accorde à quelqu'un l'honneur de sa visite...

Fuyant l'insupportable bavard, Jacques était demeuré seul un moment, plongé dans ses pensées, au point de ne pas entendre Marescchini qui l'avait rejoint, un verre à la main :

— Tiens, goûte-moi ça. Tu m'en diras des nouvelles.

— Non, merci.

— Oh ! quel ton ! Qu'est-ce que tu as ? Franchement, je t'ai un peu observé et je t'ai trouvé l'air bien soucieux... Pas d'ennuis ?

— Mais non.

— Ce n'est pas à cause de ta femme, au moins ?

— Qu'est-ce que tu vas chercher !

— Tant mieux. Vous faites un si beau couple. Je vous cite toujours en exemple. Alors ça doit être la fatigue de la route. Parlons d'autre chose : il est charmant, ton nouveau compagnon...

— Qui ?

— Ce garçon que vous avez amené avec vous... Eh ! redescends de la lune !... Tu l'as connu où ?

— À vrai dire, je ne le fréquente que depuis peu. Nos routes se sont croisées...

— En tout cas, ça fait plaisir de voir qu'il y a encore des jeunes gens de cette sorte, avec cette allure et cet humour. Ça rassure, non ?

Un domestique philippin s'inclina pour indiquer que le repas était servi.

— Voilà, fit Giorgio, qui va enfin te mettre de bonne humeur. On vous a fait des macaronis.

— Quelle chance ! rugit Dupuy qui s'était rapproché. Les macaronis, c'est ce que je préfère.

— Avec une sauce tomate comme vous n'en avez pas mangé souvent... faite avec les tomates de notre jardin.

— Il en est si fier, dit Linda, que c'est tout juste s'il ne les fait pas millésimer et graver à son chiffre...

Le déjeuner terminé, Abdul entraîna Jacques dans un recoin du fumoir en lui faisant signe de garder le silence.

— Peut-être ferions-nous bien de ne pas trop nous attarder ici, chuchota-t-il en feignant de s'intéresser aux gravures, sur le mur, où des paysannes dansaient la tarentelle en agitant des tambourins égayés de sequins.

— Comment cela ?

— Faute d'un coupable à se mettre sous la dent, les policiers ont une fâcheuse tendance à loucher du côté des innocents. Vous, évidemment, vous ne risquez rien. Mais moi, c'est une autre paire de menottes. Il y a un des flics, en particulier, qui a commencé à me poser des questions. J'ai fait celui qui ne comprenait pas sa langue. Mais j'ai peur qu'il n'ait senti que je ne me débrouillais pas trop mal en italien. Une seconde, j'ai failli me couper quand il m'a tendu un journal en me demandant ce que je pensais d'un article consacré au meurtre... Il a eu un ricanement bizarre, et il a dit qu'il reviendrait avec un interprète. Plutôt inquiétant. Je connais leurs méthodes, en Italie...

— En Italie aussi ! Je croyais que vos activités s'étaient limitées à la France...

— Ce sont des amis qui m'ont renseigné... À leur place, je n'aurais jamais tenu le coup. Le courage ne me fait pas défaut, mais devant un excès de souffrance physique, je ne réponds plus de rien. Pour qu'on arrête de me tourmenter, je finirais par dire tout ce qu'on voudra. À chacun sa force et sa faiblesse... J'ai préféré vous prévenir dès maintenant, pour éviter l'irréparable. Je n'aimerais pas que vous ayez à regretter de m'avoir rencontré, après tout ce que vous avez déjà fait pour moi, en attendant la suite... Hélas, pas besoin d'un dessin pour en être sûr : rien qu'aux regards qu'ils me jettent, on sait qu'ils ne m'épargneront pas. Que je crève par mégarde le ballon d'un enfant ou que je marche sur la queue du chien, ils prétendront que c'est le signe évident que j'appartiens au crime organisé. C'est lamentable, je le sais bien, mais c'est ainsi...

— De toute façon, dit Jacques, un peu ébranlé par ces propos mais tâchant malgré tout de faire figure honorable, je n'avais pas l'intention de m'éterniser ici. Outre que le climat y est peu engageant, la compagnie est détestable. J'ai suggéré à Hélène de refaire nos valises. Quant à vous, j'aimerais maintenant régler votre situation... Le mieux possible, naturellement. Où pensez-vous aller ? Si je peux vous aider en quoi que ce soit... argent, location d'une voiture... je me ferai un plaisir...

— Et vous, fit doucement Abdul, quelle est votre prochaine étape ?

— Florence.

Le jeune homme porta ses deux mains à son cœur, comme pour s'empêcher de défaillir. Puis il s'assit dans un fauteuil, pour bien marquer que, selon lui, l'heure de la séparation n'avait pas encore sonné.

— Florence, murmura-t-il. Florence...

En une seconde, six siècles d'émotions artistiques semblèrent se bousculer sous ses paupières à demi closes.

— Le Ponte Vecchio, le Bargello, est-il possible que cela existe ailleurs que sur les cartes postales ?

Jacques baissa la tête, devinant la montée d'une nouvelle menace. Abdul continuait son cours de géographie à l'usage des agences de tourisme :

— De Rome à Florence, il n'y a qu'un saut. Une vraie promenade. Vous n'aurez même pas le temps de sentir que je suis là... Rendez-moi cette justice, qui vaut mieux que celle des hommes : je n'ai pas été jusqu'à présent un hôte bien encombrant.

Laissant Jacques interdit, de sa démarche souplement cadencée il escalada l'escalier monumental dont le bois des marches craqua sous son vernis de cire et redescendit très vite des chambres à coucher, des bagages sur les épaules, un grand sac de sport fixé à son cou par une bandoulière, aussi allégrement portés que s'il se fût agi de fétus de paille.

— Il n'y a plus là-haut que votre portefeuille, sur la table de nuit, dit-il à Jacques. Décidément, vous le laissez traîner partout... et une bague, avec un gros diamant, dans le cendrier. J'ai préféré ne pas y toucher...

Il ajouta en riant :

— À cause des empreintes digitales !

— Vous partez ? s'étonna Giorgio Marescchini.

Et, à l'intention d'Abdul, avec plus qu'une nuance de regret :

— Tu pars déjà ?

Jacques sursauta :

— Vous vous tutoyez ?

— Ton ami, entre autres mérites, a celui de ne pas être fier et de pardonner les offenses... Dans le fond, je comprends assez bien que vous n'ayez pas envie de rester davantage. Le spectacle qu'offre la Résidence Callista peut heurter les sensibilités non prévenues. Nous, c'est différent. Cela fait presque partie de la routine. En dix ans, nous avons déjà eu droit six fois à cette sorte de manège... On finit par devenir blasé ! Et philosophe. On se dit qu'on a déjà une chance que ce ne soit pas sur notre cadavre que se penche la police...

Tandis qu'Abdul faisait tourner le moteur de la voiture pour en vérifier le ralenti, après avoir réglé le mécanisme des sièges et essuyé sur le pare-brise une invisible poussière, les domestiques philippins observaient la scène. Un impénétrable sourire, qu'on eût dit peint sur leurs lèvres, à la fois obséquieux et vaguement hostile, ils amorçaient le geste de recueillir un pourboire. Jacques se mit à fouiller dans sa poche ; mais Abdul le retint, en murmurant, assez haut toutefois pour être entendu des serviteurs :

— Laissez ! Ils volent suffisamment comme ça...

Une lueur meurtrière passa dans les yeux des Asiatiques. Puis ils reprirent leurs sourires là où ils les avaient laissés, domptés, ou complices, comme s'ils avaient reconnu en Abdul un des leurs à qui, par conséquent, on ne pouvait pas raconter d'histoires.

Devant la maison de la princesse Apostoli di Mediona, pendant que la Daimler démarrait, saluée par les aboiements sauvages de tous les chiens du voisinage, une Fiat 500 noire, cabossée, s'arrêta. Un petit homme à la calvitie avancée, sans âge, en complet trois-pièces luisant aux coudes, au col et aux genoux, en sortit. Il tenait à la main un écriteau en contre-plaqué qu'il fixa sur la poutre maîtresse du portail. Abdul freina pour lire ce qu'on y avait inscrit : « Villa à vendre. Confort et raffinement.

Affaire exceptionnelle. Cause départ. » Suivaient le nom d'une agence immobilière et un numéro de téléphone.

Se sentant observé, le représentant esquissa une grimace, de sa bouche édentée, et dit :

— Contrairement aux idées reçues, la vie est plus forte que la mort. Et l'on n'a jamais vu le pire des crimes en modifier durablement le cours.

Le gardien, à la sortie, leva à peine les yeux de son journal. Si le drame de la Résidence Callista en occupait la première page, avec d'énormes photos, c'était une autre rubrique qui provoquait son indignation.

— Incroyable ! rugit-il. Tous des pourris... des criminels...

Et il laissa retomber la publication, accablé, incapable de résister davantage à sa colère : l'AS Roma n'avait-elle pas été battue 1 à 0 par la Sampdoria de Gênes ?

— Tous les guides sont catégoriques là-dessus, dit Abdul. C'est par Fiesole qu'il convient d'arriver à Florence. De ces hauteurs, on a le souffle coupé.

Jacques avait repris le volant et poursuivait son numéro de chauffeur somnambule aux yeux ouverts. Fascinée, Hélène qui, depuis l'Hôtel Chimère, avait pour la première fois repris des couleurs, regardait le déroulement des bois et des collines.

— Pas si vite, Jacques, c'est si beau ! Le paysage n'a pas le temps de nous suivre...

Rêveuse, elle offrait son visage à la caresse de la brise.

Fiesole est de ces lieux qu'on dirait oubliés par les ans, les guerres, les catastrophes naturelles — et les promoteurs immobiliers. Des arènes romaines élargissent l'horizon derrière un mausolée dont la plaque de verre qui le recouvre laisse entrevoir des ossements réunis par l'éphémère éternité de la piété ou de la douleur des hommes. Un petit musée étrusque, familier, touchant, modeste, bat le rappel de quelques allégories bibliques, parsemé de vases, d'aiguilles de tisserand taillées dans le silex poli, de débris de poteries et de fragments de fresques, comme des fleurs sauvages pétrifiées parmi les bouquets trop bien ordonnés des grands fleuristes. Des cyprès semblent prendre leur élan vers un ciel à peine déserté par les dieux. Des vignes jouxtent des oliviers aux branches d'argent tordues. Le Moyen Âge et la Renaissance devaient avoir déjà cet aspect. Mais le monde a tellement changé qu'on pourrait presque se croire ici dans un univers imaginaire si nos mains ne pouvaient le toucher. Seules les sources qui, paraît-il, chantaient dans ces vallons se sont taries. De même ont disparu les animaux qui croisaient d'un bond agile la lourde promenade des humains.

Repus de vieilles pierres et de cénotaphes, ils s'étaient enfoncés plus profondément dans le cœur de la Toscane, avant de s'arrêter devant une petite auberge tiédie par le soleil couchant qu'entourait un jardinet envahi d'herbes folles et de liserons grimpants aux corolles écarlates.

— Tu crois qu'ils ont du lait d'amandes ? demanda Hélène que les cimetières étrusques avaient curieusement ramenée à la vie. Je meurs de soif.

Il y avait du lait d'amandes. Elle en but un grand verre, d'une seule lampée, comme on chasse au réveil le souvenir d'une mauvaise nuit.

Tandis qu'elle s'attaquait maintenant avec la même ardeur au contenu d'une assiette de fromage, de jambon et d'olives, Jacques remarqua que cette animation nouvelle la rendait encore plus jolie. Sans trop savoir pourquoi, ce changement lui causa une sensation désagréable. Il n'aimait pas non plus la façon, trop animée, dont elle s'adressait maintenant à Abdul. De son côté, celui-ci observait, amusé, deux amoureux qui s'embrassaient sans plus s'occuper du reste du monde. Un vendeur de fleurs, aux allures un peu équivoques, le complet blanc immaculé, les cheveux trop blonds pour ne pas avoir été noirs, tâchait d'attirer l'attention du couple en lui présentant une corbeille où embaumaient des bottes de jasmin. Les amoureux, yeux dans les yeux, ne prêtaient pas attention à son manège. Sans se décourager, le vendeur insistait. Et soudain, derrière lui, une voix caverneuse se fit entendre :

— Tu ne vois pas que tu ennuies ces messieurs-dames ?

Le blondinet se retourna. C'était d'une grotte naturelle aménagée en tonnelle sous la charmille qu'on l'avait interpellé. Deux hommes étaient accoudés à un guéridon, devant une carafe de vin épais et des verres aux socles carrés, le chapeau vissé sur la tête, la bouche cachée par d'énormes moustaches. Policiers ou bandits ? La différence, en Italie, n'est pas toujours facile à établir.

Celui qui avait parlé fit signe au jeune garçon d'approcher :

— *Documenti...*

D'une sacoche fixée à sa ceinture, le vendeur de jasmin extirpa en tremblant quelques papiers écornés sous une illusoire protection de cellophane. Le plus âgé de ses interlocuteurs les soupesa, l'air soupçonneux ; et puis, s'adressant à son compagnon :

— Pas mal imités. Qu'est-ce que tu en penses ?

Abdul ne pouvait détacher son regard de cette scène.

— On dirait du cinéma, murmura Jacques en ne pouvant cacher son amusement.

— Oh ! non, fit Abdul, ce n'est pas du cinéma ! Ils sont parfaitement réels. J'ai l'œil...

Timidement, pendant que les deux patibulaires continuaient de se repasser sa carte d'identité avec des grimaces de connivence, le vendeur de jasmin avait sorti de sa poche quelques billets de dix mille lires, qu'il défroissait ostensiblement.

— Tu as vu ? dit l'un des deux hommes à son acolyte.

Non seulement il a de faux papiers, mais il cherche à nous acheter... Ça va chercher dans les combien, la tentative de corruption ?... Allez, on a été assez patients. On l'embarque !

— Je vous jure que mes papiers...

— D'accord, ils sont authentiques. Quand ils sont faux, ils ont l'air beaucoup plus authentiques... Arrête de claquer des dents, on ne s'entend plus... On a seulement voulu te faire un peu peur, pour s'amuser. Amusant, non ?

— Oui, monsieur...

— L'ennui, c'est que ton attitude prouve que tu as sûrement quelque chose à te reprocher. Mais quoi ?... Autant que tu nous le dises tout de suite. On gagnera du temps, et le tribunal en tiendra compte.

Ensemble, ils éclatèrent d'un rire qui accrut encore la détresse du malheureux.

Alors, changeant de ton et presque d'apparence, l'un des hommes adopta le style du grand-père qui pardonne à un petit-fils un peu turbulent :

— Bon. On a assez ri tous les trois comme ça. Ce n'est pas ton avis ? Tu es libre. À une condition, pourtant...

— Tout ce que vous voudrez...

— Tu vas voir comme nous sommes bons princes. Tout ce qu'on va te demander, c'est de faire ton métier. Mais de le faire bien.

Joignant le geste à la parole, il sortit de sa veste, roulée négligemment en boule, une liasse de gros billets, et en glissa deux dans la main du garçon.

Au comble de l'incompréhension, celui-ci ne savait plus s'il devait s'enfuir ou rester sur place, remercier ou se taire.

— C'est pour mes bouquets ? Vous en voulez combien ? finit-il par balbutier en fouillant dans son éventaire.

— Nous achetons tout le lot. Pour ce prix-là, tu t'y

retrouves, non ? Eh ! réveille-toi, on te parle ! Il faut te faire un dessin ?

— Vous me donnez beaucoup trop. Et je n'ai pas de monnaie...

— Qui te demande de la monnaie ? Ne pars pas : tu as oublié qu'il y avait une condition. Tu ne pensais pas t'en tirer si facilement...

Le jeune homme qui, un instant, avait paru revivre, redevint blême.

— Je ne demande qu'à...

— Tais-toi. Et écoute... Tu vois l'église, là-bas ? À l'intérieur, dans la travée de gauche, juste après le bénitier, il y a une statue de la Madone. Je veux que tu déposes tes bouquets à ses pieds, tous tes bouquets... demain matin, à neuf heures précises. Fais gaffe, pas à neuf heures moins cinq, ou à plus quatre... exactement quand sonnera le neuvième coup de neuf heures... Une dernière recommandation : n'oublie pas, avant de plonger tes doigts dans le bénitier, de te laver les mains. Je connais bien cette Vierge, elle est très stricte sur les questions d'hygiène. Ensuite, tu te mettras à genoux et tu feras une prière pour ma mère... Ma pauvre mère, c'était une sainte... une sainte qui ne méritait pas un fils comme moi. C'est pour ça que je n'en ferai jamais assez pour me faire pardonner. Tu te rappelleras ? À qui est-ce que tu dédieras ta prière ?

— À votre mère.

— Une sainte.

— Une sainte...

— Je ne te dis pas que je serai là pour vérifier. Mais je ne te dis pas non plus que je n'y serai pas. De toute façon, il vaut mieux pour toi que tu n'avales pas la consigne. Autrement...

De la main, il caressa, au niveau de sa cuisse droite, une excroissance qui ne correspondait vraisemblablement pas à un trousseau de clefs.

Le blondinet avait presque gagné la rue quand celui qui n'avait pas parlé le rappela.

— Fais voir encore tes papiers !

— Je vous assure que...

— Qu'on se rappelle bien ton nom, et où on pourrait te trouver si... On n'est jamais assez prudent. De nos jours, on ne sait plus à qui on a affaire.

Et, comme s'il s'avisait seulement maintenant de la présence d'Abdul, il lui lança :

— Vous n'avez jamais vendu de fleurs, vous ?

— Je vais chercher mes papiers, dit Abdul, imitant la terreur du vendeur de bouquets. Je les ai laissés dans ma voiture.

Et il désigna la Daimler. Interloqué, l'homme éclata d'un rire sonore pour tâcher de faire passer son intervention pour une plaisanterie.

— Ne m'en veuillez pas, j'ai le cœur joyeux, aujourd'hui. Allez, tournée générale !

Jacques commença par refuser.

— Ce serait me faire injure, dit l'homme en fronçant la forêt de ses sourcils.

Jacques ne put en supporter davantage :

— Quelles fleurs souhaitez-vous que j'offre à la Madone en souvenir de votre chère maman ?

L'autre demeura un instant muet. Sa main glissa le long de sa cuisse droite. Mais, retrouvant son inquiétante gaieté :

— Français ? Vous êtes français ? Ah ! l'esprit français...

Et, se tournant vers Abdul :

— Vous aussi, vous êtes français ?

— Ça ne se voit pas ? dit Abdul.

Ils avaient repris la route de Florence. La ville commençait de scintiller dans un lointain qui se rapprochait.

— Attendez ! fit Abdul, en montrant une station-service.

— Qu'y a-t-il ?

— La voiture est bien sale. Il y a sur le capot des taches qui nuisent à l'harmonie de l'ensemble. Quelque pigeon mal éduqué, sans doute. Mais mieux vaut envisager tous les cas de figure possibles. Je veux dire les retards que cela pourrait nous occasionner.

— Qu'entendez-vous par là ?

— Les flics sont si tatillons... Pour un oui, pour un non, ils vous arrêtent sur la route et vous font souffler dans un ballon, ce qui leur donne le droit, estiment-ils, après avoir longuement tourné autour de la voiture, d'ouvrir le coffre, de soulever la moquette et les coussins, sous prétexte qu'ils ont flairé quelque chose de suspect.

— Tout cela est absurde.

— En êtes-vous si sûr ?... Tenez ! Qu'est-ce que je vous disais, vous voyez... Là !...

Abdul s'était mis à gratter un peu de boue séchée sur l'aile avant gauche.

— Et encore ici !... On pourrait croire que c'est du sang incrusté... Avec beaucoup de mauvaise foi, je vous l'accorde, mais la mauvaise foi est souvent ce qui manque le moins aux policiers.

Un employé s'était précipité. Abdul l'apostropha en italien :

— À la main, le lavage...

Se tournant vers Jacques :

— À la main, c'est plus efficace. Après, je veillerai à rincer et à tordre personnellement le chiffon.

Depuis une heure, maintenant, ils marchaient dans Florence. La chaleur était accablante, mais Abdul la supportait comme s'il évoluait dans son élément naturel. Tout à son émerveillement, Hélène ne paraissait sensible qu'à la splendeur des statues et des monuments. Jacques fermait la marche en s'épongeant le front. Ils débouchèrent sur la place de la République.

— C'est vraiment très laid, commenta Jacques, ce carré à l'allemande aéré par des arcades aux arches pesantes qui surmontent un désordre d'éventaires où l'on vend essentiellement des revues pornographiques, preuve, s'il en était besoin, que depuis quatre cent cinquante ans, le commerce de la nudité n'a pas précisément fait de progrès.

Hélène ne l'écoutait pas. Elle s'attardait à contempler une tête de Méduse qui ornait de son soleil noir le fronton d'un antique palais, ou jouait avec le reflet de sa main dans le bassin d'une fontaine.

— Et comment ne pas être choqué ? continuait Jacques. Les autos empêchent de voir les plus belles façades, les transformant en parkings pour œuvres d'art. La dernière fois que je suis venu ici, il y a vingt ans, c'était autre chose ! Florence est devenue un zoo où le Titien et Tintoret remplaceraient les ours et les otaries. C'est tout juste si on ne lance pas des cacahuètes aux Vierges passées à la feuille d'or.

Soudain son regard se figea.

— Par-dessus le marché, aujourd'hui, il y a ça... Vous avez vu ?

Sur les marches d'un escalier de pierre, en haut d'une ruelle, un jeune garçon était recroquevillé, prostré, ce qui lui restait de vie imitant la mort. À ses pieds, une seringue avait roulé, souillée de poussière et de sang. Un groupe hirsute s'approcha de lui et tenta de le remuer. Il ne réagit pas. Sans manifester la moindre émotion, la petite troupe s'éloigna en faisant hurler un énorme transistor.

— Comment une ville comme Florence peut-elle tolérer cette faune, avec ses haillons empruntés aux surplus américano-pakistanais, adolescents déjà vieillards, filles hagardes aux pieds nus et aux yeux vides, christs drogués et Che Guevara d'opérette ?

— Peut-être est-ce l'indifférence du monde à leur égard qui les a fait tomber dans ce piège ? dit Abdul. Quel avenir ont-ils, et même, en ont-ils un ? Cela peut détraquer une cervelle fragile.

— On réfléchit un peu, que diable ! Ils ne se seront crus libres qu'en s'enchaînant à leur destin de prisonniers... Ils ont cent ans sans posséder la grâce des choses éternelles. C'est à se demander ce qui est le plus faux ici. Jusqu'à la galerie des Offices, juchée sur une colonnade d'un gris rébarbatif, dont les fûts ressemblent à des pattes d'éléphant de carton-pâte hâtivement badigeonnées, dans le style « Souvenir de Ninive »...

Ils franchirent le portail du musée. Peut-être irrité d'avoir fait la queue pendant plus d'une demi-heure, Jacques n'en diminua pas l'agressivité de ses commentaires :

— Quel intérêt offrent ces tableaux ? On les a si maladroitement restaurés qu'on dirait des vieilles dames après un lifting...

Au-delà des Breughel, minuscules et minutieux, comme autant de fourmis humaines qui raconteraient un siècle d'existence dans l'espace d'un timbre-poste, Léonard de Vinci frappait le grand coup de son *Annonciation.*

— Est-ce normal d'avoir envie de pleurer à cause du mouvement d'une main sur un tableau, ou d'une ombre sur une paupière ?

C'était Hélène qui venait de faire cette remarque. Effectivement, ses yeux étaient humides.

Jacques ne répondit pas. Penché sur l'appui d'une des fenêtres des Offices, incapable de camoufler son irritation, il laissait son regard se perdre dans la continuelle marée des touristes, sur la place, et la longue file des cars somnolant au soleil. Certains de leurs passagers n'avaient pas jugé utile d'en descendre.

— J'aurais bien voulu rencontrer Raphaël, soupira Hélène.

Abdul sourit en hochant la tête :

— Vous n'auriez pas eu beaucoup de temps pour cela. Il est mort à vingt-sept ans. Comme s'il avait su, dès sa naissance, que les jours lui seraient parcimonieusement comptés, il a accumulé les œuvres et les amours. Mais c'est peut-être un cadeau que l'on fait à ceux qui sont morts trop jeunes, de leur accorder pour l'éternité le visage de la jeunesse. Michel-Ange qui, à l'opposé, atteignit sa quatre-vingt-neuvième année, laissera d'abord de lui l'image de son saint Paul, cacochyme et raviné.

— Vous en savez des choses ! ironisa Jacques.

Son érudition, surprenante en effet, et son vocabulaire peu banal allaient encore trouver bien d'autres occasions de se manifester. À Sienne, en particulier, il expliqua que les incunables précieusement enluminés, que l'on garde sous verre dans une dépendance de la cathédrale, ne sont dans un tel état de remarquable fraîcheur que parce que jamais, même pour les consulter, on n'avait au-dessus d'eux allumé une bougie. Ainsi les voit-on, phénomène rarissime, comme les ont vus les moines chargés d'en dessiner les caractères, d'en peindre les vignettes.

— Nous, dit Jacques, notre contribution à la grandeur de ce monument, superbe j'en conviens, est d'avoir placé un micro japonais sur le maître-autel et trois œillets de plastique rose dans une fiole de faux cristal... Et ne parlons pas de ces horribles ex-voto, cœurs sanglants où se détachent orgueilleusement les noms des généreux donateurs, comme les carnets à souche d'une police d'assurance sur le Paradis. J'allais oublier les appareils à sous ! Cent lires dans leurs fentes et les murs sont éclairés pendant trois minutes. Dommage que Laurent de Médicis n'ait pas vécu de notre temps : en exploitant cette géniale idée, il aurait pu éviter les inconvénients qui assombrirent son déclin, après la déconfiture de ses débiteurs anglais...

— Vous êtes décidément difficile à comprendre, dit Hélène. Aucune de ces beautés ne trouve grâce à vos yeux ?

— Pardonnez-moi, mais je dors plutôt mal depuis quelque temps.

— Je peux en comprendre la raison, mais...

— Pas seulement à cause de l'incident auquel vous faites si amicalement allusion. Il y a aussi...

— Continuez...

— Non, rien.

— Comme vous voudrez. Alors, laissez-moi profiter des rares minutes de bonheur de ces étranges journées. On continue la promenade ?

— Je préférerais aller prendre un verre.

— Soit.

Elle fit un signe à Abdul qui faisait semblant d'être captivé par une toile d'un élève de Tiepolo.

— Il me faudra donc une autre compagnie.

Ce fut à San Gimignano qu'à bout de nerfs, Jacques craqua. Tâchant toutefois de sauver la face, il prit le prétexte qu'il lui fallait quand même signaler à Paris le lieu où l'on pouvait le joindre en cas d'urgence.

— Mon bureau ne peut rester indéfiniment sans nouvelles de moi, dit-il en évitant le regard d'Hélène. Mon retour peut être jugé nécessaire. Le monde s'écroule. Il ne serait pas convenable que je continue de parcourir des endroits de rêve, à la recherche des vestiges les plus historiques et des meilleurs spaghettis. Sincèrement, vous ne le croyez pas ?

Sans attendre de réponse, il s'engouffra dans une cabine téléphonique et appela le Quai d'Orsay.

Quelques minutes plus tard, il raccrochait, la mine maussade. Les services du ministère, en effet, s'étaient contentés de lui suggérer de ne pas gâcher des vacances que l'on assurait bien méritées.

Le ton, surtout, de la voix du chef de cabinet du ministre, neutre, presque sans une pointe de cet accent qui est à Sciences-po plus obligatoire que les matières du programme, lui avait paru de mauvais augure. Comme si, profitant de son absence, certains de ses collègues, qui guignaient son fauteuil, s'y étaient déjà installés. Ce n'était pas forcément pour rien que l'imbécile de Civitavecchia avait colporté la nouvelle qu'un remaniement ministériel était envisagé. Mais Jacques n'avait pas un instant pensé que cela pourrait le concerner.

Tout au long de la route, d'autre part, la radio de la voiture, quand Hélène ne lui demandait pas de la couper pour qu'on mette des cassettes de Vivaldi, indiquait que les crises succédaient aux alertes, et qu'il n'y avait guère de nations épargnées par les déchirements ethniques, les chambardements sociaux et, par-dessus le marché, ce qui inquiétait davantage encore, le désordre des monnaies.

— Même les mannequins de Haute Couture viennent de Biélo-Russie ! C'est un comble...

Il était déplaisant dans ces conditions, estimait-il, qu'on envisageât de se passer de ses avis. Ce qu'il n'avouait pas, c'est qu'il trouvait dans ce silence parisien un motif plausible pour mettre un terme à un voyage qui, commencé dans l'allégresse, était devenu pour lui une épreuve.

La soudaine gaieté qui transfigurait Hélène ajoutait au trouble de son esprit. Essayant de ne pas trop dévoiler le sentiment confus de jalousie qu'il ressentait, et de mettre sa mauvaise humeur sur le compte des seules convenances, il avait eu avec elle une conversation assez vive.

— Cela ne peut plus durer, avait-il dit. Cet Abdul, puisque c'est ainsi, maintenant, que vous le nommez, ce qui me paraît d'ailleurs à la limite du mauvais goût, cet Abdul fait de nous ce qu'il veut. Même quand il s'agit de choisir un itinéraire, c'est lui qui décide...

— Nous aurions pu trouver un plus mauvais guide, avait répliqué Hélène. Vous n'allez pas nier sa compétence...

— Sa compétence laisse à supposer qu'il nous cache bien des choses à son sujet.

— En tout cas, ce n'est pas en nous parlant de tableaux et d'architecture qu'il risque de nous faire du mal.

— Mais enfin, avait explosé Jacques, vous ne comprenez pas que, depuis le début, il nous fait chanter ? Il n'y a plus de doute sur ce point. S'il ne m'avait pas vu, depuis sa colline, le jour de l'accident, il n'aurait pas cette assurance quand il s'adresse à nous, cette morgue, même. Un peu plus, et il jouerait les vieux amis de la famille... Il faut absolument faire quelque chose...

— Faire quoi ? dit froidement Hélène. Le tuer, lui aussi ? Ça ferait quand même un peu trop de cadavres. Ménagez vos forces, mon ami. N'oubliez pas que, pour le meurtre, vous n'êtes qu'un débutant...

— Si c'est tout ce que vous trouvez à dire pour m'aider...

— Mes mots ont dépassé ma pensée.

Instinctivement, elle revint au tutoiement qu'ils avaient abandonné, comme chaque fois qu'une discussion trop violente les opposait :

— Pardonne-moi. Je n'ai pas l'impression que nous soyons si menacés. Réaction raisonnée ou intuition féminine ? Je ne sais pas. Mais, plus j'y songe, et moins je crois que ce garçon est hostile. Il a quelque chose dans ses yeux...

— D'honnête ?

Hélène avait imperceptiblement serré les lèvres et n'avait pas répondu.

Le personnel de l'*albergo Il Delfino,* où ils avaient retenu des chambres, appartenait au genre nonchalant. L'ascenseur était bloqué depuis le lendemain de son installation, qui devait avoir eu lieu l'année de la prise de Fiume par D'Annunzio. Il leur avait fallu transporter eux-mêmes leurs valises, Abdul se chargeant du reste de l'essentiel des bagages. « Je peux très bien..., avait commencé Jacques, avant de laisser retomber sa valise sur ses pieds. »

— Je suis un peu fatigué, dit-il, enfin parvenu à l'étage. Je crois que je vais dormir un moment...

Hélène avait détourné les yeux, essayant de chasser de sa pensée l'idée que Jacques, tout d'un coup, ne lui paraissait plus avoir le même âge.

Jadis à la fois maisons et citadelles, sur les soixante-treize de l'origine, douze tours qui n'ont pas été détruites par les guerres et par les émeutes font de San Gimignano un décor irréel, comme si des siècles avaient été interrompus par un cataclysme dans leur assaut à la conquête du ciel. Hélène marchait à côté d'Abdul, sans paraître se rendre compte qu'il lui arrivait de serrer son bras en désignant, au fond d'une ruelle, des balcons de fer torsadé, pavoisés de lessives, ou un vieillard qu'on aurait cru, non pas de chair vivante, mais de la pierre dont on fait les bas-reliefs.

— C'est très curieux, dit-elle, j'éprouve ici ce que je n'ai ressenti nulle part. Pensez-vous que cette sensation soit particulière à la Toscane ? Je suis allée au Japon. Sur le plan du dépaysement, il est difficile de faire davantage. Franchi le seuil des hôtels réservés aux Japonais, on abandonne ses vêtements et ses chaussures pour ne les reprendre que le jour où l'on s'en va. Dans l'intervalle, on cesse d'être soi. On est un autre, qu'on ne connaissait pas. Mais dès que l'on retrouve son enveloppe occidentale, on redevient ce qu'on était. Tout ce qu'on a vécu a brusquement disparu. À se demander si on n'a pas été la proie d'un songe. Eh bien, ici, c'est différent. Je sais que le songe ne s'effacera plus et que, le reste de ma vie, je serai un peu toscane.

L'eau était fraîche, dans la carafe posée sur la nappe à carreaux rouges, sous la charmille. D'un doigt, Hélène dessina l'initiale de son prénom en écartant la buée qui revêtait le flacon d'une espèce d'armure fragile. L'or d'un vin blanc pétillant apparut. À la table voisine, deux buveurs se disputaient, au point qu'on aurait pu s'attendre à quelque funeste empoignade ; mais déjà ils se donnaient des claques joviales dans le dos et trinquaient à leur santé avec de grandes démonstrations d'amitié. La politique les avait opposés. La mauvaise opinion qu'ils avaient l'un et l'autre de Spadolini et de De Michelis les avait réconciliés.

« Ainsi va l'Italie », avait pensé Jacques en se rappelant ce que son ami Indro Montanelli lui avait dit, au cours d'une réception où il avait fait la connaissance de ce directeur du quotidien milanais *Il Giornale :* « Le tempérament italien ne changera jamais. Nous sommes les plus habiles marchands de remèdes de charlatans de la terre. Rien ni personne ne forcera les Italiens à croire en autre chose qu'en leur propre intelligence. Les Italiens sont capables de vivre dans n'importe quelle situation : malaise économique, inflation, peurs de toute sorte. Il suffit que chacun s'enferme avec ses préoccupations dans son petit monde — un monde où très rapidement le malaise devient normal. »

Montanelli, se souvint Jacques, fait partie de ces journalistes que les Brigades rouges prirent pour cible. Il en avait reçu quatre balles dans les jambes, tirées quand il tournait le dos. « Au moins, conclut-il, désabusé, les anarchistes d'autrefois tiraient-ils quand l'adversaire leur faisait face… »

Le soleil avait tempéré ses ardeurs. Dans le ciel, les nuages volaient bas, mimant ces tritons joufflus sur les vieux registres seigneuriaux et sur les joyaux de la cartographie du temps des traversées au long cours, qui soufflent pour faire avancer des caravelles chargées de découvreurs d'antipodes, de brandisseurs d'emblèmes et de brevets de conversion à la vraie foi.

Après un bref regard vers Jacques qui s'éloignait, Hélène reposa son verre et contempla Abdul, comme s'il se trouvait devant elle pour la première fois.

— Il y a un jeu que j'affectionne, dit-elle. Lorsque je suis en présence de quelqu'un, j'essaie d'imaginer l'enfant qu'il a été. Le jeu consiste à ne pas choisir le cobaye en fonction de son sexe et du milieu social auquel il appartient ou qu'on lui suppose. Cela peut être un passant anonyme dans une rue, une dame qui pérore au fond d'un salon sans que j'entende un mot de sa conversation, un vieillard dont on dirait qu'il a quitté notre siècle bien que son cœur continue de battre. N'importe qui fait l'affaire.

— Moi, par exemple ?

Hélène rougit.

— C'est vrai, j'étais en train de me demander à quoi vous ressembliez quand vous étiez petit, quels étaient vos pensées et votre cadre de vie.

Abdul prit un temps avant de répondre, comme s'il lui eût fallu pour cela franchir un fossé, renverser des barrières, remonter un fleuve.

— Je ne suis pas sûr, dit-il finalement, que ma réponse à vos questions vous paraisse bien intéressante.

— Vous avez tort. Un enfant ne peut être que passionnant. Tout est encore possible, pour lui. Il n'a gâché aucune des chances que la vie lui réserve. Il n'a pas eu le temps de choisir la mauvaise solution. En fait, il n'en a adopté aucune. Ses espérances sont donc intactes. L'avenir seul dira ce qu'il deviendra : bandit ou nouvel Einstein, figurant sans contour dans un univers de grisaille, maître du monde, bourreau des cœurs ou infortuné à qui ne sera jamais accordée la chance d'être désiré...

— Mon enfance, commença Abdul, correspond à une époque de mon existence si trouble que je n'ai jamais pu décider si je devais la chasser de ma mémoire ou, au contraire, la conserver comme le plus fabuleux trésor. Elle est faite de visages aimés que je ne reverrai plus et dont la disparition continue de me brûler le cœur. En arrière-plan, il y a une terre aride, ravagée par la violence et la haine, mais aussi adoucie par la saveur du miel, des dattes et la simplicité des âmes.

Il s'arrêta, regrettant sans doute de s'être trop engagé dans quelque labyrinthe dont il aurait fait le serment de ne pas dévoiler le secret du dédale.

— Il faut vraiment que j'aie confiance en vous... Ai-je tort ?

Puis, sans attendre la réaction d'Hélène :

— Et vous, vous avez confiance en moi ?

La jeune femme détourna les yeux.

— Vous hésitez ? dit Abdul.

— Ce serait trop triste si je me trompais...

— Dans le fond, quoique cela me soit pénible, je vous comprends. J'ai fait irruption dans votre vie sans crier gare. Et je me suis accroché à vous d'une façon qui, je l'avoue, peut ne pas sembler très normale, inquiétante, même. Pourtant si vous saviez... si je vous disais tout...

— Dites.

— Plus tard. Cela dépendra de beaucoup de choses.

Hélène prit son élan :

— Je crois que j'ai confiance en vous.

— Vous le croyez seulement ?

— *J'ai* confiance en vous.

— Alors, mon enfance vous appartient !... Rien qu'un mot, avant que je ne dégringole des années en arrière. Est-ce que vous me permettez de vous appeler Hélène ?

Hélène inclina le front.

Une heure plus tard, ils se tenaient toujours de part et d'autre de la petite table. Tout semblait avoir disparu de ce qui se trouvait là auparavant, sauf eux. Abdul avait raconté ses jeunes années d'enfant devenu homme avant l'âge, ce qui faisait que, malgré le temps écoulé, il n'avait jamais tout à fait cessé d'être un enfant.

Il s'était d'abord avancé dans son récit presque précautionneusement, à la façon de quelqu'un qui, marchant sur un sentier escarpé, craint de se blesser aux pierres aiguisées qui roulent sous ses pieds. Ensuite, sa voix avait gagné de l'ampleur et de la force, pour finir par donner l'impression que la douleur elle-même se transformait en sérénité.

Expérience tendre, cruelle et pathétique, il avait évoqué sa mère qui, bien qu'elle habitât à moins de trente kilomètres d'Alger, n'avait eu la révélation de cette ville que le jour de ses soixante-dix ans, parce que son fils était venu la chercher en automobile pour lui faire faire cette excursion. Ils roulaient. Et, soudain, en haut d'une colline, la vieille dame avait poussé un cri terrible. Affolé à l'idée qu'elle pouvait être malade, Abdul en avait calé son moteur. Mais le visage de sa mère, apaisé, n'exprimait qu'une sorte de félicité irréelle. « Que c'est beau ! avait-elle soupiré en désignant l'amoncellement des toits et des minarets dont le soleil au zénith illuminait la blancheur. Je n'avais jamais pensé, même dans mes rêves, qu'Alger pouvait être aussi belle... On me l'avait dit. Mais je n'écoutais pas. À quoi bon, puisque j'étais sûre que mes yeux ne la verraient pas ? »

Des larmes coulaient le long de ses joues ravinées par les épreuves et par les ans. Les secousses d'un petit rire, pareilles à des sanglots, faisaient sursauter par saccades son buste chétif. On lui avait toujours refusé jusqu'à présent le droit de dépasser le carré d'herbe tondue ras par les moutons et les murailles de boue séchée de son enclos. Elle était née prisonnière de l'inconfort obscur d'une cahute où le meilleur emplacement était réservé à une vache et à son veau, et n'en sortait que pour aller tirer de l'eau dans le puits commun à tout le village. Aux parents et aux amis qui la visitaient, elle n'avait à offrir qu'un peu de lait caillé, ce luxe des indigents.

Abdul, au prix d'un nouvel effort, avait également décrit la nuit de noces de sa mère. Ce qu'il en avait appris lui avait laissé une marque dont rien n'avait pu effacer le souvenir de l'abomination. Comme toutes les nouvelles épousées de la région, elle s'était mariée en même temps que plusieurs autres jeunes filles. En principe, c'était une occasion de fête. La musique faisait grand tapage, accompagnée de battements de mains et de youyous. On lui avait bien recommandé, d'ailleurs, de prendre un air joyeux, quoique soumis. Mais voici qu'on l'avait parquée avec son mari dans une cabane sur laquelle on avait peint des signes qui appelaient à l'incantation. Violemment, le mari avait claqué la porte. Et la pauvre femme, comme ses compagnes dans les étables voisines, était devenue l'enjeu d'une véritable compétition. C'était à qui, parmi les hommes, ressortirait le plus vite en brandissant un linge taché de sang, preuve que sa virilité était non seulement indiscutable, mais foudroyante, et la virginité de sa femme réduite à l'état de forteresse mise à bas. Des matrones avaient surveillé l'opération, dans le but de déjouer une fraude éventuelle ; pour qu'il fût impossible, en particulier, de remplacer le sang de la jeune fille éventrée par celui d'une chèvre préalablement égorgée, que le mâle triomphant aurait caché sous sa tunique.

— C'est pour cela, dit Abdul, que parfois je veux feindre de croire que cette époque n'a pas existé, que je n'en ai pas été le témoin impuissant et révolté. À la réflexion, j'ai préféré penser que je n'avais pas le droit de jouer les amnésiques. C'est pour la même raison que le visage de cette Algérienne, l'autre jour, aux jeux Olympiques de Barcelone, m'a tellement frappé. Elle venait de remporter la course du quinze cents mètres. Ses joues étaient très pâles. On la devinait si émue que la crise nerveuse n'était pas loin. Mais je savais, moi, que ce qui occupait d'abord son esprit, tandis qu'elle dédiait sa victoire « à nos martyrs », c'était, au-delà de ses mots, la façon dont certains, dans son pays, recevraient l'image de ses traits dévoilés et de ses jambes nues malgré les interdits du fanatisme religieux. Un peu de sueur perlait sur ses muscles qui, peu à peu, revenaient au calme. Son front aussi était moite, à la lisière des cheveux qui n'avaient jamais dû connaître d'autre coiffeur que les doigts d'une mère ou d'une sœur. Hautaine et pathétique, elle savourait la revanche de la femme musulmane face à l'obscurantisme. Le plus dur, semblait-elle se dire, ce n'était pas de distancer ses concurrentes d'Amérique, de Nouvelle-Zélande ou des pays de l'Est, mais d'empêcher que les représentants d'une secte hargneuse et bornée ne la rattrapent pour lui faire payer le prix de son audace, peut-être de sa vie, en tout cas d'un lynchage. La renommée qu'elle venait d'acquérir, applaudie par des millions de personnes sur tous les écrans de télévision du monde, n'était que le signe fragile — mais le signe quand même — que la cause des femmes n'était pas encore perdue dans son pays. Dans le plus profond de ses yeux, j'ai revu le village où je suis né. Le drapeau algérien dans lequel la championne s'enveloppait pour accomplir un dernier tour de piste, c'était sa manière à elle de remplacer le linge ensanglanté des noces de ma mère ; une autre manière, également, pardon si vous me trouvez grandiloquent, d'être Jeanne d'Arc et de délivrer Orléans, avec le risque que cela supposait de connaître un bûcher qu'on voudrait faire prendre pour les flammes de l'enfer. Ce ne sont pas les évêques Cauchon enrubannés qui manquent dans les mosquées de l'Algérie...

Il se tut et sourit à Hélène comme à quelqu'un qu'on retrouve après un long voyage. Il n'y avait plus de buée sur la carafe de vin blanc.

— À mon tour, enchaîna-t-il, je voudrais jouer à ce jeu auquel vous m'avez dit que vous vous livriez : comment étiez-vous quand vous étiez une petite fille ? À quoi ressemblait votre enfance ?

Hélène lui rendit son sourire.

— Elle était stupide et fausse comme une enfance heureuse. Rien à reprocher, pourtant, à qui que ce soit. Pas plus à mes parents qu'à ceux qui avaient la charge peu contraignante de mon éducation. Tout était harmonieux et paraissait couler de source. Même le spectacle de la maladie m'était épargné, à plus forte raison celui de la mort, comme si ce phénomène ne frappait jamais ma famille. C'est ainsi que j'ai connu deux de mes arrière-grands-pères. On aurait dit qu'on les avait mis exprès de côté, pour plus tard... Le décor où j'évoluais était lui aussi sans défaut : une grande maison, des arbres que Napoléon aurait pu toucher, ou Louis XVI, je ne sais plus ; des fleurs, en toute saison, arrosées par un jardinier qui avait l'aspect végétal d'un tronc déraciné. Dans les niches en ogive d'un colombier, on avait mis ce qu'il fallait d'oiseaux pour que le bruissement de leurs ailes et le gazouillis de leurs gorges fussent audibles sans pour cela déranger. À table, on ne prononçait pas un mot plus haut que l'autre. Je ne me suis jamais doutée que mes parents pouvaient avoir des problèmes. Le montrer leur eût paru obscène. Tout ce qu'on exigeait de moi, mais avec la plus extrême fermeté, c'était de ne pas mettre les coudes sur la nappe et de tenir ma fourchette de la main gauche en veillant à ce que les dents n'en soient pas pointées vers le plafond. « Le bon Dieu, en tombant, pourrait s'y faire du mal... », affirmait ma grand-mère. Côté mauvais souvenir, je ne vois qu'une cousine à long nez qui me tirait par les cheveux en me poussant vers le sombre orifice du monte-charge qui servait à amener les plats depuis les catacombes des cuisines installées au sous-sol. Elle a été punie : son mari a été nommé ministre de l'Agriculture, ce qui lui a valu, pendant les émeutes paysannes, de recevoir des tomates et des œufs sur ses beaux complets bleu marine...

Elle se souvenait encore d'un lieu qui lui était rigoureusement interdit, dans un renfoncement de la bibliothèque. Il fallait un escalier roulant pour accéder à ses rayons. Un jour, elle s'était hasardée à enfreindre la consigne. Le cœur battant, les joues en feu, elle avait lu le *Ver-Vert* de Gresset et *La Nuit et le Moment* de Crébillon fils, qui du reste l'ennuyaient fort. Quatre nurses, qu'on avait fait venir des quatre coins du monde, lui avaient enseigné quatre langues. Mais de ce qui se passait à plus de deux cents mètres de sa maison, on se gardait bien de l'avertir. Il ne fallait pas qu'elle sache que quelque chose de différent pouvait avoir lieu au-delà des limites du cercle familial. Pour elle, que l'on avait ainsi mise en quarantaine, l'univers se résuma longtemps à des taches de couleur pastellisées sur les pages d'un atlas. Encore n'était-elle pas sûre qu'on le remît régulièrement à jour. Dans la suite, sa situation ne changea guère. Contrairement aux idées reçues, un mari diplomate est un muet qui serait doué de la parole. Ou, si l'on préfère, un homme qui aurait l'art de se taire même en étant bavard.

— Avec lui, vous vous trouvez quand même aux premières loges...

— Vous croyez ? Quand je demande à Jacques le moindre détail sur quelque événement, il me répond : « Ah ! ma chère, si vous saviez... » Mais justement, je ne sais pas ! À part les images de la télévision, dont chaque semaine contredit celles de la semaine précédente, je dois me contenter, comme n'importe qui, de voir des chefs d'État qui se donnent l'accolade parce qu'une caméra les filme, même si, dans l'arrière-plan, ce ne sont que ruines accumulées et populations affamées. Au fait, ces brillants démiurges en savent-ils beaucoup plus que le commun des mortels ? Aucun d'entre eux, et Jacques le premier, n'a prévu un événement d'importance. Le mur de Berlin ? Divine surprise ! Le Cambodge, le Liban ? De véritables Suisse méridionales à l'abri de toute contrariété. À un dîner, chez nous, j'ai entendu de hauts responsables laisser tomber avec condescendance, en tirant sur leurs cigares, que le communisme durerait encore mille ans. Deux semaines plus tard, pas une de plus, Gorbatchev était expulsé du Kremlin et la désescalade en série commençait dans les pays sous tutelle. Si je vous disais que l'année dernière, nous avons failli retenir une suite dans un hôtel de Dubrovnik, sous prétexte que nous avions besoin de calme ! Un pèlerinage, naturellement, était prévu à Sarajevo, une ville tellement perdue de vue depuis 1914 (à l'exception d'un intermède sportif) qu'on en était presque arrivé à se demander s'il ne s'agissait pas d'un épisode purement littéraire amplifié par un scénario de film... Quand je me plains auprès de mon mari de cette ignorance qu'il m'impose, il se borne à secouer les épaules en disant que je ne suis qu'une enfant. Hélas, il n'a peut-être pas tout à fait tort... Je suis sans doute la dernière petite fille modèle à qui l'on ait donné pour Noël les aventures de Camille et de Madeleine.

— Je vais vous faire rire, dit Abdul. Tout gosse aussi, j'ai lu *Les Malheurs de Sophie...* La maîtresse française de mon école, dont j'étais éperdument amoureux, m'avait prêté le livre et j'en avais retiré la douce conviction que Madame de Fleurville était algérienne puisque, en classe d'histoire, on nous apprenait que nous avions pour ancêtres les Gaulois.

Ils rirent. Il n'y avait plus, maintenant, sur la petite place moyenâgeuse de San Gimignano, que des bancs inoccupés, un chat rayé comme une chaussette mal tricotée en train de ronger une tête de poisson, et un platane qui, depuis près d'un siècle, n'avait pas réussi à s'enfuir.

— Une dernière question, reprit Hélène. À propos de cette érudition, assez surprenante, dont vous...

— Devrais-je obligatoirement être analphabète ?

— Je n'ai pas dit ça. Mais ce que vous nous avez raconté, sur Florence, sur Sienne, sur Fiesole, cela ne se trouve pas forcément dans les guides et les manuels. Soyez franc ! Vous nous avez dit que vous n'étiez jamais venu en Italie. Cela n'est pas vrai... D'ailleurs, une fois, vous vous êtes coupé : vous comprenez et parlez l'italien...

Abdul fit mine de vouloir protester, mais Hélène ne lui en laissa pas le temps.

— Alors, à quoi rime cette comédie ? Votre désir d'essayer la voiture ? Le passage de la frontière dans le coffre ? Et tout le reste... Vous ne pensez pas que c'est le moment de me dire la vérité ? Qu'est-ce que vous aviez dans la tête ?

— Vous.

— Comment ?

— C'est vous, que j'avais dans la tête.

— Vous plaisantez...

— En ai-je l'air ? Dès que je vous ai aperçue, je n'ai plus eu qu'une envie, celle de continuer ma route avec vous.

— Belle trouvaille, et combien romantique ! Ce chantage auquel vous vous êtes livré, car c'est un véritable chantage, n'aurait eu que ce seul but ?

— Tout s'est passé si vite ! J'ai prétexté n'importe quoi pour ne pas vous voir repartir. Vous alliez démarrer. C'était déjà miraculeux que vous vous soyez arrêtés... Une minute de plus, et je demeurais seul au milieu de la route, avec mes regrets, et mes désirs refoulés, sans le moindre espoir de vous revoir jamais.

— Et vous voudriez que je croie à ces sornettes ?

— Ma présence près de vous est l'unique preuve que je puisse vous donner de ma bonne foi.

Hélène se passa la main sur le front, peu convaincue mais imperceptiblement désireuse de l'être.

— Il n'y a pas eu d'autre raison ? Vous m'avez vue et, toutes affaires cessantes, vous avez décidé de...

— Quel autre motif aurais-je pu avoir ? Vous avez une idée ? Je vous écoute...

Pas un muscle de sa figure ne bougeait.

— Je pense que, maintenant, nous devrions rentrer à l'hôtel, dit Hélène. Il se fait tard.

Devant la chambre où Jacques s'était retiré, Abdul prit la jeune femme par le bras et murmura :

— Ne faisons pas de bruit. Il doit dormir. Il ne faut pas le réveiller.

Sans un mot, Hélène le suivit.

À chaque étape du voyage, le climat s'alourdissait. Ils atteignirent Monte Cassino. Jacques déclara qu'il devait y faire une pause pour s'incliner sur la tombe d'un de ses parents, qui avait été fauché par la mitraille pendant les atroces combats pour la libération de l'Italie, en 1944.

Abdul en profita pour évoquer saint Benoît qui, à cet endroit, fonda un monastère fameux vers le milieu du XVIe siècle.

— Pardonnez-moi, dit Jacques, sèchement, si je pense plutôt à mon oncle, le colonel de Pont-Dragon et à ses magnifiques tabors...

— J'y songeais aussi, fit Abdul. Je veux parler des tabors. Sous ces pierres, en effet, devrait se trouver un certain caporal, qui fut de ma famille, mais on n'a jamais pu repérer l'emplacement de son dernier repos. Peut-être ses ossements touchent-ils ceux de monsieur votre oncle...

Naples suivit. Le chauffeur de taxi qu'ils avaient pris, devant l'Excelsior, leur fit ce commentaire qu'il devait répéter pour la dixième fois de la journée, en s'engouffrant dans le tunnel qui sert de sortie principale à la ville :

— C'est dans ce tunnel, aujourd'hui une des voies les plus passantes, que la population se réfugiait pendant les bombardements. Enfant, je me retrouvais là, plusieurs fois par jour, et par nuit, ainsi qu'une toute petite fille à qui on devrait bien dédier une plaque commémorative puisqu'elle allait s'appeler Sophia Loren. Je ne l'ai pas remarquée personnellement, parce que je tremblais de tous mes membres à cause des bombes... et puis, une petite fille... Mais c'est ce que raconte la légende. Et si Naples n'avait plus ses légendes, il y a longtemps que la ville aurait disparu...

De Pompéi, Jacques ne voulut retenir que les dos d'innombrables Japonais qui l'empêchaient, affirmait-il, de goûter pleinement la tragique magie de ces lieux que la fin brutale de ses habitants a préservés jusqu'à nos incertaines années. Et ce fut au moment où ils s'apprêtaient à prendre le bateau pour Capri qu'il annonça qu'une impérieuse nécessité le contraignait de rentrer à

Paris. Il s'excusait d'écourter ces heures de détente, mais un coup de téléphone, qu'il venait de recevoir, lui avait nettement signifié que sa présence au Quai était souhaitée.

Sur sa lancée, il continua de mentir :

— Dans le fond, j'aime autant ça, car j'ai craint un instant qu'on ne profite de mon absence pour déclencher une révolution de palais... Voilà, j'ai tout calculé. Nous avons juste le temps de refaire en sens inverse le trajet accompli depuis notre départ. J'ai simplement insisté pour ne pas avoir à sauter dans le premier avion en abandonnant la Daimler à Naples, où ce genre de voiture a peu de chances de rester longtemps orpheline... Ils ont bien été obligés de comprendre que j'avais encore certains droits, et que je ne me laisserais pas faire...

Comme pour lui donner raison, un appel, réel celui-là, lui apprit que, puisqu'il avait pris le parti de revenir, on pouvait lui demander de repartir aussitôt pour l'Angleterre. Il en fut presque rasséréné.

À Paris, précisa-t-il, il ferait un saut boulevard du Maréchal-Périgord-Châtelain pour changer de valise et mettre une cravate moins voyante, avant de parcourir, sur le chemin de Roissy, les dossiers que la diligence de ses collaborateurs lui auraient préparés, pour une nouvelle conférence, qu'on assurait décisive, sur le sort de l'ex-Yougoslavie.

Hélène lui jeta un regard nuancé d'une pointe d'amusement. Troublé, Jacques se lança dans une grande abondance d'explications.

— J'en suis le premier navré. Mais je ne peux pas me dérober. Pourquoi souriez-vous ? Lisez les journaux : « Londres, dernier espoir pour la paix... » Ce n'est pas moi qui l'ai inventé. L'affaire est beaucoup plus que sérieuse. Le destin d'une partie vitale de l'Occident se joue, et je n'ai pas envie de rester derrière la porte pendant qu'on prend les décisions, surtout avec ces sous-ministres qui n'arrêtent pas de se faire photographier dans les décombres de Sarajevo en train de touiller la soupe des sans-abri dans des chaudrons...

— Pourquoi n'avez-vous pas fait comme ceux dont vous raillez les méthodes et déplorez la concurrence ? Vous à Sarajevo, cela eût donné de l'écho à vos discours...

— Merci bien ! Pour me cogner, à chaque trou d'obus, contre n'importe lequel de ces cabots que le Gouvernement met en avant pour sa publicité, comme s'ils avaient davantage de poids que nos plus hautes autorités intellectuelles ou morales ! Et je ne parle pas de ces glapisseurs, devant qui tout le monde se prosterne, pourvu qu'ils aient de belles boucles et que leurs disques fassent se pâmer les minettes... Sans façon ! La politique est une chose trop sérieuse pour la confier à des non-politiciens, quels que soient les péchés dont, souvent avec raison, on les accuse. Mais c'est la mode, désormais : on se rend à Mogadiscio, ou à la frontière serbo-croate, ou en Casamance, comme on va à Bayreuth et à Salzbourg en période de festival... Il faut y être, et en être ! Mozart, Wagner, Gaza, Kalachnikov, même combat !

— Sans compter, murmura Hélène, que si on faisait la paix sans vous, quelle catastrophe ! De toute façon, que nous restions ou que nous partions, ça m'est égal. J'ai vu tout ce que je voulais voir... Et même un peu plus... un peu trop...

Elle ouvrit son sac pour y prendre son poudrier. Un petit morceau de carton jaune s'en échappa, qu'elle ne s'attendait pas à y trouver, portant un numéro de téléphone griffonné à la hâte. Sans perdre son contrôle, elle fit celle qui ne s'était aperçue de rien. À demi tournée vers Abdul, elle esquissa seulement un léger froncement de sourcils, auquel il eût été hasardeux de donner une signification particulière.

Toujours impassible, Abdul dit qu'il était bien dommage que leur voyage fût écourté à l'instant, peut-être, où il aurait été le plus passionnant ; qu'ils manqueraient la Sicile où, malgré les juges assassinés à Catane et à Palerme, il aurait tant aimé aller à la rencontre de Virgile, du *Guépard* et de Pirandello.

— C'est vrai, dit Hélène, je regretterai Pirandello.

— « Une nuit de juin 1867, tomba comme une luciole sous un pin solitaire, dans une campagne d'oliviers sarrasins, sur le rebord d'un plateau d'argile couleur d'azur, face à la mer africaine, Luigi Pirandello... », récita Abdul.

— Qu'est-ce que c'est ?

— L'inscription qu'on a gravée à la mémoire de l'écrivain, sur une simple pierre, près d'Agrigente. Sa maison natale est à deux pas ; et elle aussi s'est fait un masque de sa solitude.

— Que cela doit être beau, dit Hélène, cette maison, ce pin et la mer. Est-ce qu'on ne pourrait pas, Jacques, rien que pour un jour ou deux...

— Nous pourrions voir également une autre merveille sicilienne, poursuivit le jeune homme, à quelques kilomètres de Syracuse, l'étrange ville de Noto.

Et il évoqua ce chef-d'œuvre du baroquisme, composé d'une seule et vaste avenue terminée à chacune de ses extrémités par une cathédrale. Entre les deux, d'admirables demeures se dressent, percées de fenêtres hautaines. Mais les fenêtres n'ont pas de volets et des herbes folles poussent sur leurs rebords. Des plantes grasses obstruent de leurs piquants le seuil des portiques. Intrigué, on fait le tour des bâtiments. Surprise ! Non seulement ces palais ne sont pas habités, mais, derrière leurs façades, il n'y a rien... À part des étais de bois vermoulu pour retenir ce qu'il reste des édifices. Le temps depuis longtemps a donné sa représentation d'adieu. La pièce est terminée. Il n'en reste plus que les décors chancelants, et la trame de l'illusion.

— On hésite presque à respirer, de peur de faire s'écrouler ces ultimes témoins d'une civilisation enfuie...

— Cela aussi, vous l'avez appris en prison ? demanda Jacques.

Hélène supplia des yeux son mari, qui détourna la tête.

— Ça serait avec plaisir, dit-il, que je poursuivrais notre voyage. Mais c'est tout à fait impossible. Encore pardon de vous demander de renoncer à ce projet. Il faut partir. Nous avons un long chemin à parcourir jusqu'à la frontière.

— Après la fascination des monuments historiques, à nous celle des pompes à essence, murmura Hélène.

La Daimler paraissait projetée en avant par une force incontrôlable. En vain, dans la crainte d'un accident, Abdul avait-il proposé de prendre le volant. Jacques ne l'écoutait pas plus que s'il avait disparu. On aurait dit qu'il tournait à l'envers les pages d'un livre, à une vitesse prodigieuse, comme s'il avait désiré en retrouver le commencement, effaçant du même coup l'histoire qui y était contée.

Pendant deux jours et une nuit, ils ne connurent pas d'autre halte que celles des aires de repos, dans l'odeur des sandwiches à la mortadelle qui rancissaient sur les comptoirs où l'on débitait du café à la chaîne.

La frontière fut passée sans encombre. Policiers et douaniers étaient d'ailleurs en grève, et on se borna à bourrer la voiture de tracts vindicatifs, et de pêches à demi pourries, car les agriculteurs avaient profité du mouvement pour manifester.

Brusquement, à un carrefour, Jacques freina. Hésitant entre deux chemins, il avait choisi le mauvais ; celui, en particulier, sans se l'avouer, qu'il ne voulait surtout pas emprunter. Il eut un haut-le-cœur. Il pensait avoir tout fait pour ne pas se retrouver, comme cela était le cas, dans les parages de l'Hôtel Chimère dont il apercevait maintenant la prétentieuse carapace de lierre grimpant et les caractères tarabiscotés de l'enseigne. Reconnaissant elle aussi l'endroit, Hélène avait instinctivement fermé les yeux.

— Vous avez vu ! dit Abdul avec un air d'innocence qui, s'il n'était pas sincère, était bien imité. L'Hôtel Chimère... C'est par là que nous nous sommes rencontrés. Vous vous rappelez ?... On pourrait s'arrêter et prendre quelque chose pour fêter l'événement. Pourquoi pas un peu de champagne ?

Jacques fit sèchement non de la tête et remit en marche la voiture.

— Dommage, regretta Abdul. Je n'oublierai jamais cette auberge. J'y ai éprouvé tant de plaisir... Pas vous ? Ne me dites pas que c'est un souvenir qui n'a déjà plus de place dans votre mémoire... Par-dessus le marché, la cuisine était remarquable. Pendant toute la suite de notre voyage, j'ai regretté de ne pas avoir eu le temps d'essayer leur tourte Amédée je-ne-sais-plus-quoi... Il faut dire que, ce jour-là, je mourais de faim. Je n'avais pas mangé depuis quarante-huit heures, sauf quelques mûres cueillies sur une haie et un pain de quatre livres acheté avec mes derniers sous chez un boulanger qui comptait ma monnaie en me dévisageant d'un air soupçonneux, un bouledogue grondant entre ses jambes et une main prête à appuyer sur un signal d'alarme placé dans le tiroir-caisse... Il y avait aussi l'odeur de cuir de votre voiture, comme le parfum des vacances qui m'avaient toujours été refusées. Et, par-dessus tout, pardonnez-moi cet aveu, la joie de m'être fait des amis... Et quels amis ! Dans mes pensées les plus folles, je n'aurais jamais pu en imaginer de semblables... C'était un peu comme si je rêvais, avec la seule appréhension de me réveiller, plus triste encore de n'avoir frôlé qu'un bonheur irréel. Mais, et je vous en serai éternellement reconnaissant, le réveil n'a pas eu lieu.

Jacques poussa un soupir de soulagement quand il vit, sur un panneau indicateur, le nom du village, barré en diagonale pour indiquer que les limites de l'agglomération étaient franchies. Soulagé, il appuya à fond sur l'accélérateur.

— Attention ! hurla Hélène.

La voiture fit une embardée sans pouvoir éviter le choc. Le moteur continuait de tourner, comme une bête traquée qui halète, trop effrayée pour esquisser le moindre mouvement, fût-ce pour défendre sa vie.

Violemment heurté par l'aile droite de la Daimler, un homme gisait à terre, immobile, si raide qu'il était difficile de savoir si son dernier souffle ne l'avait pas quitté ; une espèce de clochard, hirsute, vêtu de hardes disparates, où surprenait une rose piquée à sa boutonnière. Sur son cœur, il serrait une musette tachée de sang ; à moins qu'il ne s'agît du contenu d'une bouteille de vin rouge brisée, qui gisait à ses pieds.

Abdul se précipita pour retourner le corps dont le visage avait heurté les cailloux de la route. Sur ses lèvres fendues, le soleil à son déclin, en accentuant la part de l'ombre, dessinait un bizarre sourire, comme on en voit chez un joueur qui vient de remporter un pari hasardeux.

— Ce n'est pas possible, dit Hélène. Regarde, Jacques, mais regarde donc... C'est le même homme... le même homme que...

— Comment ça, le même homme ? interrogea Abdul. Ne me dites pas que vous l'avez déjà vu... que vous le connaissez...

— Je vais crier ! fit Hélène, retrouvant instinctivement les mots qu'elle n'avait pas pu réprimer à leur premier passage, comme si la circonstance, en se renouvelant, faisait appel au même vocabulaire.

Jacques demeurait sans réflexe.

— On devrait essayer de trouver un médecin, dit Abdul. Ou appeler la police... À moins que... ça serait aussi une solution...

Imperceptiblement, il désigna le fossé, sur le bas-côté de la route, où des cantonniers avaient laissé des petits tas d'herbes fauchées et de branchages. Mais il se reprit vite, avec une certaine confusion :

— Pardonnez-moi ! Fuir ses responsabilités, ce n'est évidemment pas votre genre... Je vous imagine mal en fossoyeurs clandestins. D'ailleurs, même si cela avait pu être dans vos intentions — à Dieu ne plaise ! —, il est trop tard. On vient...

Du village, en effet, avait surgi une petite foule qui se dirigeait de leur côté. Des paysans avec des fourches ; des enfants qui tapaient dans de vieilles boîtes de conserve en guise de ballons, des écouteurs de walkman aux oreilles ; des femmes aux allures de tricoteuses sans tricot. Plus en retrait, des gens poussaient des clameurs indistinctes, en brandissant leurs poings fermés. Un petit vieux, dont le ventre tressautant était ceint d'une écharpe qui avait dû être tricolore, comme si on venait de l'arracher à une séance du conseil municipal, ne semblait pas le moins décidé à participer à quelque hargneuse curée. Dans les bras de sa mère échevelée, un bébé glapissait. Des chiens, joyeux ou menaçants, assuraient la relève entre la tête du cortège et les retardataires. Une voiture de pompiers fermait la marche. Son moteur ayant eu des ennuis, une épaisse fumée s'en échappa, provoquant un début d'incendie. C'était pour le moins insolite, s'agissant d'une voiture de pompiers, ainsi que le remarqua un mauvais esprit.

Après avoir rajusté son casque que ses efforts avaient déséquilibré, le responsable de l'escouade grommela :

— Cela devait arriver ! Plus de deux ans que cet engin n'a pas servi, même pour un exercice d'alerte. Il ne se passe jamais rien, dans ce fichu pays. Alors le matériel se rouille. Et les hommes avec...

— Je vous assure, commença Jacques en s'adressant à l'homme tricolore, lorsque celui-ci fut parvenu à sa hauteur, manifestement incapable, dans son indignation, de prononcer une parole — je vous assure que rien ne laissait prévoir que quelqu'un allait traverser la route... J'ai eu beau freiner, je n'ai pas pu éviter ce malheureux... Je ne roulais pourtant pas vite.

— Mais je vous connais ! s'exclama le maire, et son expression, aussitôt, s'adoucit. Vous êtes venu déjeuner chez moi, il y a quelques jours. Je suis le patron de l'Hôtel Chimère ! Je vous remets très bien. Même que vous m'avez un peu vexé. Votre dame et vous n'avez pratiquement rien mangé. Heureusement que votre ami avait de l'appétit pour trois, ajouta-t-il en désignant Abdul. Quand on se donne du mal, on aime être apprécié. Je tiens à ma réputation. Vous allez rire : un moment, je vous ai pris pour des inspecteurs du Michelin. J'en ai été si ému que j'ai presque renversé la salière sur les fraises à la crème. J'avais confondu avec le sucre en poudre. Il faut me comprendre, depuis le temps que j'attends mon étoile... Et puis, j'ai vu que ça ne devait pas être votre métier. Vous parliez à voix basse, avec un air un peu mystérieux, d'accord, mais vous ne portiez pas de moustaches postiches ni de lunettes avec de faux verres de vue. Nous avons appris à les repérer, dans la restauration...

Jacques ne l'écoutait plus. Il observait, stupéfait, les enfants qui avaient délaissé leurs boîtes de conserve pour continuer le simulacre de leur partie de football en donnant des coups de pied dans la musette du vagabond. Et il répétait — mais en s'adressant à qui ? à la foule ? à lui-même :

— J'ai eu beau appuyer de toutes mes forces sur la pédale de frein... Vous voyez, du reste : la voiture a fait un tête-à-queue... Mais qu'attendez-vous ? Il n'y a pas un docteur parmi vous ?

— Un docteur ? Oui, oui... À quarante kilomètres ! Mon pauvre monsieur, on dirait que nous avons été rayés de la carte... Sur le plan social, le plus strict nécessaire nous fait défaut. On a beau protester... Un docteur ! Néant. Imaginez qu'il y ait un événement grave, ici, une urgence, personne ne serait là pour les premiers soins...

— Mais il me semble justement que...

— Ah ! si vous aviez connu notre village il y a trente ans ! Aujourd'hui, c'est le désert de la nostalgie. Moi qui, toute ma vie, ai lutté contre l'obscurantisme, j'en viens à déplorer le départ du curé... Un docteur, vous voulez rire ! Quand on ne trouve même plus un poisson dans notre rivière, plus un passereau dans notre ciel, plus un papillon dans nos prairies ! Une semaine sur deux, les bonnes années, nous pouvons envoyer nos enfants à l'école, quand le car de ramassage a pu se procurer des pièces de rechange, ou quand l'instituteur n'est pas en cure de repos parce qu'il est devenu fou d'avoir été trop chahuté pour le punir d'avoir confisqué des cigarettes suspectes... Autrefois, monsieur, quand nous étions sur les bancs de la classe, des tableaux, sur les murs, nous montraient l'horreur d'un foie d'alcoolique, hideux, violacé, à côté de la beauté d'un foie sain, rouge vermillon. Et nous chantions en chœur, dès nos quatre ans : « La France est belle. Ses destins sont bénis. Vivons pour elle. Vivons unis ! » Maintenant, à la place, on a le dernier clip de Madonna en jarretelles ou, comment vous l'appelez déjà, ce nègre blanc avec sa mèche en tire-bouchon qui lui balaie le front et sa figure où la chirurgie esthétique a fait passer des bulldozers ? Ah ! ils sont loin, les destins bénis de la France...

— Dépêchez-vous, continuait Jacques. Il n'est peut-être pas mort...

Le maire éclata de rire, imité par tous ceux qui faisaient cercle autour de lui.

— Mort, lui ?... Dingo ?... Si seulement...

Il précisa :

— Nous l'appelons Dingo, et aucun sobriquet ne saurait mieux lui convenir. Mort ? Nous n'aurons pas cette chance ! Il nous enterrera tous, pour notre malheur. Si l'église de notre village ne risquait pas de s'écrouler sur nos têtes, tellement les corbeaux et les intempéries l'ont abîmée, nous irions en procession y allumer des cierges en priant le diable de nous débarrasser de cet animal... Hélas, il n'y a pas de solution. Il est toujours là. Tenez, qu'est-ce que je vous disais ? Il ouvre un œil...

Sous les coups de boutoir des enfants, qui avaient délaissé sa musette pour ses côtes, le faux cadavre était maintenant agité de vagues soubresauts.

— Allez, Dingo, secoue-toi ! lança le maire. On a assez ri. Le cirque est fini. Arrête ton numéro. Personne n'est dupe. On te connaît trop. Tu entends ce que je te dis ?

Comme un gamin pris en faute, celui qu'on appelait Dingo se redressa. Ses paupières clignèrent en laissant passer une lumière qu'il semblait avoir du mal à supporter. Machinalement, il tâta ses jambes, ses bras, son front.

— Inutile de te toucher le front, ricana le maire. De ce côté, il y a longtemps que c'est cassé...

Émergeant à demi de son hébétude, Dingo sourit niaisement, comme à une plaisanterie que, pour une fois, il aurait comprise. Il n'avait plus de dents.

Debout, ses bras ballaient le long de son buste décharné, et sa tête était agitée d'un étrange mouvement de va-et-vient, ce qui lui donnait l'apparence d'un épouvantail. Il ne lui manquait que des oiseaux sur ses cheveux en désordre. Les enfants avaient sournoisement suspendu à ses basques quelques-unes de leurs boîtes de métal. En guise de liens, ils s'étaient servi des lacets de ses chaussures. Béantes, celles-ci laissaient dépasser des orteils si crasseux qu'il était difficile de les distinguer les uns des autres. Émerveillé par le tintinnabulement des déchets métalliques entrechoqués, tel le « ravi » de la crèche, Dingo semblait trouver dans cette cacophonie les accords de la plus douce musique. Cela rappelait la sarabande des gueux dans les cours des miracles du Moyen Âge, et la claquette des lépreux.

Impressionné par l'aristocratie évidente de Jacques et de sa femme, la longueur de leur voiture et la qualité de leurs bagages, le maire avait cherché à se faire rassurant :

— Autant que vous le sachiez, ce n'est pas d'aujourd'hui que ce farfelu s'amuse à se précipiter sous les voitures. C'est une manie qu'il a. Peu de semaines sans qu'il cède à ce stupide penchant. N'importe qui y laisserait sa peau, et chaque fois on s'attend à le retrouver en charpie. Pas lui ! Il s'en tire toujours… Dans un sens, et sans une once de méchanceté, il nous arrive de nous demander s'il ne vaudrait pas mieux que… une bonne fois pour toutes… Mais ne me faites pas dire ce que je ne dis pas. J'enrage simplement de constater que ça occasionne des frais à la commune, d'avoir régulièrement à le raccommoder et à le ramener à la vie. Notre budget est déjà si serré qu'on s'en passerait bien. Et toujours, quand on croit qu'il a compris, que c'est fini, ça recommence. On dirait ces somnambules qui marchent sans vertige sur les gouttières, qui devraient cent fois se casser la figure, mais qui s'en tirent et sont prêts à recommencer dès qu'on leur a évité le pire. Ne croyez pas que nous n'ayons rien tenté pour changer sa mentalité. Tout ce qui était dans nos possibilités, nous l'avons fait, et même un peu plus. Nous lui avons donné des vêtements à peine usés pour le rendre plus présentable et, après un bon bain chaud et une coupe chez le coiffeur qui a failli en tomber malade de dégoût, nous l'avons amené à l'asile psychiatrique du département, frais d'essence et temps perdu non remboursés. Eh bien, il n'était pas étendu depuis cinq minutes sur le divan du spécialiste que cette canaille a fait semblant d'être le type le plus sain d'esprit de la terre... Non seulement on nous l'a renvoyé, mais les médecins nous ont menacés de nous traîner devant les tribunaux si nous les dérangions encore pour rien. Peut-être était-ce une mauvaise idée de lui faire prendre un bain ? On en fait toujours trop...

» En vérité, c'est ce fragment de route, où nous nous trouvons, qui lui chavire la raison. Partout ailleurs, il est presque normal. Comme vous et moi, il se tient au courant des crimes de la semaine et récite dans le bon ordre le classement du championnat de football, première et deuxième division. Par contre, quand il rentre de ses expéditions insensées, chaque fois que la lune prend un nouveau quartier, on ne peut plus arrêter son délire. Il court de bistrot en bistrot, et s'enivre. Des bistrots qui ne sont même pas ceux de notre village, ce qui ferait un peu marcher le commerce, mais d'un patelin voisin avec lequel nous sommes à couteaux tirés à cause d'un champ mitoyen qu'ils louent à des usines allemandes pour qu'elles y entassent leurs détritus nocifs. Alors, monsieur, croyez-moi sur parole, inutile de culpabiliser ! Vous ne pouviez pas y couper. Ne serait-ce qu'à cause de votre voiture.

— Ma voiture ? Qu'est-ce qu'elle a, ma voiture ?

— Trop luxueuse, elle est beaucoup trop luxueuse... Dingo a sa vanité. Les fourgonnettes et les utilitaires, ou les séries standard ne l'intéressent pas. Il choisit toujours le haut-de-gamme. Et encore, il faut que ça soit une décapotable, avec des pare-chocs très brillants. Autrement, il boude. À propos, j'espère qu'il n'a pas éraflé votre carrosserie ?... Franchement, n'ayez aucun remords.

Nous sommes tous témoins que votre responsabilité n'est pas engagée. C'est vous, à la rigueur, qui pourriez réclamer des dommages et intérêts. Un jour, à cause de ses conneries, il va nous arriver un coup dur. D'ici qu'on nous attaque pour ne pas avoir su assurer la sécurité des usagers de nos routes... Je dois d'ailleurs réunir le conseil municipal pour prendre les mesures qui s'imposent. En tenant compte toutefois que, s'il est comme ça, ce n'est pas tout à fait sa faute. Mais ceci est une autre histoire... Sacré Dingo !

— Dingo ? Pourquoi Dingo ? interrogea Hélène.

— Comme je l'ai expliqué à monsieur, ce sont les gosses qui l'ont appelé comme ça. Le nom lui est resté, et nous ne lui en connaissons plus d'autre. Les enfants ont de ces trouvailles...

Depuis un moment, Jacques sentait le regard de sa femme qui semblait lui traverser le dos. De peur de l'affronter de face, il n'osait pas se retourner. Abdul, de son côté, avait l'air de chercher vainement à comprendre à quoi correspondait cette expression de mépris sur le visage de la jeune femme ; à moins qu'il ne savourât la comédie qui se jouait et dont il avait été, à l'insu de tous, le personnage principal, jailli de l'ombre où il se dissimulait. De même, sur un théâtre, l'humble figurant d'une pièce s'amuse-t-il de voir que la vedette a perdu le fil de son texte, et qu'elle ne sait plus où elle en est.

— Mais pourquoi ce pauvre homme cesse-t-il seulement de se contrôler à l'endroit précis où nous sommes et lorsque passe une voiture du genre de la nôtre ?

— C'est une longue histoire, madame, dit le maire. Et je ne pense pas qu'elle vous intéresserait.

— J'ai peur que si, fit Hélène, la voix soudain coupante et sèche.

— Nous avions pourtant cru, il y a trois semaines, qu'il était enfin calmé. Tiens, justement, le jour où vous êtes venus déjeuner à l'auberge... Fausse joie : cette fois, il avait poussé la perversité jusqu'à se cacher dans un fossé, là, derrière vous, et à se recouvrir de branchages et de pierrailles pour échapper à la vue, après s'être volontairement écorché le visage... En somme, il n'avait pas fait qu'imiter sa mort à la perfection, mais aussi son enterrement ! Si ce n'est pas du vice !... Heureusement pour lui, le hasard a voulu que ce fût le jour de la tournée semestrielle des cantonniers. Autrement, il y restait. Vous vous rendez compte, tout ce qui peut agiter un cerveau dérangé... Qui pourrait penser à des trucs pareils ?

Le maire s'adressa à Dingo :

— Allons, remue-toi ! Il faut que tu sois en forme pour le passage de la prochaine Mercedes...

Puis, de nouveau, à l'intention de Jacques et de sa femme :

— Dans le fond, ce n'est pas un mauvais bougre. Nous l'aimons bien. Contrairement à ce que j'ai dit sous le coup de la colère, quand il ne sera plus là, il nous manquera. Il met un peu d'animation dans le village, qui en a bien besoin, parce que nous ne sommes pas gâtés pour ce qui est des loisirs socioculturels. Des années que nous moisissons sur la liste d'attente...

Avec une sorte de rage que l'on n'eût pas soupçonnée chez elle, Hélène attrapa le maire par le revers de son veston, au risque d'en arracher le ruban gros modèle du Mérite agricole.

— Vous avez dit tout à l'heure que ce n'était pas sa faute, qu'il y avait une explication à sa folie. Laquelle ?

— Vieilles sornettes ! De la chronique locale périmée. Les jeunes, déjà, n'en ont plus le souvenir. Un peu comme ces contes du temps où les grand-mères parlaient, vous savez, quand il y avait, dans les cheminées, des bûches qui se consumaient. Des histoires qu'on se racontait pour meubler la longueur des nuits, avant l'invention de l'électricité.

En vain Jacques avait-il tenté de passer un bras autour des épaules de sa femme dans l'espoir de l'apaiser. Elle s'était cabrée, comme un animal qui refuse le licol, et paraissait évoluer désormais dans un monde où personne, sauf elle, n'aurait eu accès.

— Parlez ! Mais parlez donc ! C'est très important...

— Comme il vous plaira, dit le maire avec un hochement de tête légèrement désapprobateur, impressionné cependant par cet acharnement insolite chez une dame si distinguée. Une simple suggestion avant que je commence mon récit. Nous serions mieux pour cela chez moi, au bar de l'Hôtel Chimère. J'ai un petit alcool de poire épatant. Et j'ai redécoré le local avec des groins de sangliers empaillés. C'est du meilleur effet et je pense que...

— Ici ! gronda Hélène. C'est ici que je veux savoir. Nulle part ailleurs.

— En plein milieu de la route ? Et si une voiture...

— Ici !...

Elle ajouta, presque suppliante :

— Je vous en prie...

Alors le maire parla.

Cela remontait à de nombreuses années. Dingo — au fait, il s'appelait encore Raphaël, le maire s'en souvenait tout d'un coup : « C'est curieux comme les choses vous reviennent ! » —, Raphaël, donc, était un gentil garçon, un peu fruste, peut-être, mais nullement fragile d'esprit, toujours prêt à rendre des services aux gens, même à ceux qui n'en demandaient pas, poussant les brouettes des autres, donnant tout son argent dès qu'il avait touché les quatre sous de sa paie pour que ses amis puissent boire à sa santé, déplaçant des sacs de fumier, fabriquant de petits jouets pour les enfants, sculptant des christs dans des souches, après le passage des bûcherons. Il disait à ceux qui, d'ailleurs, ne songeaient pas à le remercier : « Dieu vous le rendra. »

— Et cela jusqu'au jour, dit le maire, où... Tenez, vous avez là la clef de son drame.

Il montra un journal qui dépassait de la poche de Dingo.

Les feuilles, jaunies, paraissaient usées à force d'avoir été lues, pliées et repliées. Une grande barre, au crayon rouge, rayait sur toute sa hauteur la rubrique des informations locales. On y publiait que des joueurs de boules avaient gagné dans un concours une caisse de mousseux et « un magnifique objet d'art ». Leur image s'étalait glorieusement devant l'Hôtel Chimère. Une autre photo représentait Dingo, avec des dents et le front moins couturé de cicatrices.

— Vous vous rendez compte, dit le maire, voilà, quinze ans qu'il lit la même page de ce journal, au point d'avoir fini par oublier tout ce qui s'est passé depuis dans le monde, comme si la terre, le soleil et la lune s'étaient arrêtés ce jour-là.

En fait, pour Raphaël, ils s'étaient réellement arrêtés. À cette époque, il était tombé amoureux de la plus belle fille du village. L'élue de son cœur, Gisèle, avait les formes rondes et la peau indéfinissablement pigmentée de ces anciennes paysannes qu'avaient brunies les travaux des champs, ce qui en faisait, selon les circonstances, des luronnes à la Rétif de La Bretonne ou des machines à bredouiller *L'Angelus* de Millet. Mais, contrairement aux autres filles de son âge et de sa condition, qui s'appliquaient à une retenue de surface pour ne pas compromettre leur futur mariage à l'église avec le quincaillier ou le fils du notaire, Gisèle n'était avare ni de ses caresses ni d'un vocabulaire dépouillé de toute afféterie. Bientôt, le penchant que Raphaël éprouvait pour elle devint la fable du pays.

Un soir, après une virée bien arrosée, de joyeux drilles eurent une idée qui les fit bruyamment s'esclaffer.

Pour commencer, ses tourmenteurs répandirent le bruit que la belle Gisèle n'était pas insensible au charme du malheureux garçon et qu'elle en avait fait partout la confidence. Se prêtant au jeu, du reste, elle passait volontiers le bras autour du cou de son soupirant, ou lui mettait les joues en feu en l'autorisant à porter son foulard. Les bases du complot étant ainsi établies, on aborda l'étape suivante. On inventa un rendez-vous que Gisèle aurait donné à Dingo et on habitua progressivement le pauvre garçon à cette aubaine qui le bouleversait.

Le grand jour arriva. Pour héberger ces prétendues amours, une maison isolée fut choisie, en marge du village, dont on avait hâtivement repeint la façade en jaune et surmonté la porte d'une tête de cerf entortillée de rubans et de cocardes, jaunes également. Des clochettes faisaient tinter leurs grelots à la moindre brise. Alors on conduisit Raphaël jusqu'au seuil, en lui affirmant qu'il était l'homme le plus chanceux du monde et que la félicité suprême l'attendait, incarnée par Gisèle voluptueusement étendue sur un canapé.

Pourtant, il hésitait encore, ne pouvant croire à ce bonheur inespéré : « Vous croyez vraiment que... — Puisqu'on te le dit ! Nous en crevons tous de jalousie... » Il entra. Pensant ainsi mieux célébrer l'événement, il s'était inondé d'un liquide insidieusement odorant, acheté exprès à la droguerie, au rayon des brosses à dents et des détergents. Contre sa poitrine, il serrait un petit paquet, noué d'une faveur rose, où il y avait deux éclairs, un au café, l'autre au chocolat, et un gâteau dont on lui avait assuré qu'il convenait admirablement à la situation puisqu'on le désignait sous l'appellation de puits-d'amour.

En vain chercha-t-il à reculer dès qu'il eut poussé la

porte de la chambre. Aux rires en rafales qui l'accueillirent se mêlait la glu molle des tartes à la crème qu'on lui jetait à la figure.

Le premier, un certain Bébert, dit la Réplique, rompit le brouhaha en simulant la surprise. « Comment, c'est toi Raphaël ? » avait-il lancé sur le ton de ces mauvais comédiens du temps où l'on jouait Brieux dans les casinos des villes d'eaux de second ordre. « Nous t'avons pris pour un cambrioleur, mais comme nous n'aimons pas le sang, nous nous sommes servis des moyens du bord. Justement, on revenait de chez Jules, le pâtissier. Il avait terminé la dernière fournée de ses gâteaux. Nous nous sommes servis. Et maintenant, que de délices gâchées… — Où est-elle ? suppliait Raphaël, en proie à une prostration totale, sans songer à essuyer la mélasse sucrée qui lui obstruait la vue. — De qui parles-tu, Raphaël ? lui avait-on demandé, tandis que l'hilarité redoublait. — On le lui dit ? avait fait Jo le Têtard, ainsi nommé parce qu'il était passé directement du biberon à la bouteille de gnaule bue au goulot. — Ça lui ferait trop de peine…, feignit de s'apitoyer le bourrelier Coquard. — Raphaël est un grand garçon, dit la Réplique. Nous sommes entre hommes, et les hommes, les vrais, ont droit à la vérité. — Où est-elle ? continuait de psalmodier Raphaël. — Partie ! Envolée ! Toutes des garces, tu ne savais pas ?… Est-ce que je me fais bien comprendre ? À vouloir mettre les formes, je crains de ne pas être clair… ! hurlait le Têtard. — Partie ? » Ses deux mains comprimant sa poitrine, Raphaël semblait avoir du mal à empêcher son cœur de s'en échapper. « Avec un grand blond, un gaillard superbe, d'ailleurs, baraqué comme une armoire, Errol Flynn dans *Aventures en Birmanie,* insista Robert Foux, dit le Marin d'eau-de-vie. — Ce n'est pas vrai, se lamentait Raphaël. Une fille si pure… — La reine des salopes ! Il est vrai que le gars n'est pas du modèle à qui on résiste. Je peux en parler : j'étais là. J'ai tout vu. Il l'a prise dans ses bras comme si c'était un sac de plumes, et il l'a projetée directement sur la banquette avant de la décapotable, sans se donner la peine d'ouvrir la portière... Ah ! la bagnole ! Tu n'imagines pas... C'est ça le drame, aujourd'hui. Si tu n'as pas une belle voiture, pour les nanas, tu n'es plus rien... Interminable, celle du type, avec plein de chromes brillants... »

Pour que la fête fût complète, on avait, en effet, emprunté au garagiste de la rue de la Division-Leclerc un wagon américain des années 50, quand les carrosses de Detroit rutilaient encore, qu'un client de passage, tombé en panne, n'avait pas eu le temps de revenir chercher.

« Ce n'est pas vrai, répétait Raphaël entre deux sanglots. — Tiens ! s'écria la Réplique, ils sont encore là... Ils démarrent. Penche-toi par la fenêtre, tu verras si nous te racontons des blagues... On ne jouerait quand même pas avec ça ! Les grands sentiments, nous, on respecte... Mais fais attention de ne pas perdre l'équilibre : on pourrait dire que tu as voulu, par désespoir... Comme si tu étais con à ce point-là, et pour une grue qui ne mérite même pas qu'on soit poli quand elle vous fait des avances à genoux... »

Raphaël avait dû se rendre à l'évidence. Cela aussi faisait partie du plan des bourreaux. Ayant attendu qu'il pût l'apercevoir, la fille, habillée en fausse mariée, avait agité dans sa direction une capeline d'organdi. De son côté, l'ectoplasme d'Errol Flynn lui avait fait un bras d'honneur. Le malheureux ne se rendit même pas compte que le prétendu séducteur, affublé d'une veste à carreaux trop larges et grimé d'une moustache au bouchon, n'était autre que le fils Allard, des Entreprises Allard, « Pompes funèbres générales et personnalisées selon devis ». Avant qu'on ait eu le temps d'intervenir, sans un mot, il s'était précipité dans le vide.

— Il est en fer, reprit le maire à l'intention de Jacques

et d'Hélène. Une chute de deux étages, et il est toujours là. Il y a vraiment un bon Dieu pour les cocus... Excusez-moi, madame... Plus en très bon état, d'accord, une jambe plus courte que l'autre, une ou deux côtes en moins, et un sacré trou au milieu du crâne... C'est depuis ce jour qu'on l'appelle Dingo. Vous saisissez l'allusion... Je vous demande un peu, monsieur, vous qui avez l'air si raisonnable, est-ce qu'on a le droit de se mettre dans des états pareils pour si peu ? Je vais vous dire une bonne chose : ce qu'il y a de grave, en France, c'est que depuis la mort de Coluche on a perdu le sens de l'humour. Heureusement, il y a encore Roucas ! Vous connaissez sa dernière, celle du type qui avait des couilles en or ?

Surprenant le regard désespéré d'Hélène, il s'interrompit :

— Pardon, madame. Décidément, je ne rate pas une occasion de faire des gaffes... D'habitude, pourtant, j'ai la réputation de savoir me tenir devant les dames. Bref, c'est à cause de cet incident que Dingo se jette régulièrement contre le capot des voitures qui passent... Celles de luxe, uniquement ! Elles lui rappellent son infortune. Peut-être s'imagine-t-il que la belle Gisèle s'y trouve et qu'en agissant comme il le fait il pourra empêcher sa fuite... Allez donc savoir !

Un brancard avait fini par arriver. On y étendit Dingo, qui avait de nouveau perdu connaissance. Les gens reprirent le chemin du village, parlant football, cours du cheptel sur pied, motos japonaises et contre-performance du président de la République dans sa dernière intervention télévisée. Étrange cortège pour les funérailles d'un mort qui n'aurait pas cessé de respirer et dont certains n'étaient pas loin de penser que l'excès de son malheur l'avait rendu immortel.

— Encore une fois, ne vous tracassez pas, avait conclu le maire en ôtant, puis remettant, et retirant encore son chapeau. Vous n'y êtes pour rien. Un peu plus, même, et c'était vous qui risquiez d'avoir un accident à la place de Dingo. Si cela s'était produit, je peux vous assurer que nous serions tous venus témoigner en votre faveur, au tribunal.

Jacques, Hélène et Abdul restèrent seuls, au milieu de la route. Un moment passa avant que le diplomate sortît de sa torpeur. Il fallut pour cela, mais avec une explosion de colère enfin défoulée, qu'Abdul fasse mine de monter dans la voiture.

D'un geste brutal il le retint.

— Que faites-vous, monsieur ? dit Jacques en le toisant, les poings serrés, prêt à frapper. Vous ne pensez tout de même pas que vous allez prolonger indéfiniment votre mauvaise plaisanterie ?

Ayant pris dans sa poche une poignée de billets, il les lui tendit.

— Fréquentant peu les gens de votre espèce, j'ignore quels sont vos tarifs. Mais ceci devrait vous suffire pour terminer vos vacances.

Sur le visage d'Abdul, la stupéfaction avait fait place à une immense tristesse. Le regard d'Hélène allait de Jacques à Abdul, passant du mépris à la compassion, pour ne plus exprimer finalement qu'un insurmontable dégoût. Abdul avait ôté sa veste, dénoué sa cravate, retiré sa chemise, et les avait jetés sur le siège arrière de la Daimler.

— Je dois aussi vous rendre le reste ? fit-il en commençant à dégrafer sa ceinture.

— Qu'est-ce que vous croyiez ? demanda Jacques. Que vous nous aviez enchaînés pour la vie ? Navré de briser votre beau rêve.

— Mais enfin, s'insurgea Abdul, pourquoi m'avoir pris avec vous s'il ne s'agissait pas du réflexe d'une amitié spontanée et sincère ? Oui, pourquoi ? Je ne comprends pas. Vous aviez l'air si...

— Ne faites pas l'innocent ! Vous savez très bien à quoi je fais allusion...

— Absolument pas ! Je nage en plein mystère.

— Et s'il disait la vérité, murmura Hélène. S'il avait réellement cru qu'il s'était fait des amis...

— Je vous en prie, Hélène, ne soyez pas si naïve ! Ne vous mêlez pas de ça. Laissez-moi régler cette affaire.

— Et s'il n'avait rien vu ? reprit Hélène, la voix à peine audible. C'est possible, non ?

— Rien vu de quoi ? interrompit Abdul, perdant son calme. Qu'y avait-il donc de si grave à voir, dont j'aurais été le témoin, et qui vous aurait obligés à m'accepter comme compagnon de voyage ?... Attendez ! Votre voiture était arrêtée ici, à quelques centimètres près, quand je vous ai rejoints. Je venais de la colline. Vous alliez repartir. Vous tourniez le dos à ce fossé. Je me souviens, maintenant... Il y avait des feuilles mortes collées au tweed de votre veste. Ça m'a surpris. Tout le reste de votre personne était si net, si soigné. Vous aviez l'air terriblement nerveux. Cela aussi ne correspondait pas à votre personnalité. Quant à Hélène...

— Hélène ? Surveillez votre langage.

— Quant à votre femme, elle serrait un mouchoir contre ses lèvres. J'ai d'abord pensé que c'était à cause de la poussière du chemin... Bien sûr ! Je revois tout comme si c'était hier... Ce n'est pas possible ! Vous n'avez pas... C'était à vous, sans le savoir, que le maire faisait allusion en évoquant l'accident d'il y a quinze jours ?...

— Vous ne savez pas ce que vous dites. La déception de comprendre que votre belle aventure se termine vous fait divaguer. Eh oui, le tourisme, c'est fini. Au revoir. Ou plutôt adieu.

— C'était nous ! cria Hélène, avec un air de défi à

l'intention de son mari. C'était nous... Que vous nous ayez vus ou pas, plus rien ne me retiendra de l'avouer. Et surtout pas le souci d'une fausse respectabilité.

— Hélène, je vous en prie, du calme... Vous ne trouvez pas que la scène est déjà assez ridicule ? Inutile d'en rajouter, même si cela t'amuse de faire marcher ce pauvre garçon...

Puis, changeant de ton, presque arrogant :

— Et si, en effet, c'était nous ? Qu'est-ce que cela changerait, maintenant ? Vous n'êtes qu'un médiocre petit maître chanteur qui a cru pouvoir abuser de la situation. Vous n'êtes pas assez fort, jeune homme, pour évoluer à ce niveau. Comble d'infortune, le hasard a ridiculisé votre abominable stratégie. Allez-vous-en !

— Je m'en vais, dit Abdul d'une voix neutre.

— Je pars avec lui, murmura Hélène.

— C'est ça, à pied, avec vos talons... Arrêtez vos sottises et montez dans la voiture... Quant à vous, si vous n'êtes pas au diable dans deux minutes, j'appelle la police. Elle sera sûrement ravie de vous revoir. Je ne vous conseille pas de discuter. Ma parole contre la vôtre, vous ne pèserez pas lourd.

Abdul reprit la besace qui était son seul bagage le jour de leur rencontre.

— Triste, dit-il, sans manifester cependant la moindre colère, comme si le destin l'avait formé pour être déçu. Je pensais vraiment que, pour la première fois, la chance me souriait.

Mais soudain, changeant de registre, il avait menacé :

— Et si je vous avais vus, effectivement, transportant dans le fossé celui que vous croyiez avoir tué, le couvrant de feuillages et vous apprêtant à vous enfuir sans prévenir personne ? Ce qui m'aurait donné l'idée de vous imposer ma présence, et de m'offrir ainsi ce que je n'avais jamais eu, mais que j'avais toujours désiré ?... Comment, par-dessus le marché, n'aurais-je pas eu ma conscience pour moi : votre égoïsme et votre lâcheté me faisaient horreur. Au prochain poste de police, je pourrais tout déballer...

— Je vous ai dit...

— Oui, oui, votre parole contre la mienne... C'est vous, pas moi, que l'on écoutera, d'accord. Mais, quelles que soient votre puissance et vos relations, que l'on vous considère innocent ou coupable, vous n'éviterez pas le scandale. Votre nom figurera en gros caractères à la première page des journaux. Est-ce cela que vous souhaitez ? Quel bel os à ronger pour les chacals de l'opposition, et quelle passionnante histoire : mon passage de la frontière italienne dans le coffre de votre voiture si opportunément immatriculée « Corps diplomatique »... Comment expliquer autrement, moi qui n'ai pas de papiers en règle, et encore moins de passeport, ma présence chez vos distingués amis de la Résidence Callista ? Ce serait très ennuyeux pour vous. Pas pour moi. Vous, vous avez fait votre carrière grâce à la rigueur de vos opinions, à la lucidité de vos points de vue. C'est très beau, mais cela signifie que, si vous manquez à vos principes et que cela soit rendu public, l'État pourra aussitôt se priver de vos services. Il y sera même obligé, ne serait-ce que pour la façade, pour cacher ce qui, dans votre monde, est pourri. En revanche, impossible de nous rejeter, nous, les parias de votre société, les déchets « colorés » de la civilisation de vos rêves ! Réfléchissez : sans nous, plus d'autoroutes harmonieusement nivelées, plus personne pour vider vos poubelles au petit matin, par tous les temps, pendant que vous dormez. Il y a pis. Qui déclencherait *La Marseillaise* quand, à défaut de peaux blanches, d'autres nettement plus assombries remportent des victoires sur les stades ? Joli tour de passe-passe ! Divin miracle ! Quand les immigrés s'appellent Noah, Marie-Jo Pérec, Roger Bambuc, ils cessent d'être des immigrés. Ils deviennent les meilleurs des Français...

Son ton se radoucit.

— Ne craignez rien. Tout cela n'est qu'une façon de rire avec ce qui me donnerait volontiers l'envie de pleurer. Je ne ferai rien qui puisse vous nuire... Au revoir, Hélène...

Jacques pinça les lèvres.

— Pardon, j'ai encore appelé « Hélène » Mme Héliard de Prémincourt... Mais il m'est difficile de ne pas dire tout haut ce que je n'ai pas arrêté de me répéter tout bas...

Retrouvant la souplesse de son pas, il gagna le fossé qui séparait la route de la colline d'où il était descendu, l'enjamba d'un bond, et se dirigea vers l'horizon. Il sifflait le même refrain que celui qu'il fredonnait quand, son baluchon sur l'épaule, les dents étincelantes, les cheveux gonflés par la brise, il était venu admirer la voiture, et plus encore sa passagère.

— *And the Angels Sing,* fit-il en souriant. Laissons chanter les anges... Soyez heureux !

Hélène ne se décidait toujours pas à remonter dans la Daimler.

— Il avait l'air sincère, dit-elle.

— Lui !

— Puisque nous ne saurons jamais la vérité, je préfère penser qu'il l'était.

Malgré la chaleur du soleil, un frisson la parcourut. Machinalement, elle se recroquevilla sur le siège arrière et tira sur elle, en guise de couverture, la veste qu'Abdul avait abandonnée. Jacques mit le contact, démarra trop vite, freina, enfonça l'accélérateur, alluma la radio. Deux casques bleus, disait un communiqué, avaient été tués en Bosnie-Herzégovine. Après cinq heures d'un combat que le commentateur qualifiait de titanesque, Edberg s'était débarrassé de Lendl.

Un dernier tournant effaça, dans le rétroviseur, la toiture piquetée de colombes de l'Hôtel Chimère.

— J'espère que Madame et Monsieur ont fait un bon voyage ?

Maria, la femme de chambre, la « cabériste », disait-elle à ses collègues de quartier, s'affairait à taper sur les coussins des canapés, comme si elle avait voulu supprimer la trace qu'ils n'étaient pas demeurés sans usage pendant l'absence de ses patrons. Volubile, elle babillait plus qu'elle ne parlait :

— Nous en discutions encore hier, à l'office, aucun de nous ne se souvenait que Monsieur et vous ayez pris un jour de vacances ensemble depuis des années. Vous avez d'ailleurs bien fait de partir. Nous avons eu un temps, à Paris, mais un temps...

— Un temps exécrable, précisa Théodore, le valet, qui ne voulait pas être en reste de confidences, en s'emparant des valises.

— Exécrable ! Vous m'avez soufflé le mot, monsieur Théodore, dit Maria, dans le souci de reprendre l'avantage et vexée d'avoir été battue sur le terrain du vocabulaire. Enfin, le principal, c'est que, pour Madame et Monsieur, tout se soit bien passé. Quand même, je ne trouve pas que Madame soit très bronzée...

Hélène soupira :

— Merci, Maria. Je vais prendre un bain. C'est ce dont j'ai le plus besoin pour le moment.

— Il est déjà en train de couler, triompha Maria. Dès que j'ai aperçu la voiture, je me suis précipitée pour ouvrir les robinets. Pour les sels de bain, que Madame m'excuse, j'ai hésité. Je mets lesquels ? Ceux qui moussent, au jasmin, ou les nouveaux ?

— Les anciens ! Surtout pas les autres...

— C'est vrai ! J'oubliais que Madame les avait achetés dans une vente de charité. On est toujours à la merci d'une imprudence. Tant d'excellentes personnes, sous prétexte de bonnes œuvres, profitent de l'occasion pour se débarrasser de leurs laissés-pour-compte. La dernière fois, on s'en était servi pour la toilette du chien. Il s'est gratté pendant une semaine...

Le secrétaire particulier de Jacques entra presque immédiatement. Il tint à constater avec enthousiasme les bienfaits de quelques jours de répit, une brèche si nécessaire dans un emploi du temps dont ils sont peu nombreux, assurait-il, ceux qui pourraient en supporter le rythme d'enfer.

— On a beau dire, rien ne vaut des vacances classiques. En tout cas, ça vous a réussi. Vous avez une mine... Chaque jour en votre absence, je suis venu classer le courrier et mettre à jour les dossiers les plus urgents.

Dans une succession de courbettes, tortillant ses poignets qui dépassaient de dix bons centimètres de ses manches, rectifiant mécaniquement sa cravate chaque fois qu'il avait remué le cou, il ajouta qu'en toutes circonstances Jacques savait qu'il pouvait compter sur son dévouement. Rien d'important à signaler, du reste. Les habituelles demandes de subventions et de passe-droits. L'ordre du Mérite était toujours à la hausse, ce qui avait l'avantage de ne pas trop gaspiller le stock de Légions d'honneur. Il ne se rappelait plus qui avait eu l'idée de ce ruban bleu, mais c'était tout simplement génial, et permettait d'éviter bien des situations embarrassantes. Il y avait eu aussi quelqu'un qui se disait son cousin par alliance. Il voulait être nommé conservateur d'un château de la Loire. Pas un trop grand parce qu'il avait des goûts modestes. Azay-le-Rideau avait sa préférence, bien que, avec le fossé qui l'entoure, il craignait qu'il n'y eût des moustiques. Il les redoutait particulièrement depuis que son héroïsme lui avait fait attraper le paludisme en trafiquant sur le cacao, à Madagascar. Comme référence, il signalait que Jacques et lui étaient intimes, quand ils avaient quinze ans, et qu'il avait été battu par lui au ping-pong, au casino de Soulac-sur-Mer. Par conséquent, estimait-il, son vieux camarade lui devait bien la petite compensation qu'il demandait.

— Voilà, Monsieur, où mènent les parties de ping-pong, dit le secrétaire pour montrer, entre deux génuflexions, qu'il savait être spirituel.

Naturellement, il n'avait pas pu éviter le forcené qui écrivait dix pages, tous les trois jours, en joignant à ses lettres des cadeaux insolites. Cette fois, c'était la liste des stations émettant en FM dans les Alpes-de-Haute-Provence, assurant que les chiffres en étaient codés par des ennemis du Gouvernement. Son envoi était complété par un exemplaire du *Protocole des Sages de Sion* ronéotypé car, par-dessus le marché, il était antisémite.

— Laissez-moi, Gaston. J'ai besoin de faire un brin de toilette et de me changer.

Le secrétaire esquissa un mouvement de panique.

— Puis-je vous rappeler que vous n'avez qu'une heure devant vous ? La limousine du ministère va arriver pour vous mener directement à l'aéroport.

Le valet, qui était revenu, intervint :

— Pour la valise, ce sera le contenu numéro un, week-end prolongé, ou celui réception officielle avec petit dîner, ou...

— Réfléchissez un peu, Théodore. Je ne vais pas me rendre à la conférence en chemisette à fleurs et chaussures de tennis.

— C'est curieux, dit Hélène, pensive, pendant que vous parliez à Gaston, une histoire que vous me racontiez dans votre jeune temps est remontée à ma mémoire.

— Quelle histoire ?

— Celle de Prévost-Paradol.

— Est-ce bien le moment ? Vous avez peut-être remarqué que j'étais assez pressé...

— Prévost-Paradol, m'avez-vous appris, avait été envoyé aux États-Unis par Napoléon III pour exprimer aux Américains la volonté des Français, sur l'honneur, de ne s'engager dans aucune guerre. Le jour où il présentait ses lettres de créance, en 1870, l'Empereur déclara la guerre à la Prusse. S'estimant déshonoré, l'ambassadeur se suicida d'une balle en pleine poitrine, devant la glace de son armoire, dans sa chambre d'hôtel.

— Où voulez-vous en venir ?

— À ceci : est-ce que vous vous seriez suicidé, vous, si vous aviez été à sa place ? J'ai longtemps cru que vous en auriez été capable. J'en suis moins sûre, maintenant... À l'époque de Prévost-Paradol, sans doute la mentalité était-elle différente. L'honneur existait.

— Cela n'empêchait pas les guerres. Parfois même, et plus souvent qu'à leur tour, ça les provoquait !

Ils se turent, l'un et l'autre, comme si les paroles avaient brusquement perdu leur sens. On entendait seulement l'écho lointain, répercuté par le vide du corridor, du chuintement de l'eau qui continuait de couler dans la salle de bains.

— Et maintenant ? demanda-t-elle.

— Maintenant quoi ?

— Que faisons-nous ?

— Vous voulez dire : vous et moi ?

Elle approuva de la tête. Jacques essaya de se contrôler. C'est presque d'une façon détachée qu'il dit :

— Il n'y a pas trente-six solutions. Il n'y en a que deux.

— La première ?

— Vous m'accompagnez à Londres. Le dépaysement, le brouhaha, quelques minutes consacrées à la réflexion et autant à l'oubli — tout pourrait s'arranger. Trois jours en Angleterre, ce n'est pas long, mais suffisant cependant pour mettre un monde entre nos problèmes et nous. Pas plus de trois jours, je vous le garantis. Aucune chance, en effet, pour que les affaires s'arrangent dans l'ex-Yougoslavie. À Londres, mes collègues et moi nous bornerons à nous serrer la main en montrant les dents aux nuages. Major appellera Dumas *my dear Roland,* Dumas appellera Major *mon cher John.* Rendez-vous sera pris pour la prochaine conférence. Photo de groupe sur les marches du perron. Retour immédiat, en lisant dans l'avion la liasse des communiqués optimistes et les derniers scandales de Buckingham. Pendant ce temps, tandis que je ferai acte de présence au nom du pays des Droits de l'homme, vous aurez tout loisir de rendre visite à nos amis Bradburry-Devon, et de faire deux ou trois théâtres. Il y a une pièce inédite de Pinter. Terriblement démodé, Pinter, mais l'étiquette prétend qu'il serait honteux de ne pas aller bâiller à ce qu'il répète infatigablement, sauf pour ses spectateurs, depuis trente ans, comme un vieux disque dont l'aiguille du gramophone n'arrive pas à sauter un sillon... J'ai lu la critique de l'envoyé spécial d'un de nos grands magazines parisiens. C'est l'aventure de Saül devenant Paul, sur le chemin de Damas. Damas, naturellement, n'est pas la capitale de la Syrie. L'auteur l'a transposée à Beyrouth, sous les bombes. Il a trouvé l'idée remarquable. Il est vrai que, notre critique ne parlant pas un mot d'anglais, l'émerveillement lui est plus facile qu'à ceux qui le comprennent... Vous vous rattraperez avec la vente exceptionnelle de Sotheby's. Sans doute y découvrirez-vous ce petit meuble que vous avez toujours désiré, pour votre boudoir, sous la fenêtre qui donne sur le Bois.

Hélène, silencieusement, fit signe que cette solution ne lui convenait pas.

— N'en parlons plus, fit Jacques. La seconde solution est que vous restiez à Paris pendant mon absence. Vous serez seule et pourrez prendre votre décision, y compris la plus radicale, sans que je cherche à vous influencer. Je ne ferai rien contre votre volonté et j'accepte d'avance votre choix, mais cela serait tout de même trop bête de détruire tant d'années de bonheur et de complicité. Enfin, si vous preniez ce parti, je n'aurais que ce que je mérite et comprendrais fort bien, même si cela me rend infiniment malheureux, que vous me fassiez payer la faute que j'ai commise en vous donnant de moi l'image d'un personnage plutôt lamentable et qui, finalement, j'ai encore l'immodestie de le croire, me ressemble bien peu.

— Hélas, si, Jacques, il te ressemble, ce personnage, et je ne m'en étais pas aperçue avant ce voyage. La cassure n'en est pour moi que plus douloureuse. J'avais la faiblesse de penser que tu correspondais aux mots que tu prononçais, aux gestes que tu accomplissais. Elle n'est pas facile à effacer, maintenant, la nouvelle vision que j'ai de toi, celle d'un homme dont le masque est tombé. Ne te fais pas d'illusions, mon pauvre ami. Malgré les honneurs qu'on te rend, les privilèges dont tu jouis à cause de tes fonctions, ta dignité de façade et cette vie qui est la tienne, en marge et au-dessus de la vie des autres, tu as toujours été l'homme lâche et faible à la déchéance duquel j'ai assisté pendant le cours de ces deux semaines.

— J'ai confessé mes fautes. Cela devrait vous inciter à ne pas être exagérément injuste.

— Je ne suis pas injuste ! Ce n'est pas un hasard si, privé de l'assistance et de l'obséquiosité de ceux qui te couvent et te servent, tu as agi comme on n'accepterait pas de se comporter au plus bas de l'échelle sociale... Le bel édifice s'est écroulé — juste le temps qu'il faut pour recouvrir de feuillages un vagabond blessé... Ah ! mon pauvre Jacques, si tu avais vu ton regard à cet instant précis, et si tu avais vu le mien, posé sur toi... Mais tu étais trop occupé à ne pas savoir quoi faire, avant de devenir l'esclave d'un inconnu de rencontre auquel allait t'enchaîner la peur... Toi qui n'accordes de rendez-vous aux plus grands qu'après qu'ils aient franchi un triple barrage d'huissiers et de secrétaires !

— Cet Abdul, fit Jacques. Un maître chanteur...

— Si cela est vrai, était-ce une raison pour chanter ? Mais, encore une fois, rien ne prouve de manière irréfutable qu'il ait voulu profiter de ce dont, peut-être, il n'était pas conscient.

— Tout le prouve, au contraire.

— Par exemple ?

Jacques ne répondit pas.

— Sa beauté ? insista Hélène. Ou sa jeunesse ? Voilà, en effet, des preuves bien convaincantes...

— Je ne vous permets pas...

— Tu n'es plus en état de me permettre ou de me défendre quoi que ce soit. J'en suis très triste, Jacques. Je voudrais pouvoir, rien qu'en fermant les yeux, supprimer les images que tu m'as offertes de toi. Ce n'est plus possible.

— Hélène, je t'en prie... Tes mots...

— ... vont moins loin que mes pensées. Le drame est que moi, qui n'avais jamais mis en doute mon amour, j'aie dû comprendre que je n'avais jamais aimé que pour obéir à une tradition familiale selon laquelle il convient impérativement d'aimer celui dont on partage le gîte et l'existence, parce qu'on vous l'a ordonné dans une mairie, puis dans une chapelle, et que, la solennité du lieu aidant, on en a été émue. « Il faut aimer son mari », c'est ce qu'on m'a enseigné avant même que je sache ce que pouvaient faire ensemble un homme et une femme. J'ai peur, du reste, de n'avoir pas fait beaucoup de progrès, depuis, dans ce domaine.

— Vous exagérez un peu...

— Pas tellement, si j'en crois les publications féminines en période estivale... Notre amour n'était qu'un échafaudage fragile de sentiments préfabriqués et d'illusions que je prenais pour des dogmes.

— Tous les couples connaissent des passages à vide.

— On me l'a bien caché, dans ma famille ! Jamais mes parents ni mes grands-parents ne m'ont laissée supposer que quelque chose avait risqué de ternir leur radieuse entente. Je ne les ai vus que sourire gentiment à l'enfant que j'étais, puis à la jeune fille. Rassurant, non ? À mes yeux, il était évident qu'ils étaient unis pour la seule raison qu'ils avaient été créés l'un pour l'autre et que, jusqu'aux tragédies les plus cruelles, tout contribuait à resserrer leurs liens. J'ai cru, innocemment, qu'il en serait de même pour nous, et j'ai essayé de ressembler à ceux qui m'avaient précédée, persuadée que, toi aussi, tu leur ressemblais. Ce n'était qu'un mirage.

— Nous nous sommes aimés, vraiment aimés. Nous nous aimons encore.

— Toi, peut-être. Plus moi. Je n'y peux rien. Je suis ainsi. Je t'avais mis trop haut. Je me suis fait du mal en tombant. Cela est pénible à avouer, mais notre mariage n'était qu'un mariage arrangé, comme ceux dont nous nous moquions, autrefois. Une seconde nature, plus convaincante que la vraie, nous a imposé d'échanger des anneaux, sur fond de larmes familiales tempérées d'eau bénite, de demoiselles d'honneur déguisées en sapajous savants, et de cousins ravis de découvrir dans cette noce une des rares occasions qu'ils auraient jamais d'être facétieux.

» Pendant ce temps, dans mon dos, alors que je dialoguais avec les anges, on élaborait de brillantes combinaisons financières. Notre aïeul, Sixte de Bretté-Lusignon, avait montré la voie, à la fin du XIXe siècle. Pour sauver son château, il avait accepté que son nom et sa couronne figurent sur les bouteilles d'un vin du Bordelais. Cuvée exceptionnelle, je te l'accorde... Et que dire de la princesse de Pont-Dragon, ta tante, qui, contre dix millions de dollars et la réfection d'une toiture François Ier, a adopté un Américain de quarante ans son cadet qui compromet le clinquant de son titre flambant neuf de marquis de Versager dans des compétitions de polo sponsorisées par des magasins à grande surface ? J'entends encore, pourtant, mon grand-père, répétant inlassablement : " Nous avons des traditions à maintenir, une ligne dont nous n'avons pas le droit de nous écarter. C'est notre *Marseillaise,* à nous, ou mieux, notre *Ave Maria...* "

» Évidemment, il y a eu des ratés. Il a fallu une intervention au sommet pour étouffer le scandale de ton neveu Gonzague, pris dans une discothèque pour camionneurs avec de la poudre blanche plein les narines. Heureusement, pour rétablir la balance, il y a mon oncle Sigismond, l'archevêque...

Jacques ne put se retenir de persifler :

— Avec lui, rien à craindre... Du moins, jusqu'à présent.

— Pardonne-moi, je te fais du mal...

— Oui. Beaucoup.

— Et j'ai horreur de te faire du mal. Mais je vais t'en faire davantage...

— Vas-y. Maintenant, je m'attends à tout.

— Tout à l'heure, tu as prononcé le nom d'Abdul...

— Eh bien, quoi, Abdul ?

— Je serai franche, parce que je désire que les choses soient absolument nettes entre nous...

— Tu ne veux pas dire que...

— Si. Et c'est peut-être pour cela que je t'en veux le plus.

— Admirable logique féminine ! Tu m'as trompé avec ce type... car c'est bien cela, n'est-ce pas ?

— Oui.

— Et tu m'en veux de t'être mal conduite ! C'est un comble...

— Je t'en veux d'avoir dégringolé du socle où je t'avais placé et de m'en avoir donné le spectacle affligeant. L'idée de te tromper ne me serait jamais venue si tu avais eu une autre attitude, sur cette route. Même en ce moment, je n'arrive pas très bien à comprendre comment cela a pu arriver. Parce que, je te le dis sincèrement, je t'aimais. Et tu es le seul homme que j'aie aimé. Au point que je ne sais pas si je pourrai encore aimer après toi.

Jacques continuait de lutter intérieurement, refusant le constat de son échec, la remise en question de la violence et de la douceur d'une passion.

— Non, Hélène, je ne te crois pas. Tu dis tout ça pour m'éprouver. Abdul et toi, réfléchis, c'est ridicule ! Et d'abord, où cela aurait-il pu se passer ? Je ne t'ai pratiquement pas laissée une seconde...

— Si, à San Gimignano. Tu t'étais retiré dans ta chambre, à l'hôtel. Je te jure que je ne pensais pas que... Je le trouvais séduisant, certes, et charmant. Sa conversation m'intéressait. Mais de là à... Nous avons parlé de son enfance... de la mienne...

— Tu lui as raconté ton enfance !

— Et il m'a raconté la sienne. Personne ne m'avait dit les choses qu'il m'a dites. Surtout, il me faisait le plus beau des cadeaux : il avait l'air de me comprendre. Est-ce que tu as jamais cherché à savoir ce que je suis, une fois franchies les limites des convenances mondaines ? Ou si je me pose des questions, et alors à quel sujet ? Pour toi, je ne suis née que pour empêcher qu'on te gâche ta belle sérénité, tellement nécessaire à la bonne opinion que tu as besoin d'avoir de ta personne... Non, Jacques, Abdul et moi, ce n'était pas un vulgaire caprice, mais l'aboutissement de centaines de nuits passées à réfléchir dans le noir. C'est plus grave que tu ne penses : non seulement j'ai partagé — une fois ! — le lit de ce garçon, mais j'en ai éprouvé du plaisir...

— Cette remarque est d'une exquise délicatesse !

— Comprends-moi, mais comprends-moi donc ! Si je te fais cet aveu, c'est justement parce que j'ai éprouvé du plaisir. Autrement, ça ne compterait pas.

— De mieux en mieux ! Étrange comptabilité...

— C'est la mienne. Et, je crois, celle de toutes les femmes, ces femmes dont je suis soudain solidaire, comme si j'avais été, pendant des années, exclue de leur communauté.

Accablé, Jacques s'assit et cacha son visage entre ses mains.

— C'est terrible, fit-il enfin. Terrible, parce que tu m'échappes et que cela me fait sentir à quel point, sans toi, le monde me paraît vide. Les femmes sont impitoyables. Elles ne nous pardonnent pas la plus légère défaillance quand elles cessent de nous aimer. Tant qu'elles nous aiment, au contraire, peu leur importe que nous soyons mal rasés, que nous préférions voir un match à la télé plutôt que de leur accorder quelques instants de tendresse. Il n'est pas exclu qu'elles admettent même que nous ayons des liaisons extraconjugales, voire que nous soyons criminels... Quoi que nous fassions, leur indulgence nous est totalement acquise et, au besoin, leur complicité. Hélas, leur passion envolée, plus rien ne peut nous racheter à leurs yeux. Nos plus beaux cadeaux leur semblent des ruses pitoyables. Elles prennent notre courtoisie pour de la fadeur, notre gentillesse pour de la mièvrerie. Que nous heurtions un peu trop fort une tasse avec une cuiller, c'est presque un motif de divorce ; ou un coup de téléphone urgent que nous avons à passer et qui les empêche d'appeler une amie avec qui elles souhaitent prendre le thé.

Malgré elle, Hélène eut un petit rire. Jacques y vit une occasion de se faire plus pressant.

— Nous avons quand même vécu des années ensemble, et quelles années ! La défaillance d'une minute ne devrait pas les remettre en cause.

Puis, sentant la vanité de ses efforts :

— Au moins, demeurerons-nous amis ?

— Non, Jacques. C'est cela qui supprimerait tout ce que nous avons connu de beau l'un près de l'autre. Notre maison est en flammes. Ne nous abaissons pas à déplorer la perte de quelques bibelots. Le temps nous indiquera lui-même ce qu'il nous faudra penser quand nous nous retrouverons en face de nos souvenirs.

La voix du secrétaire, toujours aussi délicatement modulée, se fit entendre, au bas de l'escalier, annonçant que la voiture attendait. Ayant pris soin de demander « s'il ne dérangeait pas », Gaston passa la tête dans l'entrebâillement de la porte, comme si sa position sociale ne l'autorisait pas à laisser entrer le reste de son corps. Curieusement, sa tête, ainsi découpée, donnait l'impression d'appartenir à un nain, tellement on le devinait courbé dans l'attitude du collaborateur rampant.

— Je vous ai préparé le discours que vous aurez à prononcer demain. Il est dans votre attaché-case, deuxième compartiment. J'ai fait légèrement dépasser le premier feuillet, pour que vous n'ayez pas à chercher. Pas trop technique, le discours, et en phrases courtes, comme vous les aimez. J'ai bien précisé qu'on tape en grosses lettres les noms des personnalités que vous aurez à saluer, pour que vous n'ayez pas besoin de mettre vos lunettes. Rien n'est plus nuisible à une bonne image de marque que le reflet des verres sous les projecteurs de la télévision. De toute façon, vous aurez le temps d'apprendre le texte et de prévoir l'intonation dans l'avion. Je crois que vous serez content. Les observations que vous m'avez faites, après la visite des délégués japonais, ne sont pas tombées dans l'oreille d'un sourd. J'ai veillé aussi à ce qu'on vous serve pendant le trajet votre whisky préféré. La dernière fois, ils vous avaient proposé je ne sais quoi. J'ai été très ferme sur ce point.

De nouveau Jacques se laissait guider, toupie en artificiel équilibre, pantin démantibulé qui jouerait les seigneurs sur leur trône.

— À quelle heure, l'avion ? demanda-t-il, feignant d'avoir encore le commandement des opérations.

— Il devrait partir dans dix minutes. Mais il attendra. N'ayez pas peur, tout est prévu. L'avion ne s'envolera pas sans vous. Il faudra simplement dire à votre chauffeur de ne pas aller avec la voiture sur l'aire de décollage, jusqu'au pied de la passerelle. Quand vous gagnerez votre place, cela vous évitera les remarques désobligeantes des passagers sur le sans-gêne des gens qui dirigent le pays.

Il s'interrompit pour marquer son étonnement :

— C'est bien la première fois que vous vous préoccupez de l'horaire d'un de vos moyens de transport...

Timidement, il se crut autorisé à hasarder une plaisanterie :

— Vous avez pris de mauvaises habitudes en vacances...

— Mon manteau ?

— Il est dans l'auto. J'ai choisi celui en tweed léger, avec la presse du jour cochée aux passages essentiels. *Le Figaro,* vous verrez, il faudra téléphoner... parce que l'éditorial... *Libération,* toujours pareil. Pas une variante dans les insultes. Je vous ai évité les calembours du *Canard enchaîné* et les crachats de *National Hebdo.* Au ministère, on consulte les avocats sur l'opportunité d'un procès. Maître Cottard dit que, dans de pareils cas, la meilleure plaidoirie, c'est le silence.

Jacques se retourna pour dire une dernière fois au revoir à Hélène. Elle n'était plus là.

— Je ne savais pas que Madame repartait déjà en voyage, dit Maria en entrant dans la chambre à coucher. Ou alors, si elle doit accompagner Monsieur à Londres, je dois lui signaler que la voiture est partie.

Après un coup d'œil à la salle de bains dont elle était venue changer les peignoirs et les serviettes, son étonnement redoubla :

— Et Madame n'a même pas pris son bain !

Hélène avait sursauté en entendant la voix, inattendue, de la femme de chambre. Sur le tapis, elle avait entassé dans une valise les robes qu'elle n'avait pas réussi à plier, une gerbe de ceintures, des accessoires de toilette, jusqu'à un chapeau tassé entre deux paires de chaussures, cette accumulation de maladresses soulignant autant son manque d'habitude que son extrême nervosité.

Choquée par ce qu'elle considérait comme une offense à son honneur professionnel, Maria évaluait le désastre avec un air de réprobation stupéfaite. Des bas, en boule, n'avaient pas pu trouver de place ni un gros chandail à collet de fourrure que la saison ne justifiait vraiment pas. On aurait dit que la précipitation seule avait dicté les choix d'Hélène et qu'elle avait pris sans réfléchir ce qui lui tombait sous la main, l'important étant de faire une valise sans se préoccuper de ce qu'elle pourrait y caser.

— Si Madame le permet...

En un instant, d'une main experte, Maria avait replié les vêtements, ordonné les sachets et les trousses, arrangé l'ensemble de façon qu'on puisse faire jouer la serrure sans difficulté.

— Est-ce bien indispensable ? demanda-t-elle en montrant le chandail fourré. Quant au chapeau, je doute, maintenant, que vous puissiez encore l'utiliser.

— Jetez-le, Maria. Je l'ai toujours trouvé affreux. Mais la vendeuse qui me le proposait avait un air si pitoyable...

— Madame sera toujours victime de son bon cœur... Je vais chercher une autre valise ? À moins que vous ne préfériez le grand fourre-tout Vuitton ?

— Je n'ai besoin de rien d'autre.

— Je ne sais pas où va Madame, et je n'aurai pas l'indiscrétion de l'interroger là-dessus...

— Vous faites bien, Maria. Et d'ailleurs, ça ne vous regarde pas.

— ... mais où que Madame ait décidé d'aller, elle n'aura jamais assez d'affaires si elle se contente du contenu de cette valise.

— Des affaires, j'en ai déjà trop comme ça.

— Comme Madame voudra, fit Maria, aussi dégoûtée que si elle avait respiré une odeur insupportable. Je vous apporte le coffret à bijoux ?

— Pas de bijoux.

— Pas de bijoux !

— Maintenant, j'aimerais être seule.

Maria se retira, de plus en plus décontenancée. Au passage, cependant, elle prit dans un bonheur-du-jour la boîte molletonnée où l'on plaçait les joyaux qu'on ne déposait pas à la banque, et la mit en évidence sur la coiffeuse. Elle aurait eu, autrement, l'impression que, pour la première fois, elle ne faisait pas bien son travail.

Hélène ignora ce manège. Les yeux ouverts, elle rêvait.

Longtemps désemparée, elle se tint immobile au milieu de la pièce, comme si, tout d'un coup, elle ne savait plus de quel côté se diriger. Son sac ouvert, sur le dessus-du-lit, attira son attention. Le fermoir en avait joué, laissant dépasser un mouchoir et un petit morceau de carton jaune. Elle sourit vaguement en se rappelant la scène : Abdul, à San Gimignano, cherchant du papier pour y inscrire son numéro de téléphone et ne trouvant finalement qu'un ticket de métro.

Inconsciemment, elle manœuvra le loquet de la boîte.

Comme on dit adieu à de vieux amis, elle en caressa le contenu du regard. Tour à tour, elle essaya toutes les bagues, tous les bracelets, tous les colliers, ne s'arrêtant que lorsqu'elle n'eut plus un doigt libre, ses poignets comme son cou demeurés sans un espace vide. Puis elle recommença la même opération, mais dans un ordre différent, cette fois, alternant les pierres et les perles, le platine et le corail. Un miroir vénitien, lui-même surchargé d'escarboucles, lui renvoya son image. Elle soupira avant de se défaire, une à une, de toutes ses parures et de les ranger dans le coffret. D'un coup sec, enfin, elle rabattit le couvercle. Traînant péniblement sa valise dont les roues avaient du mal à tourner à cause de l'épaisseur de la moquette, elle se dirigea vers la porte. Les muscles tendus de son visage indiquaient sa résolution de ne plus revenir en arrière.

Et soudain, une sorte d'aimant au pouvoir irrésistible parut la ramener vers son lit. Plus qu'elle ne s'y assit, elle s'y laissa tomber. À la volée, elle envoya valser ses chaussures et retira ses bas. Pieds nus, elle gagna un guéridon sur lequel un vase rempli de fleurs jouait avec l'ombre et la lumière, au gré d'un léger courant d'air qui faisait onduler le tulle d'un rideau.

Comme si cela avait été pour elle une tâche d'une importance capitale qu'il lui fallait maintenant accomplir, elle rétablit l'ordre du bouquet, qui n'en avait pourtant pas besoin, détachant une rose, faisant gonfler des corolles et des calices.

Le ticket de métro d'Abdul avait glissé sous un fauteuil. Hélène se pencha pour le ramasser et le retint quelques secondes entre ses doigts, avant d'en faire une pluie de confettis qu'elle jeta dans un cendrier. La flamme d'un briquet à ses initiales y mit le feu. Elle en observa gravement le petit nuage de fumée, lorsque tout fut consumé. Puis elle haussa les épaules. Mais peut-être, sans se l'avouer, se disait-elle que, dans le fond, il n'y avait que moindre mal, puisque ce numéro de téléphone, à force de se le répéter depuis l'Italie, elle le savait par cœur.

Le miroir l'attira de nouveau. Ce qu'elle y vit la plongea dans la confusion. L'expression pathétique qu'elle espérait y découvrir avait tourné à la contrefaçon. Elle s'adressa une grimace, déçue de constater que les chemins un peu trop escarpés n'étaient pas faits pour elle, et que la liberté est un mets dont ne s'accommodent pas forcément tous les appétits.

D'un geste presque brutal, elle renversa sur le tapis le contenu de sa valise.

— Maria ! appela-t-elle.

La femme de chambre surgit, montrant ainsi qu'elle ne devait pas se tenir très éloignée de la porte, ou plus exactement du trou de la serrure.

— Madame ? dit-elle en feignant d'être essoufflée d'avoir couru à l'appel de sa maîtresse.

— Vous pouvez ranger tout ça.

— Madame ne part plus ?

Sans répondre, Hélène s'approcha de la fenêtre. L'air vif rosit ses joues, si pâles l'instant d'avant.

Dehors, le Bois était calme et beau — chimérique, vu de loin, comme le bonheur.

Du même auteur

AUX ÉDITIONS ALBIN MICHEL

Lettre ouverte aux pornographes
pamphlet, 1975, Albin Michel

Le Brouillard bleu
roman, 1992, Albin Michel

CHEZ D'AUTRES ÉDITEURS

Tombeau pour un ennemi public
roman, 1947.

Le Zouave du pont de l'Alma
roman, 1948.

H. G. Clouzot
essai, 1951.

Mon oiseau, ma belle
roman, Gallimard, 1968.

Les Chocolats de l'entracte
souvenirs, 1972 ; nouvelle éd., Carrère, 1989.

L'Atterrissage
roman
Stock et Livre de Poche, 1974.
(Couronné par l'Académie française)

La Peau de l'arlequin
essai et souvenirs,
Stock et Livre de Poche, 1975.

Un été ombrageux
roman, Stock, 1977.

Une année pas comme les autres
journal, Stock, 1978.

Un jour de plus, un jour de moins
roman, Hachette, 1981.

Garry
roman, Plon, 1983.
(Prix d'Académie de l'Académie française)

Le Tir aux alouettes
choses vécues, Plon, 1985.

Du soleil toute une nuit
roman, Plon, 1987.

Et toi, derrière toute chose
choses vécues, Carrère, 1989.

La composition de cet ouvrage
a été réalisée par l'Imprimerie BUSSIÈRE,
l'impression et le brochage ont été effectués
sur presse CAMERON *dans les ateliers de B.C.A.,*
à Saint-Amand-Montrond (Cher)
pour le compte des Éditions Albin Michel.

Achevé d'imprimer en avril 1994.
N° d'édition : 13646. N° d'impression : 669-94/147.
Dépôt légal : avril 1994.